MELISSA

一目惚れと言われたのに
実は囮《おとり》だと知った伯爵令嬢の三日間

千石かのん

Illustrator
八美☆わん

この作品はフィクションです。
実際の人物・団体・事件などに一切関係ありません。

一目惚れと言われたのに
実は囮《おとり》だと知った伯爵令嬢の三日間

MELISSA

序章　立ち聞きは任務の始まり

「わたしだって金髪碧眼《へきがん》の従順で物分かりの良い、物静かな女性と結婚するつもりだった。なのに、このまま彼女と結婚することになったら最悪だ」

その台詞《せりふ》を意図せず聞いた瞬間、ハートウェル伯爵令嬢、グレイス・クレオールはショックを受けた。それと同時に「ああやっぱりな」と妙に納得してしまった。

最初からオカシイと思っていたのだ。そうでなければ、貧乏伯爵家の令嬢たる自分が、今をトキメク独身イケメン、国王陛下の甥《おい》でもあり、望んだものが何でも手に入るオーデル公爵ことアンセル・ラングドンと結婚などできるわけがないのだ。

（……立ち聞きして良かったのか、悪かったのか）

いや、良かったのだろう。

ほんの少しだけ開いているリビングのドアからそっと離れ、グレイスはくるりと身を翻した。

婚約者の家族とののんびりした晩餐《ばんさん》の後、グレイスは自室に下がって寝る準備をしていた。その時ふと今日届いたばかりの『最新版・木造建築カタログ』をリビングに忘れてきたことに気が付いた。公爵家の皆様は早寝早起きのグレイスと違って夜更かしすることが多く、お客の自分が一家団欒《だんらん》を邪魔しないよう、早々に自室に下がるようにしていた。だが、楽しみにしていた雑誌がどうにも気になって、さっと行ってしゅっと回収するくらいは邪魔にならないだろうと決意して部屋を出たのだ。

その判断が、こうして要らぬ立ち聞きをする結果を招いてしまった。

（でもだって普通勘違いするじゃない……）

とぼとぼと部屋に戻りながら、グレイスは目を伏せる。

今シーズン最大と言われたランスウッド伯爵夫人主催の舞踏会で、オーデル公爵は光り輝いていた。

彼は、若い女性に人気がある金髪の優男風の貴族ではない。どちらかというとそれとは正反対で、深い夜の色をした黒髪と、底が見通せないような暗い藍色の瞳の持ち主で、長身の上、堂々とした立ち居振る舞いが似合う男性だ。前髪が半分目元にかかり、それが硬質になりがちな彼の印象を緩和していた。加えて、彼からは何一つロマンスの噂《うわさ》は聞こえてこず、それも令嬢達の興味を掻《か》き立て、私こそがと勢い込ませる要因の一つになっていた。

そんな社交界に集う令嬢達の誰もが振り返る男性から、「一目惚《ひとめぼ》れなんです」と緊張しきった面持ちで告白された。当初グレイスはその告白に困惑しか覚えなかった。だが更にその翌日に実家のボロ屋敷に大量の花束が贈られ、一週間後には正式に家族に紹介したいと言われ、公爵の姉と弟を紹介されれば、「本気なんだ」と勘違いもする。彼らにショッピングやオペラ観賞などに連れ出され、魅力的な笑顔を向けられれば、公爵家の皆様が自分を温かく迎えてくれているんだと思うものだろう。

それが全て演技で作戦だったなんて。

（――ま……私の人生、そんなものか）

立ち聞きするまで公爵家に、連日怪文書が届いていたなんて知らなかった。

その事実は完璧に隠され、社交界でも公爵家で起きていた様々な嫌がらせが噂になることすらなかった。

『自らの汚点を隠し、我を軽んじ続けた貴公らの血に呪いあれ。公爵位に就くべくは我であり、お前達は不釣り合いなその称号を返却せよ』

――そんな内容の怪文書と、見るも無残な動物の死体や、害虫の詰まったプレゼントボックス、果ては考えたくもない体液がかかった公爵家令嬢の肖像画などが送られてきていたという。

もちろん、グレイスは実物を見ていない。だが公爵家には日々大量の贈り物が届くのは知っている。その中に、そういったオカシナものが混じっていたようだ。

差出人として記されていたウォルターなる人物は、一体どこの何者なのか。貧乏とはいえ、一応伯爵令嬢のグレイスだがそんな家名は聞いたこともないし、家名辞典にもあるかどうか。だが、彼の目的だけはなんとなくわかった。現公爵家の衰退と、成り代わっての台頭。その野望を達成するために、嫌がらせを繰り返してきたらしい。

しかし、ハッキリ言って「この程度」の嫌がらせで強大な権力者たる公爵家が潰れるなど万に一つもあり得ないし、実際この手の脅迫や怪文書を公爵家はほぼ無視してきていたようだ。そんな中で持ち上がったのが公爵の結婚話である。お家断絶を狙っていた彼にとって、この話は衝撃以外の何物でもなかったはずだ。

嫌がらせなどものともせず、公爵家は花嫁を迎えてますます安泰。ウォルターなる人物は激昂《げきこう》し、その安泰の要となりそうな花嫁――グレイスを殺して公爵に絶望を与えようと考えるだろう。そうして襲ってきたところを捕まえるというのが公爵の狙いにちがいない。つまりは「囮《おとり》」。

(うまい手だと思うわ……)

公爵より与えられた私室に戻り、ぱたんと扉を閉じる。普段と変わらぬ足取りでベッドまで歩み寄ると、グレイスはうつ伏せに倒れ込んだ。豪華な四柱式ベッドのスプリングが軋《きし》む。

婚約者として幸せな数週間だった。公爵家の結婚となると式が盛大になり、グレイスのドレスや宝飾品の準備だけでも膨大な時間がかかる。それを短期間で実施すると公爵が宣言したことから、グレイスは実家を強制的に出ることになった。曰《いわ》く、打ち合わせや衣装合わせでいちいち出向いてもらうより、傍《そば》にいてもらう方がいいということだ。

遠方の領地にいる先代公爵夫人も呼び寄せるから、と懇願され、公爵家に滞在するようになって気付いたのは、王都の一等地にありながらも、門から屋敷まで十五分はかかる広大な敷地と、蜂蜜色の壁が特徴的な巨大な屋敷をこれから先、自分が切り盛りしなければいけないという事実だった。

沢山の使用人が指示を待ち、それを的確にこなす先代夫人と公爵令嬢。自分がそうならなければいけないのだと知った時の不安と恐怖はすさまじかった。それでも逃げ出さずにこの屋敷に留《とど》まったのは、公爵から本当に愛されているのだと、彼の美しいダークブルーの瞳を見て確信したからだった

……のだが……その自分のなんと愚かなことか。

「金髪碧眼……」

不意に公爵の言葉を思い出し、グレイスはぎゅっと目を閉じた。残念ながらグレイスの髪はくすんだ麦わら色だし、目の色もくすんだ灰色だ。凝った髪型とは無縁で、自分で手早く結べるようにと編んだ三つ編みを頭部にぐるぐる巻いてピンでとめているだけである。

「従順で物分かりがイイ……」

そんな風に言われたことは一度もない。従順どころか、無駄遣いの天才だった両親を物心ついた頃から叱り飛ばしてきたほどなのだ。グレイスの評価は大抵「一人でなんでもできる働き者。補修と修理の達人で、なんなら自分で樹脂蝋燭《ろうそく》が作れる節約家」というのが多い。これが「従順」と「物分か

りがイイ」という評価とイコールになるかと言うと……絶対にならないだろう。

「そして物静かな女性」

ないない、絶対ない、あり得ない。思ったことがすぐ口に出るタイプなのだから。

無駄なことをしている連中を見かけると、一拍置いて胸の中で考えることもせず、更には言葉を選ぶことなく直進してしまう。

どこかの舞踏会で「美味《おい》しくない」という理由で積んであったケーキを庭先に捨てている若い貴族と鉢合わせて、烈火のごとく怒ったことがあった。食べ物を無駄にすると勿体《もったい》ないお化けが出る、と腰に手を当てて堂々と罵ったのだが、相手は東洋の魔物である『勿体ないお化け』が何か知らなかった。そのせいもあって、以降、グレイスは『東洋かぶれの嫁《い》き遅れ』と陰で呼ばれるようになってしまった。そんな自分が、公爵と結婚だなんて。

(ほんっと……馬鹿だったなぁ……)

彼に見初められて結婚するんだと、心の底から信じていた自分が、一体周囲からどう見えていたのやら。

夢のような日々から唐突に目が醒《さ》めると、公爵と踊った舞踏会やテーブルに着いた夜会でのあれこれが酷《ひど》く滑稽に思えてきて、グレイスはますますどんよりと落ち込んだ。立ち聞きした感じではまだ、公爵家を脅している『ウォルター』なる人物は捕まっていないようだから、公爵は焦っているのだろう。このまま犯人を検挙できなければ、三日後に望まぬ妻を娶ることになってしまう。

ベッドにうつ伏せていたグレイスは、むくりと身を起こした。

公爵家からは沢山の「物」をもらった。ドレスから宝飾品。果ては、何故《なぜ》か実家の借金まで返済してくれていた。口をあんぐりと開けて、「どうしてこんなことを」と尋ねると、公爵はふわりと優しく微笑《ほほえ》んで、「困っている君を助けたいだけだよ」と満点の回答をくれたのだ。

だがそれも、考えようによっては一種の手切れ金としてカウントされるのではないか。後から囮でした、とばらしても、そのお陰で借金も返済できたし良かったでしょ、というところだ。

グレイスは今後を素早く計算した。自分の評判ががた落ちとなることは予想できる。何せ、かなり派手に『公爵の婚約者』として社交界を連れ回された。お陰で今シーズンのダイヤモンドと謳《うた》われ、その美貌から頻繁に話題に上るエリネル伯爵令嬢を差し置いて、社交界一の注目と話題を集める存在に祭り上げられてしまったのだ。

なんであんな女が公爵様の目に留まるの⁉

それが二人の婚約話を聞いた、社交界にデビューしている若い令嬢全員の感想だ。そんな注目が集まっている現状で結婚破棄となったらもう、素晴らしい結婚は望めないだろう。『公爵から捨てられた女』のレッテルが張られることになるのだし。底意地の悪い貴族や令嬢にひそひそと噂され、憐れまれるのと同時に蔑まれる……そんな存在に、タダで落ちるのはごめんこうむりたい。

せめて、社交界を捨て一人で暮らせるくらいの慰謝料を頂かなくては。

グレイスの実家には跡取りとなる十歳の弟がいる。ゆくゆくは彼が治めるその領地の端っこでひっそりと末永く幸せに暮らせればいい。貧乏暮らしは慣れているし、なんなら気立ての良い木こりの青年と結婚すればいいのだ。それこそが、本来の貧乏伯爵令嬢グレイス・クレオールの生き方なのだ。

公爵夫人になどなれるわけがなかったのだ。

そうと決まれば、とグレイスはベッドから降りると衣装部屋の扉を開けた。ずらりと並ぶのは、一度も袖を通したことのないドレスの山。奥には宝飾品の並ぶ棚と、金庫。これらは全て、公爵家から買い与えられたものだ。グレイス自身が家から持ってきたものは一つもない。そんな品物の一つ一つを手に取って査定しながら、グレイスは思わず苦笑した。

(そういえば……アンセル様ご本人から、直接贈られたものってあったかしら……)

ドレスや宝飾品などはやってきた時に既に用意されていたもので、グレイスの実家に送られてきた大量の花束とカードだけがアンセルからの直接的な贈り物だった。だが、果たしてそれは彼自身が選んで、彼自身の筆記で書かれたものだったのか。今となってはあまり期待できそうもない。

(ま、結局はその程度ということね)

浮きたっていた心は、極北の地に広がる氷の大地のように冷めている。美しい花を愛《め》でるように、愛情の籠《こも》った眼差《まなざ》しで見つめていた品物の数々は、換金価値のある金塊にしか見えない。その目に見えない値札一つ一つを己の目で確かめていたグレイスは、いつの間にか視界が曇り、曇って歪《ゆが》んだ傍からクリアになる現象を認識した。それが何度も何度も繰り返される。

曇り、歪んでクリアに。また曇り、歪んでクリアに。

その度に頬を転がり落ちていく珠《たま》と、その塩辛い珠による湿り気は、グレイスが査定を終えて総額をはじき出し、最新式の農耕器具をどれだけ買えるのか試算しても止まることはなかった。

全部全部、この涙と一緒に流れ落ちていけ……この胸の痛みも、愛されていたと思っていた温かさも、何もかも全部全部。

そうすれば新しい一歩が踏み出せるんだと、そう信じて。

1　グレイス・クレオールの作戦

結婚式まであと二日。

グレイスは朝、起こしにやってきた侍女に、今日は頭が痛いので部屋で休みますと公爵家の皆様に伝言を頼んだ。とてもじゃないが笑顔で顔を合わせるなんて無理だ。

午後も近くなった頃に、侍女が水薬を持ってきてくれた。なんでも公爵様から「頭痛に効くといいのですが」と、王立の薬草園でしか採れない高価なハーブを使った水薬を頂いたというのだ。

グレイスのためにわざわざ公爵家が雇った侍女のミリィは、心から心配されているご様子でしたよ、とほかほかの笑顔で告げる。その言葉にグレイスは複雑な気分になった。ここぞという時に姿を現さない囮《おとり》では困るから、健康でいろということか。

(にしても、この数週間で私に囮としての結果は出せていたのかしら……)

事件のことは一切知らなかったが、知ってしまった以上成果が気にはなる。もちろん、ここを出ていく準備を進めるつもりではあるが、それにしたって犯人が捕まらないのでは寝ざめが悪い。公爵は意外と義理人情に篤《あつ》いところがあるから、事態がここまできてしまった以上、グレイスとの結婚も視野に入れているのだろう。

だが真相を知った今、グレイスにしてみればそんな義務感からの優しさはお断りである。

情けをかけられて結婚するくらいなら、潔く身を引く方が好みだ。でも、自分も割に合わない評判を喰《く》らうのだから、せめて当初の目的は達してほしい。

そう、ウォルターなる人物の拘束だ。

「ミリィ」

今日のお召し物はどちらがよろしいでしょうか、とデイドレスをベッドの上に並べる赤毛にそばかすの侍女に、グレイスは尋ねた。

「本日、公爵様はどちらに？」

「議会に出席された後は、弁護士と領地関連のお話をなさって、夕方にはお帰りになるご予定です」

「――ロード・ケインとレディ・メレディス、先代公爵夫人は？」

「ケイン様はボクシングクラブに、メレディス様と大奥様はご友人のお茶会に出られております」

なるほど。主要メンバーは屋敷にいないということか。

うーむ……と一人顎に手を当ててグレイスは考え込んだ。ミスター・ウォルターは捕まっていない。どこにいるのか、どんな人物なのか、グレイスにはわからない。二日後には結婚式が控えているこの状況で、犯人が捕まらなければ二人とも悲しい運命に巻き込まれることになるだろう。

（ミスター・ウォルターの最大の懸念は……世継ぎが誕生することよね）

となると、公爵家の血を引く子供とその子供を宿した女というのは、高確率でウォルターの標的となるだろう。なにせ愛すべき未来の象徴だ。そしてそれを手にかけるというのは彼の最大の幸福に繋《つな》がる。

よし、それを餌にしよう。

「ミリィ」

「はい」

猪突猛進《ちょとつもうしん》型の令嬢は、深く考えもせずにきっぱりと告げた。

「貴女《あなた》を一番信用できる、忠実な侍女と見込んでお話があるの」

「本当にやるのですか？」

「家に誰もいない今がチャンスなのよ。良いわね？」

ミリィと二人、公爵家からの「手切れ金」（二人はそう呼ぶことにした）のドレスや宝飾品を馬車に積み込み、目を白黒させる御者に「これは絶対に必要なことなの」と賄賂を握らせた。

最初彼は嫌がった。自分は公爵家に仕える御者で、公爵様の命もなしにこんな夜逃げみたいに荷物をお運びすることはできません、公爵様のご指示を仰がないと、とかなんとか。それにこんなことがバレたらクビになると震えて訴えるから、絶対に迷惑はかけません、なんなら私達に脅されたと言えるように脅迫状でも作りますからと申し出た。

そんな二人の、あまりにも鬼気迫る様子に御者は負けた。彼から計画への協力を取り付けた二人は、ひたすらに荷物を運び出し始めた。時折不安げなメイドや従僕がこちらを見ることがあったが、その度にグレイスは「やっぱり結婚式直前に顔を合わせるのは良くないと思うのよ。公爵様も賛同してくださって本当に良かった」と不自然なほど明るい声で「自分がいなくなる正当性」を宣言し続けた。

更に、彼らに自分の「撤収」を手伝ってもらっては、皆、公爵の命令に背いたことになりそうなので、誰にも手伝わせなかった。

ミリィと二人、公爵に知られる前にここから出ていく。それもただ出ていくのではなく、公爵家を狙うおかしな輩《やから》を誘《おび》き寄せ、運が良ければ捕まえたい。そのための計画を反芻《はんすう》しながら、グレイスは最後に、自分に与えられた部屋を見渡し小さく溜息《ためいき》を零《こぼ》した。

ここでの数週間は、きっと一生の思い出になるだろう。

きらきらしていて、美しくて甘い、将来になんの不安もない奇跡のような日々だった。この日々を、今後木こりの青年と結婚して、子供が生まれたら話して聞かせよう。

(母様はこんなに素敵なお屋敷で暮らしたことがあるのよってね)

ふっと苦く笑い、ぎゅっと目を閉じる。実家にある七宝焼《しっぽうや》きの宝石箱を脳裏に思い描いて、そこに想《おも》いを閉じ込め鍵をかけた。二度と開けないと誓いながら。それから、意を決してぱっと目を開ける。

これからやることは、うまくいく可能性がそれほど高くない。何も起きない可能性の方が断然高い。

それでもやろうと思うのは。

(囮と知ったからには囮らしく！　自分の役目をまっとうしてみせるわよ)

それこそが、ここにやってきたグレイスに求められていることなのだ。結婚し、子供を産んで公爵家を切り盛りする——それはグレイスが求められていたことではなかった。グレイスに求められているのは「囮」として「敵」を誘き寄せることなのだ。

だったら、やってやろうじゃないか。

これからグレイスは実家に戻る。でもただ戻るのではなくて、「囮」として餌を振りまきながら戻るのだ。うまく脅迫者を誘き出して正体を探るのが第一。御者と協力して捕まえるのは二の次だ。

彼女独特の正義感とお節介と、そしてほんのちょっとの——ぎゃふんと言わせたいという欲求。

……………それから。

込み上げてくる切なさにも似た感情に大急ぎで蓋をして、グレイスはぐいと顎を上げた。

言わない。

うまくいったら……もしかしたら、見直してくれるだろうか。颯爽《さっそう》と犯人逮捕をして公爵に突きつける瞬間に、万が一にも今度こそ本当に好きになってくれるだろうか――なんてこれこそ馬鹿で間抜けで単純すぎる、万に一つもない希望である。

そんなものを持ってはいけない。だから、言わない。

望まない。望まないったら望まない！

ふるふると首を振り、グレイスはぱしぱしと両手で己の頬を叩《たた》いた。感傷に浸るのはここまでだ。

「いい、ミリィ。うまくやるのよ？」

「任せてください。こう見えて私、侍女になるか舞台女優になるか迷ったんですから」

今この公爵家をミスター・ウォルターが監視している可能性は低い。何せ公爵家の血を引く面々が揃《そろ》って外出中なのだから。だが目論見《もくろみ》通り、公爵が一目《ひとめ》惚《ぼ》れした冴《さ》えないオンナを陥れようと企んでいるかもしれない。犯人が釣れる確率は低いが、それでもやってみる価値はある。

準備を終え、玄関ホールで二人きりの円陣を組む。ファイト・オー、と小声で囁《ささや》き両手を天に突き上げた後、正面玄関から日傘にボンネット姿のグレイスが歩み出た。その後ろにミリィが続く。

「まあ……いやだわ、日差しがこんなに強いなんて」

「お嬢様、お体は大丈夫ですか？」

「ええ、ありがとう、ミリィ」

「お嬢様お一人のお体ではありません！　やはり公爵様がお戻りになられてからお出かけになった方

がよろしいかと……」

「何を言うのミリィ！　今の世の中、女性一人でなんでもできるようにならなければいけないのですよ。それに、お医者様に行くのに旦那様を伴ってなど行けませんわ、はしたない」

「ではこちらに来ていただければよろしいのでは？」

しずしずと階段を下りるグレイスは、眩《まぶ》しそうに眼を細めて日差しを見上げ、それからそっと下腹部に手を当てた。

「いいえ。一度実家に戻りたいですし。実家の方がお母様もいて心強いの。だからお医者様をお呼びするにしてもそちらの方にいたしますわ」

「そうですか」

「はい」

にっこりと輝くような笑みをミリィに見せて、グレイスは大げさに腕を広げてみせた。

「さあ、まずは病院。それから実家に向かいましょう」

「ご結婚前なのに……」

ぶつぶつと零すミリィを従えて、グレイスは馬車に乗り込んだ。がくん、と一つ揺れて軽快に馬車が走りだす。それに揺られながら、餌をばら撒《ま》ききったグレイスは振り返りたくなる衝動を堪《こら》えた。

「――どう？」

反対向きに座るミリィが自身のボンネットの縁から、後方のガラスの向こうに目を凝らす。

「今のところは何も。でもここは公爵家の敷地内ですから、堂々とした不審者がいる方がオカシイです」

「──そうね」

できればここで、ミスター・ウォルターの目を惹《ひ》きつけたかったが失敗か。

唇を噛《か》むグレイスに、ミリィは励ますように声をかけた。

「大丈夫ですよ。絶対に今のやり取りを聞いてた人間がいます。メイド然《しか》り、従僕然り。すぐに噂《うわさ》は広まります！」

だとしたら、ここまで盛大に妊娠を宣言したにもかかわらず、最終的に結婚しなかった自分の評判はますます地に落ちるだろう。だが、構うものか。

「……こっちだって、小麦色の肌と麦わら色の髪の、作業着が似合う木こりと結婚するんだから」

「マイ・レディ？」

「なんでもない。でも、ごめんね、ミリィ。せっかく公爵家での良いお仕事だったのに」

それに、ミリィがふるふると首を振り、にやりと笑ってみせた。

「実は私も、結婚するなら農夫と決めてたんです」

二人の視線が合い、一拍後に同時に吹き出す。緊迫した状況だというのに胸が熱くなり、グレイスは心の底からミリィと一緒に来られて良かったとそう思うのだった。

◇◆◇

自分の荷物を詰め込んだ馬車で実家に戻るというグレイスは、確かに出産のために実家に帰る妻のように見えた。だが、腑《ふ》に落ちないところがある。そう、まだ憎きアンセルとの結婚をしていないところだ。結婚式は二日後だというのに、今この時、屋敷を離れるだろうか？

――まあ、そもそも、花嫁が花婿の実家に逗留《とうりゅう》していることの方がオカシイといえばそうなのだが。

昔から、結婚の直前に花嫁と花婿が顔を合わせるのは縁起が悪いとされていた。その習慣を無視して手元に置いていることは、それだけ彼女の身の安全を気にしており、それはアンセルの子を身ごもっているということに繋がりそうだ。

その事実に、ぞくりと腹の奥が震えた。

そうだ。自分の世継ぎが腹にいない限り、地味で口うるさいあんな女を公爵が自らの花嫁として引き入れるはずがない。

（オカシイと思ったのだ……だが、卑怯《ひきょう》なアノ男は、子供がいると知って規格外の女でも手元に置こうと考えたわけか）

そして子供だけを取り上げて、女の方は捨てる――なるほど、いかにも連中がやりそうなことだ。

女も黙って屋敷にいればいいのに馬鹿なことをしたものだ、と目深に被《かぶ》った帽子の下で、男はにたりと笑った。じわじわと甘美な勝利が込み上げてきて身体が震える。

跡取りの子供を宿した女の死体を目の前にぶら下げてやったら、連中は気もふれんばかりに恐怖するはずだ。

その様子を想像し、男は更に溢《あふ》れる笑いを抑えることができないのであった。

2　騙されたと思う伯爵令嬢

ゴトゴトと揺れる馬車の中で、グレイスは欠伸《あくび》をかみ殺した。追手がいるかどうかも不明な現在、緊張感が持続せず容赦なく睡魔が襲ってくる。昨日はほとんど寝ていないし。

「マイ・レディ」

正面に座るミリィにそっと声をかけられて、グレイスははっと身を強張《こわば》らせた。

「しばらくは小康状態が続くはずです。少しお休みになられてはいかがですか？」

苦笑する彼女にそう言われて、グレイスは窓の外に視線を遣《や》った。

初夏の王都はまだ暑くもなく、気候が丁度いい。夏になると貴族達は自身の領地へと避暑に向かう。議会も秋まで開催されないため、王都は連日の眠らない夜から一転して閑散とした空気が漂っていた。

そんなのんびりとした午前中のキングスストリートには、パラソルを差して散歩をするご婦人や、手紙を配達するメールボーイ、ワゴンのキャンディ売りの掛け声なんかが響いている。

この平和然とした世界と、公爵家に届く禍々《まがまが》しい手紙や贈り物がどうしても結びつかない。このどこかに狂気に駆られた人間がいるなんて嘘《うそ》のようだ。ふわ、と思わず欠伸が漏れ、グレイスはぶんぶんと首を振る。いくら寝不足とはいえ、自分は今、囮《おとり》任務中なのだ。それがどういうものなのか全くわからないが、ともかく、「囮」としての矜持《きょうじ》を持つべきだろう。

一つ、囮とは敵方に悟られることなく、ターゲットを引きずり出すべし

一つ、囮とは危なくなる瞬間に颯爽《さっそう》と身を翻して逃走する俊敏さを持つべし

一つ、囮とは己の判断で動く場合と、ぎりぎりまで指示を待つ場合があることを理解すべし一つ……

律儀に「自分が考える囮としての矜持」を数え上げていたグレイスは、不意に今まで公爵と共に過ごした時間のどこかに、囮として有益な時があったのだろうかと考え込んだ。

(……まあ、公爵様と二人だけのお出かけ、なんて一度きりだったしね……)

それがアンセルとの絆《きずな》がいかに浅かったかを物語っているようで、ずきりと胸の奥が痛んだ。

いい加減、アンセルのことを考えるのはやめたい。それでも、二人で出かけた『産業博覧会』は見ごたえがあった。それは家族に紹介されてから五日後の、唐突なアンセルからのお誘いだった。

「すみません。もうすぐ博覧会が終了だと知らなくて」

その日はボロ屋敷の玄関ホールが、絢爛豪華《けんらんごうか》な謁見の間に見えてグレイスは混乱した。最近では蝋《ろう》燭《そく》代も馬鹿にならないとシャンデリアに光を灯《とも》したことなどなかったのだ。それでも周囲が光り輝いて見えるのは何故《なぜ》なのかと、階段を下りながら眉間に皺《しわ》を寄せていたグレイスは唐突に悟った。

「レディ・グレイス?」

公爵の顔色が曇ると、室内の光度がすうっと下がる。

なんと！　公爵様が光り輝いておられるではないか！

(う……眩《まぶ》しい……)

別に公爵が金ぴかの衣装を着ているわけではない。むしろ、艶やかな黒髪に銀色のウエストコートと深い青色の上着とスラックスは暗色でシックな装いだ。だが後光というか、海から発せられる深い輝きというか、黒のベルベッドの上に置かれた極上のサファイアの見事なブルーの輝きというか……とにかく存在自体が光り輝いて見えるのだ。

（ありがたやありがたや……）

そう両掌《てのひら》を合わせて、東洋風の「祈り」のポーズをしそうになるくらいには、グレイスは東洋文化にかぶれている。自分が明るい麦わら色の髪と、灰色のうっすい瞳の色をしているために、そういう、神秘的な東洋の美みたいなものに惹《ひ》かれるところがある。

調度品から壁の色、床の磨き具合まで薄らぼんやりしたクレオール邸《ハウス》の中で、唯一の光源たる公爵はぴかぴかに光り輝き、グレイスは床くらいはもうちょっと気合い入れて磨こうと決意した。最近、出かけることが多くて作業監督をしていない。絶賛困窮中の伯爵家で雇っているのは伯爵の従僕兼秘書兼執事と伯爵夫人の侍女兼家政婦。そして料理番兼庭師と厩番《うまやばん》兼御者のみだ。

改めて思う。兼業、多いな。

そんな中で、普段から踏みつけられて汚れることが当たり前の床をわざわざ磨くなんて高度で贅沢《ぜいたく》な作業は、グレイス自身が行うしかない。みんな自分の管轄外の仕事でいっぱいいっぱいなのだから。

（いやいやでもでも、うちが薄暗いだけで、お天道様の下では公爵の麗しさもイケメンオーラも多少なりとも身を潜めるでしょうよ）

「いきなりお誘いしてしまって申し訳ありません」

床の透明度が恥ずかしくて、所在なげに足を踏みかえていたグレイスの腕を取り、公爵がさりげなく自分の腕に絡ませる。

「いいえ、私も一度、行きたいと思ってましたので」

気を遣わせるわけにはいかないと、慌ててそう告げると「お忙しそうですからね」とイケメン全開の笑顔を向けられた。その瞬間、グレイスだけに見える閃光《せんこう》が炸裂《さくれつ》した。目がッ……めがあああああ！

「と、トンデモナイデス！　レディ・メレディスにもロード・ケインにもとても良くしていただいておりますし、それに博覧会って楽しそうですが辛《つら》くなる可能性もありましたので」

大急ぎで目を覆って公爵から顔を背けるグレイスのその台詞《せりふ》に、ふと公爵が首を傾《かし》げた。

「何故です？」

「お金がないので」

深く考えもせずにあっさりと答えてしまい、直球ドストレートだったかと青ざめた。

「う、うちはほら、あちこち修繕して古きよきものを使うのに大忙しで最新の技術など導入できるわけもないというか、そんなお金もないというか……そもそも、楽に働くための道具や機械を、わざわざ観覧料を払ってまで見に行くのは酔狂というか――ええっと、あの……つまりいつうちの領地に入れられるかわからない道具を見ても欲しくて悶えるだけというか……と、にかく、た、のしみです」

着地点を見失ったグレイスのそんな発言に、こほん、と公爵が咳払《せきばら》いをする。はっとして顔を上げると、表情の抜け落ちた真顔の彼が、正面に停まる馬車を見つめていた。その横顔の、頬の辺りが引き攣《つ》っているのを見て、グレイスは後悔した。何かを堪《こら》えるように公爵が歯を食いしばっているのだと気付いたのだ。

こういうのを前にも見た。嫁《い》き遅れと揶揄《やゆ》される前、まだ壁の花にもなっていなかった頃。ワルツを踊る相手が時折こういう顔をしていた。グレイスのお喋《しゃべ》りに飽き飽きしているけど、礼儀上それを見せられないという……そんな表情。

（私の馬鹿……）

百年の恋も冷めるというものだ。御者が用意した踏み台に足を乗せる際、手を貸してくれた公爵の顔を見ることもなく、グレイスはしょんぼりと肩を落とした。

「申し訳ありません」

悪いと思ったら素直に謝る。それがグレイスの信条だ。

「え？」

「――色々言いましたけど、公爵様とならどこでも楽しいですし、最新技術は興味があります」

俯《うつむ》き加減に漏れたその一言に、はっと彼が目を見張った。それから馬車に乗り込む彼女の後ろ姿をじっと眺めた後、思い出したように素早く周囲を見渡し、急いで馬車に乗り込んだ。扉が閉まると、持っていたステッキで天井を叩《たた》く。揺れることなく馬車が動きだした。真正面に腰を下ろした公爵は、窓の外の茂みから視線を移し、その暗いサファイアのような眼差《まなざ》しにグレイスを映した。

「先程の言葉はどういう意味ですか？」

どこか柔らかく緩んでいる瞳を目の当たりにし、彼女の心が浮いた。少し前の真顔や引き攣った表情など嘘のような、温かみがある微笑《ほほえ》みがそこにある。愛《いと》しそうに見つめてくる眼差しに心が震え、グレイスはぐるん、と横を向いた。耳まで赤くなるのがわかったがどうしようもない。

「貧乏でも、最新技術の仕様を見れば、代替品を発明して農作業や林業を上手に行えるからです」

「あ～……そっちではなくて……」

え？　と思わず公爵を見れば、今度は彼が困ったように首の辺りに掌を添えて窓の外を眺めている。

「──わたしと出かけるのが……楽しい？」

こほん、と咳払いをしながら告げられた台詞にじわじわとグレイスの胸の裡《うち》が熱くなっていった。

なんだこれは……なんだこれは!?

「──はい」

真っ赤になりながらも消え入りそうな声で真実を告げると、そっと身を乗り出した公爵に手を握られた。瞬間、グレイスは慌てて手を引っ込めようとする。だが一層、公爵の乾いた熱い手に力が籠《こも》った。触れた所から互いの熱が混じり、グレイスの背筋を寒気にも似た甘い痺《しび》れが走る。

「良かった」

心の底からと思える台詞に、グレイスは目を伏せる。

「──はい」

「嬉《うれ》しい」

ストレートな言葉が、これほど心臓に悪いとは思わなかった。苦しくて思わず俯く。猛スピードでばくばくと心拍数を上げるそれを収めるため、グレイスが深く深呼吸していると、生え際まで真っ赤になる彼女の額に、公爵がそっと口付けを落とした。ふわりと掠《かす》めた温かい感触。

次の瞬間、顔を上げるのと同時に隣に移動してきた公爵にぎゅうっと抱き締められた。

温かい胸板に顔を押し当て、視界が柔らかな闇に包まれる。ふわっと爽やかな木々のような香りに包まれて、グレイスの脳裏は真っ白になった。

「すまない……もう少しだけ……」

身体《からだ》に回された腕が、まるでその場にグレイスを縫い留めるようにきつい。だが、背中を撫《な》でる掌が愛猫を撫でるように柔らかくて、グレイスの身体から力が抜けていった。くったりと凭《もた》れかかるも、公爵は一言も発しない。誰も何も語らない、妙に温かい沈黙が馬車の中を満たしていく。

そんな、永遠に続きそうだった抱擁はこんこん、とドアをノックする音で唐突に終わった。

「……着いたようですね」

低い囁《ささや》きにはっとする。いつの間にかこの温かさに満たされて、意識を手放しかけていた。

公爵との会話が途切れてどれくらいなのか見当もつかない。五秒くらいだった気もするし……もっと長かったような気もする。ゆっくりと力強い腕から抜け出し、火照った肌のままそっと公爵を見上げれば、彼は目が合う前についっと視線を逸《そ》らした。そのまま馬車のドアを開ける。その仕草に、ほんのちょっと混じった乱暴さと素っ気なさ。

え？　と思うが先に馬車から降りて振り返った公爵の、甘く溶けそうな微笑みの前にそれも霧散してしまった。彼の笑顔はある意味武器だ。都合の悪いことをそっくり覆い隠して見えなくさせる。

「さあ、最新技術を盗めるだけ盗んできましょう」

完璧な振る舞いで差し出される手。そこに自らの手を預けグレイスは、公爵の眼差しがやはり愛しい者を見つめるように輝いていることにほっとして微笑みを返した。

思えばあの時、もう少し警戒するべきだったのだ。

目を覆っていた霞《かすみ》が晴れれば、この日の行動の不自然さが際立ってくる。貴族の令嬢を普通、産業博覧会に誘うだろうか？　いやまあ、一応そぞろ歩く男女の姿は見られたが、それでも彼ら、彼女らは着飾ってホールのエントランス前で談笑するのがせいぜいだ。中まで入ってじっくりと機械構造を見学し、最新の機織《はたお》り機や縫製マシンに歓声を上げるようなこともないだろう。

軽くて良く切れる鋸《のこぎり》や斧《おの》の形状、木材を運搬するための新しい牽引機具などを穴が開くほど見つめるグレイスの横で、公爵は終始楽しそうだった。

「林業に興味がおありで？」

「うちの領地で唯一誇れるのは材木の質なんです。ただこれを扱える人が軒並み高齢化してまして」

木こりというのは大変な職業だ。巨木相手に鋸や斧一本で立ち向かう。オオカミやクマが出ることもあるし、おかしな方向に木々が倒れれば巻き込まれて怪我《けが》をする。最悪死に至った話もよく聞いた。

それに木こりは森の成長の担い手でもあったし、狩猟番と連携して豊かな森をはぐくみ、辛《かろ》うじて領地からの財源を確保してくれていた。そんな職人たちが、歳《とし》をとってくると、体力勝負が辛くなってくる。なんとか楽に作業ができないものかと真剣に器具を見つめるグレイスに、公爵は「お父上は何をなさっているのですか？」と当たり障りなく聞いてきた。

「父は根っからの学者肌で……植物が好きなのですが、それに没頭しっぱなしです。なのでほとんど領地管理は私が」

言った途端、グレイスは後悔した。こういうところが「出しゃばり」だと思われる所以《ゆえん》なのだ。言われるのはただ一つ。男の仕事に口出しするな、だ。それをまた言われるのかと身構えるグレイスに
「それは大変ですね」と公爵は礼儀正しい返答をくれた。紳士だ。彼は紛れもない紳士だ。

「お気遣いどうも」

それがやたらに恥ずかしく、やや素っ気なく返してしまう。赤くなった顔を隠すようにガラスケースに張り付いて中を眺めていたグレイスは、不意に何も語らなくなった公爵に気付いて、不機嫌にさせたかと慌てて振り返った。そしてぎょっとする。

後ろに立つ公爵が、うっとりしたような眼差しでグレイスを見つめていたからだ。しかも楽しそうに口元が綻んでいる。普通、領地管理なんて淑女のすることではないですよ、と咎めるところだろう。だがその後も、嬉々《きき》として色々な道具や機械を見て回る彼女が時折顔を上げると、公爵は楽しそうにグレイスを見つめていた。

そうする反面、入り口の方や展示用ケースの向こうを眺めていることもあった。何か気になることでもあるのかと思って彼を見つめていると、大抵気付いて全ての思考を蒸発させる笑顔を見せてくれる。でも、今から思えばそれも嫌がらせをする輩《やから》がどこかにいるはずだと、警戒していたからなのだと理解できた。

そう。二人でわざわざ閉会間近の博覧会に出かけたのは、そこを狙ってミスター・ウォルターが現れるかもしれないと考えたからなのだろう。結果は、プロポーズにまで至ってしまったのだが。

多分、公爵は焦っていたんだとそう思う。ここまでしてもウォルターなる人物が自分に接近してこない。自分が連れ回している女性を、犯人が「公爵家の人間」とみなすには婚約者にまで昇格しなければいけないと悟った公爵の心中、推して知るべし、だ。

（嬉しかったんだけどな……）

プロポーズされた時の状況を思い出してグレイスは嘆息した。

きらきらした眼差しで、新型の脱穀機について語るグレイスを、公爵は堪《たま》らなくなったとばかりに腕を伸ばして掴《つか》み、展示用の資材がしまってある衝立《ついたて》の裏へと連れ込んだ。そこできつすぎる抱擁と、掠めるようなキスを贈られた。真っ赤になるグレイスに「すまない」と呻《うめ》くように告げた後、彼は「お父上には了承を頂いてます」と強張った顔で切り出した。

「わたしと――結婚してくれませんか」

続いたセリフは酷く……酷く言いにくそうだった。ただし「この時」のグレイスはそんな微妙なニュアンスに気付けるほど人間ができていなかった。

グレイスの世界を百八十度方向転換させる発言の前に、冷静でなどいられるはずもない。断るなんて選択肢を思いつきもしなかった。

「私でよければ……」

気付けばそう答えていた。

ふわふわした気持ちのまま、彼のダークブルーの瞳を見上げていると、三秒後に激しいキスを落とされた。身体の奥の奥まで探り出し、曝《さら》け出されて奪われる――そんな気になるキスだった。言い換えれば、そんな気に「させる」キスだったのだ。


(うまいわよね)

そこまで思い出して、ほうっと溜息《ためいき》を吐《つ》く。グレイスは疲れたように目を閉じるとクッションに寄りかかった。

閉会間近の博覧会はほとんど人がいなかった。だが、適度に多種多様な階級・仕事の人間が訪れやすい場所だったので、自分達を付け狙う人間を特定するにはもってこいだったのだろう。

公爵一人でやってきても良かったのではと疑問も湧くが、餌が多い方に越したことはない。婚約者ができた瞬間を相手に確実に目撃させる狙いもあったのかもしれない。

とにかく、これらのことを踏まえると、公爵がグレイスを博覧会に誘ったのには裏があり、蕩《とろ》けそうな眼差しで見つめて馬車の中や博覧会場で彼女を抱き締めたのは、相手を勘違いさせ、煽《あお》ることが目的だったということだ。所々で見せていた後悔したような表情が、その証拠となる。

あの日二人で乗ったのは、公爵家の馬車だったなと、グレイスはぼんやり考えた。多分、今乗っているこれがそうだろう。だがあの日と違って、今日は随分ごとごと揺れる。グレイスは気持ちがどんどん落ち込みそうになるのを感じて、思考回路を無理やり切った。

これ以上、自分が惨めになる必要はない。

これからグレイスは、囮として最大限役に立つところなのだ。そのためにも体力を温存しておこうと彼女は「昼寝」の方に舵《かじ》を切った。

もし、この先そのオカシなミスター・ウォルターが現れたら最悪戦わなくてはいけない。捕まえる気満々で護身用のナイフとロープも持ってきたし、こちらには御者もいる。言っても相手は妄言を繰り返し、嫌がらせを繰り返すだけの変態野郎なのだ。

きっとなんとかなるだろう。だがそれより何より。

(やっぱり私自ら捕まえて突き出したい……)

囮と断じられた自分が、颯爽とアンセルの前に立ち、「これでお役目は終わりましたね、さようなら」と言うのだ。きっと公爵はぽかんとするだろう。そして猛烈に自分の行いを恥じるはずだ。

そんなことをぼんやり考えていると、不意に馬車が止まった。どうやら目的地に到着したらしい。

一体どこで襲ってくるのかはわからないが、ここは実家だ。自分のテリトリーで戦うのも悪くはないだろう。

道中何も起きなかったことになんとなくがっかりしたようなほっとしたような……そんな複雑な気持ちになりながら、グレイスはゆっくりと目を開けた。

3　戦う伯爵令嬢

「取り敢《と あ》えず、診療所までお連れしました」

開いた扉の向こうから湿った風が吹き込んでくる。日はだいぶ西に傾いているが空はまだ明るい。

「——えっと」

ミリィと二人顔を見合わせ、グレイスはそっと扉から顔を出すと周囲を見渡した。錆《さび》の浮いたトタン屋根と、ひびの入ったレンガ造りの四角い建物がいくつか並んでいる。石畳は黒々と湿っていて、ドブの臭いがしている。どう見ても自分達が暮らしていた通りには見えなかった。

人気はない。自分達囮《おとり》に食い付いたであろう怪しい馬車も馬も見たところない。やっぱり失敗したのかと、グレイスの気持ちがどんよりと落ち込んだ。だがそれにしても……診療所？

「——ここは一体どこなのかしら」

なんでこんな場所に、と首を捻《ひね》るグレイスと同じように顔を出して周囲を見渡したミリィが、眉間に皺《しわ》を寄せて不安そうにこちらを見た。

「あまり治安が良いようには見えませんが……」

公爵の婚約者が訪れる診療所があるような場所とは思えない。

一体全体、実家に向かうよう告げた御者が、どうしてこんな謎の診療所にグレイス達を連れてきたのか。馬車の中でグレイスは考えた。

「あの？」

（もしかして……私達が語った妊娠うんぬんを鵜呑《うの》みにして連れてきた……とか？）

だとしたら申し訳ないが、要らぬお節介だったということだ。

馬車の扉を支えている御者に、グレイスはすまなさそうに声をかけた。

「あの……診療所は特に必要なかったの。実家に向かってもらえればそれでよかったんです。それにここではちょっとリアリティに欠けてるわ。……その……公爵の婚約者が訪れる診療所にはちょっと見えないのよ」

「──お気に召しませんか？」

掠《かす》れた吐息と共に御者が不満を訴える。その態度にグレイスは苦笑した。

「あなたの配慮はありがたいのですが、これは私が望んだ計画ではないわ」

それに、ここは彼が「勝手に」グレイス達を連れてきた場所で、告げた行先ではない。頼まれていない行動は慎むよう、当たり障りなく告げようとしたグレイスは、「そうですか」と低い声で呟《つぶや》く御者に怪訝《けげん》な顔をした。

「あの？」

「──公爵家の嫁ともなると、貧乏貴族でも見栄を張りたくなるということか」

「──え？」

途端、ぬっと馬車の中に身体《からだ》を突っ込んできた御者に腕を掴《つか》まれた。

「マイ・レディ⁉」

強張《こわば》った声がミリィの喉から迸《ほとばし》る。勢いよく引っ張られて、グレイスの身体がつんのめった。反射的に足を出して踏み台を捉え、危うく転びそうになりながら、なんとか馬車を降りる。だが身体の勢いは殺せず、御者があっさり手を離したためバランスを崩し片膝を強打してしまった。

「大丈夫ですか!?」

慌てたミリィがグレイスを助け起こそうと馬車から降りようとする。グレイスはというと、一体何が起きているのかわからず混乱した。周囲を確認しようと顔を上げたところで不意に背後から腰に腕を絡められて引き寄せられ、ぎょっとした。素早く首に腕が回り、ぎり、と締まる感触にあえぐ。と、降り立ったミリィが真っ青な顔でグレイスの背後の御者を見つめているのに気が付いた。

「お、お前は誰!?」

――え?

はっとしてどうにか首を後ろに向ければ、目深に被《かぶ》った帽子の奥に、ぞっとするほど冷たい瞳が覗《のぞ》いているのに気が付いた。

そこにあるのは――憎悪？　殺意？

(そんなもの、直接見たことはないけれど……)

怖気立《おぞけだ》つような視線、とはこういうのを言うのだろう。あまり覗き込みたくないその視線からようやく目を逸《そ》らし、彼の顔全体に目を走らせる。その細面の青白い顔に、見覚えは全くなかった。見知らぬ男が狂気に目をらんらんと光らせて、しっかりとグレイスの身体を抱え込んでいる。

「な……」

格好は確かに御者だ。公爵家のお仕着せを着ているし。だが最初に彼女達が交渉した公爵家の御者ではなかった。

彼こそが例の脅迫者に違いない。

「今頃気付くなんて滑稽ですね、マイ・レディ。御者の顔など見もしないということですか」

――そういうことだ。

悔しさに歯噛《はが》みする。まさか御者に取って代わるとは思っていなかった。一本取られた。だが気付いた以上、どうにかして逃げる算段をしなければ。直情型のグレイスは、お得意の「浅慮」（褒《ほ》め言葉ではない）を発揮して猛烈に身動《みじろ》ぎを始めた。急に暴れだした令嬢に男は舌打ちする。

「おい、大人しく――」

グレイスは滅茶苦茶《めちゃくちゃ》に腕と足を振った。おおよそ淑女とは思えない抵抗だが、全力投球あるのみ。

それから。

「きゃああああああ、たすけてえええええええ」

ありったけの声量と高さで、聞く者の耳をつんざく悲鳴を上げる。その抵抗に御者が切れた。

「大人しくしろッ」

あらん限りの声を上げるグレイスは、細い喉に何かが触れてぴたりと悲鳴を止めた。そろっと目だけで確認すると、冷たく無慈悲に光るナイフが見えた。

マズイ。

ぎくんと身体の強張った令嬢に気付いた御者が、はは、と乾いた笑い声を上げる。これ見よがしにナイフを持ち上げて、その切っ先をグレイスの目の高さに合わせながら、男は「さあ、新たなるオーデル公爵の誕生パーティにご招待しましょう」と背筋が寒くなるような猫なで声を出した。

「そちらのお嬢さんもどうぞ中に。ご主人様が本日ご出産なさるかもしれませんので」

とっくりとご覧ください、と愉快そうに言われて眩暈《めまい》がした。

後ろから拘束されたまま身体を押され、目の前の建物へと連れ込まれる。さっきの悲鳴が功を奏して誰かいないかと期待するが、人の気配がそもそもない。連れ込まれた建物はレンガ造りの縦に細長い構造で、鉄製の扉の奥は湿っぽくて黴臭《かびくさ》く、薄暗かった。ちらりと見えた周囲には同じような建物が軒を連ねていたが、人気はなし。遠くに大きな三角屋根の列が見えたが、どこだろうと思案する前に建物に押し込まれてしまった。

入り口からすぐの階段脇を抜けて、細く短い廊下の先にある部屋へと促される。どうやら何かの事務所跡のようで、建て替えを検討していたのか木材や釘《くぎ》、布なんかが部屋の隅に置かれている。そんな家具のない、がらんとした部屋の中央には机と椅子が一つずつと、古びたソファが置かれていた。窓には無造作に板が打ち付けられており、隙間から斜めに西日が差し込んでいた。

「そこのお嬢さん、わたしの上着のポケットに麻ひもがあります。それでご主人様の手を縛りなさい」

淡々とした男の言葉に、ミリィが唇を噛むのがわかった。どうしようかと必死に考えているのだ。その様子にいくらか冷静さを取り戻したグレイスは、逆らわない方が良いだろうと判断した。

恐らく逆らえば即、命がない。でも、逆らわなくてもじんわりと死ぬだけだろう。だとしたら生き延びるためにもどうにかして男の機嫌を損ねず、時間を稼ぐしかない。その間に何かしらチャンスが来るはずだ。

(それに)

自分は「囮」なのだから。

そう思った瞬間、思った以上に自分が冷静になるのがわかった。

囮だとしたら目一杯喰《く》らい付かせる必要がある。考えようによっては、公爵に恩を売る絶好のチャンスだ。目の前に、彼が囮を使ってまで捕まえようと決意した男がいるのだから。どうしてそこまでして、自分がこの男を捕まえようと思うのかはよくわからない。だが、公爵がグレイスを選んで囮としたのなら、自分はそれに応えたい。

グレイスの今回の行動の原点にあるのは、「コイツを公爵の前に突き出してどや顔をしたい」である。だとしたらこれは本当に、絶好のチャンスだとそう思う。怖くても、自らの命が風前の灯《ともしび》でも、与えられた役割だけを諾々とこなすような真似《まね》はしたくない。どうせなら自分で選んで成し遂げたい。

今現在、公爵は当てにならない。自分達がここにいることを知る人間は誰もいないのだ。この状況で頼れるのは自分だけ。助けはないと思った方が良い。瞬時にグレイスは頭を切り替え、周囲の状況を新たな目で見つめ直した。

「早くしなさい」

未《いま》だ動けないミリィに苛立《いらだ》ったのか、業を煮やした偽御者の声に不気味な鋭さが混じる。それでも必死に対抗措置を探して視線を彷徨《さまよ》わせる侍女に、グレイスはそっと声をかけた。

「従って」

「ですが」

「いいから早く」

「黙りなさい」

ぴり、とグレイスの喉に痛みが走り、はっとミリィが短く息を呑んだ。ぽた、と真っ赤な雫《しずく》がグレイスの胸元に落ちるのを見て、「お嬢様を傷付けないで」と侍女が悲鳴のような声を上げた。

「ミリィ、大丈夫だから」

「言う通りにすれば、これ以上ご主人様の肌に傷は付けませんよ」

冷静なのに、どこか不気味な熱の籠《こも》った声に、二人の肌が寒気立った。しぶしぶ男に近寄り、ミリィがポケットからロープを出す。

「後ろ手に縛るんです」

ぐいっと肩を掴んで身体を反転させられた。首筋にはひんやりとしたナイフが当てられていて、グレイスは必死に唇を噛んだ。今ここで相手を突き飛ばしたとして、その一撃で相手を昏倒《こんとう》させることができれば逃げられるだろう。だが尻餅程度ならドアから抜け出す前に背後からぐさりとナイフを突き立てられて終わりだ。この状況で刺されるのは賢い選択とは言えない。むしろ愚行だ。

グレイスは黙って腕を後ろに回すと、両手を拳にして側面をくっつけた。

「しっかり縛れ」

肌に縄が食い込む。その痛みに顔をしかめていると「申し訳ありません」とミリィが涙声で告げる。

グレイスはふるふると首を振った。

「大丈夫。それより、私の方が悪かったわ」

こんなことにあなたを巻き込んで。

それに、「いいえ」とミリィが小声で切り出した。

「こうなったのも全ては――お嬢様を囮にと考えた公爵様のせいです」

そっと呟かれたその台詞《せりふ》に、グレイスは押し黙った。

確かに……そうかもしれない。

東洋かぶれの嫁《い》き遅れで貧乏伯爵令嬢なら、たとえ囮だとバレたとしても、公爵との結婚という一時の夢と、借金全額肩代わりに喜んで納得すると思われたのだろう。

そう思うとどんどん惨めになってくる。あの笑顔にも、あの優しさにも裏があった。それに気付かず、身の程もわきまえず浮かれていたのはグレイスの方だ。

だからこそこうして、囮として自ら飛び出した。全てに決着がついた後で、囮でした、愛してませんでした、と言われて泣きながら引っ込むような真似は絶対にしたくないと思ったのだ。何も知らずに、婚約破棄を言い渡されるなんて以《もっ》ての外だし、それはグレイスのプライドが許さない。花嫁候補ですらなかったのだとしても、せめてこの結婚で求められている自らの使命をまっとうしたい。

囮として使っても問題ない人材ではなくて、囮とするなら彼女しかいなかったと、言われるように。

どうにかして主《あるじ》を助けたくて、いつまでももたもたと手首を縛るミリィに男が「もういい」と呻《うめ》くように告げた。ナイフを振って「あっちに行け」と指示をする。顔を上げた先の男は、もう正体を隠してもいなかった。

脱ぎ棄《す》てられた帽子の下には淡い金髪に薄い水色の瞳。頬はげっそりとこけ、目の周りが落ち窪《くぼ》んでいた。誰かに似ているとか、どこかで見たことがあるとか……そういうことはないと言える。中肉中背で歳《とし》は公爵と同じくらいか少し若いくらいだろう。

ふと、水色の瞳がグレイスを捉えた。瞬間、色の薄かった瞳の中心が真っ青に色づき、男が歪《ゆが》んだ口をぱかりと開いた。獣の口内を思わせるような赤がやたらと目についた。

「何を考えているのか知りませんが、残念ながらそれは実行されることはありませんよ」

感情の籠らぬ淡々とした言葉に、胸の裡《うち》が震える。ぐいっと肩を掴んで再び反転させられ、男がグレイスの腕を縛る縄目を確認し始めた。強度を確かめるように引っ張られてひやりとするが、グレイスは腕に力を込めた。現在彼女は頑張って、両手の親指と人差し指の端をくっつけた状態で手首を縛られている。

「何故《なぜ》こんなことをするのですか」

結び目から興味を逸らそうと、彼女は慎重に尋ねた。質問が逆鱗《げきりん》に触れればあっけなく殺されるだろう。だが、グレイスは攻め手を止めるつもりはなかった。生きるのも死ぬのもこの男の匙《さじ》加減だなんて、冗談じゃない。それに、言いたいことを我慢する性分でもないのだ。奥歯を噛みしめ、きついくらいに腕を引っ張られるのを我慢していると、不意に耳元に冷たい吐息がかかった。

「わたしが正当なる公爵だからですよ」

掠れた甘い声は、本当に甘い香りがした。

……糖尿病かな。

物凄《ものすご》いどうでもいい情報だが、ウォルターとやらの素性がわからないのなら、今ココで得られる情報はなんでも吸収しておきたい。うまい具合に、不幸な結婚をする前に犯人と接近することができたのだ。後はこいつを捕まえて警察に突き出せば、脅迫事件は解決する。

「一つお伺いしたいのですが」

「どうぞ」

感情の籠《こも》らない言葉に、グレイスは考えながら語を継いだ。

「あなたが正当なる公爵、ということですけど……どういう意味でしょうか?」

引き続き、この男からの情報を引き出すべく聞いてみるが、何が相手の地雷になるのかまだわからない。激怒させて寿命を縮める気もないグレイスは慎重に感情を殺して尋ねてみた。

「そのままの意味ですよ」

……そのままの意味だと、現・公爵の存在がオカシナことになる。だから聞いてるのだと、グレイスは胸の裡に湧き上がる苛立《いらだ》ちを堪《こら》えた。

いけないいけない。直情型は今回は封印しなくては——できる限り。

「つまりは、あなたこそが正当なるオーデル公爵の血筋であると？」

「だからそう言ってます」

いやだから、それだとアンセル様は一体何になるというのか。

必死に落ち着け落ち着け、と繰り返し、グレイスはこれまでの人生で一番頭を使いながら口を開いた。

「ミスター・ウォルター」

「ロード・ウォルターです」

「——ロード・ウォルター」

「はい」

「あなたは公爵のご落胤《らくいん》ということでしょうか？」

その言葉に、顔を上げた男が何もない空中を見つめ、まるでそこに彼にしか見えない美しい絵画があるように、うっとりしたような顔をした。

「わたしの母はとても美しく、まるで女王のような人でした」

気高く誇り高い母です、と男は続けた。

「母は先代オーデル公爵に見初められて身を許しました。ところが、公爵には既に正妻がいて、母は妾《めかけ》として扱われることになったのです。それでも母は、彼への愛に誇りを持って暮らしていました……母がわたしを妊娠し、そのせいで正妻からの虐《いじ》めがエスカレートするまでは」

心優しく争いが嫌いな母は、わたしを無事に産んで育むために実家に避難しました、と彼はどこか夢見るような囁《ささや》き声で続ける。

「でもそれでよかった。煩《わずら》わしく堅苦しい世界とは無縁の地で、わたしは母を独占することができましたし」

以降、ウォルターが一人の世界でぶつぶつ言いだし、グレイスは必死に言葉を飲んだ。先代公爵に妾がいたなんて話、一ミリも聞いたことない。一体この男はなんの話をしているのだろうか？　お義母《かあ》様と亡き先代公爵は仲睦《なかむつ》まじかったと聞いている。だとしたら、この男が語る内容は全部創作か？

「これでわたしが公爵である理由がわかりましたか？」

再び耳元に吐息がかかり、ぞわぞわする。

確かにわかった。どこまでが真実で、どこからが虚偽なのかは不明だが、「そうだ」とこの男が頭の天辺《てっぺん》から爪先まで信じていることは理解できた。

話し疲れたのか、急に押し黙った男を振り返れば、彼はじっと天井と壁の境目を見つめていた。何かを空中に思い描いているように見える。時折「そうですよね、母上。え？　違いますよ、それは別の案件です」とよくわからない何かと交信している。賢明なるグレイスは、「触らぬ神に祟《たた》りなし」とばかりに無視を決め込んだ。これから先は脱出が最優先となるのだから、下手に男を刺激したくない。

（そう。まずはここから生きて帰らなくっちゃ……って、生き残ったとしても、私の評判はぼろぼろだろうけどね……）

派手な婚約と妊娠発言。そこからの婚約破棄で、「グレイスには欠陥がある」と社交界が考えるのはほぼ確定だろう。そこに加えて謎の逃走と監禁だ。グレイスが「穢《けが》れている」と見られる要素がこれでもかと積み上げられていた。

社交界は淑女に貞淑さと穢れのなさを求めている。実際はそんなことないのに、上辺だけをそう取り繕って、まっとうさせようとしている。そんな世界で、これらの「汚点」があるグレイスはもう二度と上流階級の人間に振り向いてはもらえないだろう。いわゆる社会的な「死」だ。

まあ、それよりも今、実際の命が尽きる瀬戸際でもあるのだが。もちろんそう簡単に死ぬつもりはないし、絶対に生きて帰るつもりである。

だがもし……万が一、ここで死んだら？

男は夢見るように何かと交信を続けているが、手にはナイフを持っている。自分に歯向かう素振りを見せれば、遠慮なく彼女にナイフを突き立てるだろう。彼の発言の真意はともかく、歪んだ感情で公爵を憎んでいるのはわかった。

『自らの汚点を隠し、我を軽んじ続けた貴公らの血に呪いあれ。公爵位に就くべくは我であり、お前達は不釣り合いなその称号を返却せよ』

確か脅迫状の内容はこんな感じだった。もしここでグレイスが殺されれば、公爵家は更なる繁栄の未来に繋《つな》がる妻と子供をいっぺんに失うことになる。かなりのダメージだ――本物なら。

（ってか、妊娠なんて狂言なのにそれで殺される私って……）

あり得なさすぎだろう。

確かにいいことの少ない人生だった気はする。幼い頃から実家の管理に追われ、舞踏会や夜会に出る際は、いかに自分のドレスが流行から二回りほど遅れているかを悟られないように、必死になってリメイクした。客間のシャンデリアすら灯《とも》すことができないのに、お茶会なんか開けるはずもない。そして招かれたことももちろんない。

社交界にデビューして二シーズンを過ごしたが、現在友達はいないし、実家の金策が取れるような理想的な男性に告白されたこともない。唯一、グレイスに目を止めてくれた公爵からは「囮」に認定されているし。

（ってそうそう、忘れるところだった）

この男の目標がなんであれ、それの元になっているのはラングドン家である。「囮」であるグレイスは直接的に彼の憎悪に関係ない。本当に彼の妻となる存在なら、この件は非常事態と言えるだろうが、捕まっているのはラングドン家に痛みを与える存在ではない。

もっといえば、グレイスは今も明日も明後日《あさって》も、ずっとずっと公爵家とは赤の他人なのだ。そんな平々凡々たる「囮」のグレイス・クレオールが、その役目をまっとうしてオカシナ男を掴まえ、公爵に差し出したとする。その瞬間、彼の家の末永い安泰に協力した女としてようやく、公爵家に関わりのある人間に昇格するのだ。

この展開は……ありじゃないだろうか。万が一、最悪、自分が死んだ場合、公爵のために命を落とした人間として公爵の忘れられない傷になりそうだ。

（その場合、公爵様は盛大なお葬式を出してくれるかしら）

盛大に悔いて、泣いてくれるだろうか。

「これでいいな」

不意に夢から覚めたような男が、やる気なく手首を一瞥《いちべつ》し肩を竦《すく》めて告げる。その言葉に、グレイスはほっと胸を撫《な》でおろした。どうやら気付かれなかったらしい。

「少し喋《しゃべ》りすぎましたが……まあいいでしょう」

結局貴女《あなた》は死ぬのだから。

物騒な一言をさらりと零《こぼ》しながら、男は今度はミリィにナイフを向けた。

「両手を出せ」

歯を食いしばるミリィの両手を男が後ろ手に手早く縛り、「これでいい」と満足そうに頷《うなず》いた。

「さて」

ゆっくりと男が振り返る。冷たい眼差しと、噴火口の亀裂のように歪んだ赤い笑みを浮かべた男が、じりじりとグレイスに近寄ってくる。押されるように数歩後退《あとずさ》ると、膝の裏にソファの縁が当たった。

その瞬間、どん、とグレイスは肩を突かれた。よろけた彼女がソファに転がるのと同時に男が圧《の》しかかってくる。

あ、マズイ。この展開は予期してなかった。

「ではまずは」

そう言って馬乗りになる男がうっすらと気味の悪いにやにや笑いを浮かべた。

「本当に妊娠しているのか、調べさせていただきます」

言うが早いか手が伸び、グレイスのドレスに手をかける。

「ちょっと待って!?　一体何をする気です!?」

グレイスの予想プランに強姦《ごうかん》はない。まさかそんな方法を取る相手だとは想定外だ。大急ぎで叫び、これ以上何かする気なら全力抵抗は辞さないし、なんなら舌を噛んでやるくらいの激しさで男を睨《にら》み付けた。そんな急激に青ざめるグレイスにちょっとだけ目を大きくした男が、ふんと鼻で笑った。

「心外ですね。わたしはがりがりぺったんに興味ありません」

それはそれでムカつくなこの野郎！

「こんな……」

言いながら、男はグレイスの身体に掌《てのひら》を走らせてくびれやらでっぱりやらを事務的に確認していく。

「円筒状の寸胴鍋体型ではねぇ……ゼロディアの猫足が特徴的な女性らしいフォルムの鏡台の方がよっぽどそそられます」

官能的な形状で一躍有名となった隣国の家具メーカー。その一番人気の鏡台を真顔で引き合いに出されて悔しさに涙が滲《にじ》んだ。

ちくしょう！　覚えてろよ！

「こんな凹凸のない」

「しっつれいな！　多少はありますぅ！」

「ではわたしの趣味ではない、にしておきましょう。貴女の身体はどうでもいいんですよ。ただ子供がいるかどうか確認したいだけなので」

その淡々とした口調にぞーっと背筋が冷たくなる。

意味がわからない。確認？　どうやって？

「母が言ってました。女性には身体に子供が入る袋と出てくる際の穴があると」

そこから覗けば見えますよね？

おいおい……おいおい……おいおいおいおいおいおいおいおいっ！

げんなりするというか恐怖と嫌悪でグレイスは青くなった。ここにはグレイスを「伯爵令嬢」としての「品格」があるかどうか試験して回る、社交界のお目付役は存在しない。故に、家計をやりくりするために自ら食品の買い出しに出るグレイスが、長年訪ね歩いた下町でゲットした「下品」な単語を脳内で駆使する。口に出したら逆鱗に触れるのはわかるので、心の中で罵るだけだが。

つまり。

この××野郎！　ママの×××でも××××てなッ！

と言うところだ。だが、そんな思考も足首を掴んで持ち上げられた際に潰《つい》えた。ぐいっと体重をかけて身体を折り曲げられる。さらさらと太腿《ふともも》をスカートが流れ落ちていき、白い肌が覗く。強引に膝頭を掴んで脚を割られ、グレイスは己の血が零度近くまで冷えるのを感じた。

確かに男の手には、公爵がグレイスに触れるような、腫れ物に触れる遠慮や柔らかさ、優しさがない。どこか医療行為に近い、感情のない触り方というか……それよりももっと人間味のない、機械に触れているような義務感が溢《あふ》れていた。まだ己の愉悦のために触れられる方が、反撃の余地がある気がする。

だがここまでなんの感情もなく……まるでこの間見た、産業博覧会の展示品の内部構造を確認するように、ぐいぐいと関節関係なく持ち上げたり折り曲げたりされると恐怖しかない。下手なことをして身体の一部が骨折しても気にしないという雰囲気だ。

なのでグレイスは、ドロワーズに手をかけられ、本気で「中」を覗こうとされる前にコイツを殺そうと決意した。

もう駄目だ。説得とか穏やかな話し合いとか、そういう問題じゃない。

この男は妄想野郎だったのだ。遠くにいる何かと交信しているような、人を人とは思わない存在なのだ。言葉は通じない。間違いない。ことここにいたってはもう、殺《や》るか殺られるかだ。

即決し、グレイスは縛られている両手を猛烈に動かし始めた。

子供の頃、村に住んでいた手品師が言っていたのだ。拳を横に並べて手首を縛ると、拳を縦に倒した分だけ隙間が生まれる。そこから縄を緩ませることができると。それでもしっかりと縛られた縄が食い込んで痛い。皮膚が裂けて血が滲むのもわかる。だがそれよりも、ヘンタイ野郎の湿っぽい吐息が脚の付け根に掛かる方が気色悪い。びりっと布の裂ける音がして、グレイスは焦った。

まだ……そうまだ、覗かれるだけならマシだ。見られた屈辱で死にたくもなるが、死にたくなるだけで死ぬわけではない。だが、子供がいるかどうかと、医療行為と称して何か金属でも突き入れられたら……!?

ジタバタと足を動かすが、男には影響がないらしい。無理やり太腿を押さえつけて、「我慢してください」と淡々と告げるのみだ。

(誰が我慢なんかするかっ!)

その瞬間、ようやく縄が緩むのがわかった。希望が見えて、更に激しく両手首を前後左右に動かす。

片手が抜けた刹那、グレイスは素早く視線を巡らせ、膨らんだスカートとソファの背の隙間に男が置いたナイフがあるのが見えた。後はもう、直進あるのみ。

「さて……暗くてよく見えないが、この割れ目の奥に……」

（何見てんだ、この野郎ッ！）

怒りと焦りと恐怖と嫌悪で腹の底が震えるが、必死に手を伸ばし、指が攣《つ》りそうなぎりぎりでナイフの柄を掴む。

グレイスの領地こと、ハートウェル伯爵領では林業が盛んだ。豊かな森があり狩猟場としての定評もある。そこで育ったグレイスは、猟場管理人から獲物を仕留める際の極意を教わっていた。

狩った獲物は必ず首を切ってあげること。それは自分達の糧となる生き物に、せめてもの苦痛を減らすためだという。手負いの獣が一番恐ろしいことも知っていた。痛みは動物にも人間にも我を忘れさせる。命が失われるシグナルだから当然だ。

躊躇《ためら》えば反撃に遭うだろう。情けをかけたいのならば一撃で仕留めろ。

迷うな。突き進め。

行け！

痛いくらい強く、ナイフの柄を握り締めた次の瞬間、グレイスは男の身体のどこにでもいいから突き刺されとナイフを振り下ろした。

ぎゃっ、と踏まれた猫のような短い悲鳴が上がる。相手が怯《ひる》むのがわかったので押しのけて脱出しようと身を捩《よじ》った。だが一瞬の後に、男が怒りに満ちた目でグレイスを睨み、ソファから降りようとした彼女の髪を掴んだ。

「ッ」

背後から折れそうなほど強く、頭部に巻き付けるように結っていた三つ編みを引っ張られて再びソファに沈められる。血走った目の男が体重をかけて圧しかかり、口角泡を飛ばしながらぎりぎりとグレイスの首を絞め始めた。

十本の指がグレイスの肌に食い込んできた。必死に男の手首や手の甲を引っ掻《か》くが、血走った目と恐ろしく歪んだ笑みを浮かべたミスター・ウォルターは一向に手を緩めない。その火口のようなにやにや笑いが、勝利を確信して徐々に深くなっていく。

気が遠くなる。目の前が真っ白になる。

「あぁいいですよ、その表情……母上にも見せてあげたい」

うっとりとした視線に腹が立つ。だが苦しくて苦しくて、視界が真っ赤に染まって反撃もできない。ああやっぱり、クリティカルヒットとはいかなかった。どうせ当たるなら、肩の骨の所ではなくて急所の喉とかに当たってくれれば良かったのに。でももうこれで万事休すだ。

そう思ったグレイスは、霞《かす》んでいく視界の向こうに、不意に信じられないものを見た。

狂気に歪んだ男の顔。その向こうに角材を振り上げる人物が。

ごんっ、という鈍い音と共に、振り下ろされたそれを後頭部に受けた男から全ての力が抜けた。緩んだ器官が猛烈に空気を取り込み始め、グレイスはゲホゲホと咽《む》せた。息がしたいのにうまくできない。それでも必死に呼吸を繰り返していると、角材を振り下ろした人物が、手にしたそれを放り出し、グレイスに圧しかかる男を引きずり下ろしてくれた。

「お嬢様、お嬢様、お嬢様あああああ」

グレイスの視界一杯に、うわああんと泣き崩れるミリィが映る。

「ミ――ミリィ……」

彼女は力が抜けたようにぺたりと床に座り込み、止まらない涙をぼろぼろと頬に零していた。

喉と手首に裂傷、膝に擦り傷と打撲、痣《あざ》を負ったグレイスとは対照的に、ミリィには怪我がないようだ。というか、両手は未だに縛られたままだ。だが何故か後ろ手ではない。

「あ、あなた……どうやって……」

よろよろと身を起こし、床に転がる角材と彼女を交互に見比べていると、すすり泣きまで落ち着いた彼女が「はいぃ」としゃくり上げながら答えてくれた。

「わ……わたし……じ、侍女か、ぶ、ぶた……い女優かなやん……でるって……お話ししましたけど」

「ええ」

「お……踊り子も……めざして……て」

身体が柔らかいんです～、と袖で涙を拭いながら、ミリィは立ち上がると自分の腕を身体の前に後ろにとぐるぐる回してみせた。そんな彼女の様子にグレイスは数秒固まった——後。

「あなたってば最高ッ」

「お、お嬢様!?」

ソファから飛び降り、力一杯命の恩人を抱き締める。

「ありがとうありがとう！　命はないと思ってたッ！」

「お役に立てて良かったです～なのに……お、お嬢様の貞操が……」

「それは平気よ。見られただけだし。ていうかそれどころじゃないわ！　あなた、勲章ものよ！」

私の中では間違いなく英雄だわ。

「そんなことありません……私は、お嬢様が逆境に負けずにナイフを振り上げたところにいたく感動いたしました。一生ついていきます」

その一言で思い出した。

そうだ、ナイフ。

ミリィから身体を離し、グレイスは床に昏倒している男を見た。肩甲骨の上辺りにナイフが突き刺さった男は、ぴくりとも動かない。もしかして死んでるのだろうか。

恐る恐る近づき、そっと首筋に手を当てる。脈を探し、微かに拍動しているのを確認してほっとした。殺るか殺られるかの二択だと思っていたが、そのどちらも免れたようだ。肩の所に突き刺さっている金属が抜けていないので、大量出血していないのも功を奏したのだろう。呼吸が止まることはなさそうだ。

じわり、と心の底から熱いものが込み上げてくる。それにグレイスの胸が震えた。このイカレタ男は現在、戦力を喪失している。全ての力をなくしている。捕まえるのにまたとないチャンスだ。

酸欠だった状態からようやく回復したグレイスは、よろよろとドアに向かった。窓の縁を金色に輝かせていた光彩は消えている。日は既に沈んでいるのだろうか。

「マイ・レディ、どちらに？」

ミリィの口調がやや改まったものになる。多少我を取り戻した彼女に、振り返ったグレイスが怖い顔をしてみせた。

「馬車に戻って予備のロープを持ってくるわ」

「え？」

「この男を拘束するのよ」

動きだされたら面倒だ。それに、なんとしてもこの男を公爵の目の前に突き出したい。突き出してどや顔がしたい。今はもうそれしか考えられない。

ここがどこかはわからないが、馬車が消えていなければ何とかなるだろう。細い通路を抜け、扉を押し開けると深い紺の空が広がっていた。西の空は緑から青へとグラデーションを描いている。果たして馬車はきちんと停まっていた。大量の高級品を積んでいるというのに、嘘のように静かに佇《たたず》んでいる。いち早くここから脱出したいが、とにかく男を身動きの取れない状態にしておきたい。

(それから警察へ行く？　それとも公爵家に戻る？　むしろ実家に戻って英気を養って大手を振って公爵家に乗り込む？)

どの案が一番だろうか。

馬車のドアポケットに突っ込まれていたロープを取り出し、グレイスは大急ぎで建物に戻った。その際ふと、風に潮の香りを感じグレイスは顔を上げた。

そういえば、ここはどこだろう。

建物に連れ込まれる際に、ちらりとしか周囲を見なかった。今しっかりと辺りを見渡すと、暗くなる紺色の空に向かって、真っ黒な平屋の影が連なっているのが見えた。三角形の屋根が特徴的だなと、そう考えながら、グレイスはそぞろ歩く人がいないかと目を皿のようにした。だがやはり、人気はない。廃れた街の一角……とかだろうか。だとしたらそこはどこ？

脳裏に必死に地図を思い描こうとするが、疲労か酸欠の影響でうまく想像できない。ぼんやりと自力で帰れるだろうかと考えながら、それでもグレイスはぱしぱしと両頬を叩《たた》くと気合いを入れ直した。復讐《ふくしゅう》に燃える男が、人が集まる場所を殺人の現場に選ぶとは思えない。

だとしたらどこか、王都から離れた過疎化の進む地域だろう。そして王都に暮らす、貧乏とはいえ貴族の末端のグレイスにとって、そういった箇所の知識が乏しいのも事実だ。

（今度から馬車に乗る時は、きちんと来た道を覚えておくようにしよう……）

どちらからやってきたのかもわからないなんて、と悔しく思いながらグレイスは踵《きびす》を返す。男に閉じ込められた部屋のドアの前に、手を揉《も》み絞るようにしてミリィが立っていた。

「まだ目を覚ましません」

「よかった」

もうだいぶ暗い部屋に再び滑り込むと、グレイスはしっかりと男の両手首を縛った。きちんと手を重ねて、ロープを交差させるようにして結ぶ。捕らえた獲物の縛り方を学んでおいて本当に良かった。貧乏暮らしも捨てたものではない。このまま彼を置いていくのはなんとも居心地が悪いが、彼を馬車まで引きずっていって乗せるのは女二人には無理な相談だった。逃げられる恐れもあるが、やむを得ない。あとで従僕をここに来させるためにも必死に道を覚えなければ。

「とにかく、次の行動に移りましょう」

立ち上がり、グレイスはぐいっと顎を上げるときびきびと歩きだした。無理やりでも滅茶苦茶にでもがむしゃらにでも、先に進もうとするのは良いことだ。段々手足に力が戻ってくるのがわかった。

（そうよ――そうなのよ……ついに私はやったのよ）

歩きながら、自分を叱咤《しった》するよう心の裡で叫ぶ。

そう、そうだ。とうとうやった。見たか、公爵！

自分的には最速で、結構華麗に問題の悪人を捕まえることができたと思っている。まあ、そのなんだ。まだ警察署まで連れていったわけではないが、それでも快挙だろう。

ようやく、二人揃って外に出ると、西の方にぽつりと一番星が光り輝いていた。ぴゅうっと冷たい風が吹き、グレイスは燃え滾《たぎ》る感情が八割くらいに熱量が下がるのを感じた。なんというか……ほんの少しだけ……ずきん、と胸が痛んだ。それを振り払うようにグレイスは馬車に歩み寄る。とにかく疲れた。どの道を選ぶにしても、まずは安全な場所まで退避したい。

「あの……マイ・レディ」

二人で並んで馬車を見上げながら、ミリィが恐る恐る尋ねた。

「わたし、御者の経験はないのですが……」

その一言に、グレイスは胸を張った。

「大丈夫。私もないから」

◇◆◇

今まさに夜明けを迎えんとする、青白い空気の満ちた通りを一頭の馬が疾走している。王都の高級住宅街から少し離れた、宝飾品を扱う店や一流のブティックが軒を連ねるそのストリートに、こぢんまりとした庭付きの屋敷がいくつかある。そのうちの一軒に、疾走する馬が止まるや否や、黒いマントと黒い帽子を被った男が大急ぎで馬から飛び降りた。そのままの勢いで扉の前まで来ると、どんどんどんどん、とノッカーを激しく打ち付ける。やがて眠そうな顔のメイドが顔を出した。

「あの」

「緊急の用件だ」

　半分閉じていた目蓋が重そうに持ち上がる。薔薇《ばら》色の朝日が空を切り裂き、青白い影の中から浮かび上がった人物に、メイドは目を見張った。

「まあ、旦那様の――」

「アンセル様は？　中か？」

　慌てて扉の横に避《よ》けたメイドを押しやり、ぐるりと室内を見渡す。人気のない玄関ホールに、この屋敷の主が降りてくる気配はない。その様子に男は深呼吸をして、それから。

「アンセル様ッ」

　大声で叫んだ。

「今から参りますので、不都合がございましたらお早めにお支度を」

　一通り宣言した後、男は大股で階段を上っていく。突き当たった先を右に曲がり、主が泊まっているであろう寝室を目指した。巨大な扉の前で一つ、咳払《せきばら》いをする。それから遠慮なくノックをした。

「入りますよ」

　ちょっと待て、とか今はマズイ、などの主の言葉を無視して男は大きく扉を引き開けた。

　カーテンの引かれた主寝室は薄暗かった。だが、物が見えないわけでもない。ヘッドボードの燭台《しょくだい》が、室内に黄色い光を投げかけ、ベッドの中と外にいる人物二人を浮き上がらせていた。

「……ハイン」

　一人は今まさに起きました、と言わんばかりにベッドに中途半端に腰かけ、手にはズボンを掴んでいる。下着はない。ほぼ全裸に近い状態の主に、シーツに包《くる》まっていた女がしなだれかかった。

「なあに？　従者？」

女は甘ったるい声を出して、逞《たくま》しい男の腰に両腕を回す。そのまま脇腹辺りにキスを繰り返す女に、アンセルは苦笑した。

「少し待って」

「いやよ」

「いいから、可愛《かわい》い人」

そう告げて彼女の腰を抱き上げるとシーツの海に沈め、濃厚なキスを落とした。キスが数分間続く。

それを、ハインと呼ばれた従者は一切動じずに見つめていた。

「それで？　何が起きた」

ああん、帰っちゃうの？

すまない。大変な事態が起きたようだ。

「早急に片付けなければならない事案が発生いたしました」

いやよう……アンセル様ぁ……もっとして。

本当にすまない。埋め合わせはちゃんとするから。

「例の事件の手がかりか？」

埋め合わせって……じゃあ私、おっきなルビーが欲しいな？　愛の証《あかし》に。

ああ、わかったよ。愛の証だな？　もちろんだ。

「グレイス様が荷物をすべて持って屋敷を出られました」

服を着ているのか、脱いでいるのかわからない感じで愛人とキスや愛撫《あいぶ》を繰り返して名残を惜しんでいたアンセルは、その一言にぎょっとしたように目を見張った。

衝撃的な報告を受け、白々と夜が明ける中馬を飛ばして帰宅すると、早朝だというのに公爵家は上を下への大騒ぎだった。美しい顔を歪め、アンセルは烈火のごとく怒った。暗いサファイアのような眼差しが、明るく真っ青に輝いている。

「せっかく私の言いなりになるコマを手に入れたというのに……っ」

自分の信念に反して、冴《さ》えないオンナを婚約者として選んだのには訳がある。壁の花は得てして、一目惚《ひとめぼ》れや結婚話をさもロマンティックに語れば、面白いほど簡単に落ちてくると相場は決まっていた。それに彼女の実家は困窮しているというから、金をちらつかせばいくらでも言うことを聞かせ、操ることが可能だろうと考えたのだ。

本来の目的では美しく従順で、将来公爵家のためになる令嬢を妻に迎える予定だったが、脅迫者のせいでそう簡単にはいかなくなった。早急に頭のイカレタ男を拘束するためにも、囮として別の女を据え、奴《やつ》を捕まえた後穏便に別れて元の計画に戻す予定だった。

例えば、君が運命だと思ったのに、他の人に恋をしてしまった申し訳ない、とかなんとか。それから彼女の評判を台なしにした代わりにと、適当な相手を見つけ出してあてがえば、グレイスの評判も最小限の被害で留まるだろうし、一生縁のなかった結婚がめでたくできるわけだから問題ないだろう。

なのに、そのせっかく用意した囮が逃げ出すとはなんという失態か。

イライラしながら、アンセルはグレイスの部屋へ飛び込み、買い与えたものが綺麗《きれい》さっぱりなくなっていることに歯噛みした。囮としての仕事もまっとうしていないのに、なんと強欲な。自分の欲求にはなんでも応えてくれる貴重な愛人との、熱烈で濃厚な夜を無駄にしたのだ。なんとしても囮を探し出さなくては。それとももう、ウォルターなる人物の手にかかってこの世を去ってしまったのだろうか。

ち、と舌打ちすると、アンセルは踵《きびす》を返して足早に厩《うまや》を目指す。こうなっては作戦の変更が必要だ。

「何をやっている、とっととグレイスを探し出せ！」

神妙な顔付きで右往左往するだけの執事と従僕を怒鳴り、アンセルは「馬を用意しろ」と先程乗ってきたのとは違う馬を玄関前に連れてくるよう命じる。とにかく今は彼女の身柄がどこにあるのかを把握するのが先だ。もし彼女の身に何かが起きているのだとしたら……そこまで考えて、それが公爵家の威光を振りかざす絶好のチャンスにならないだろうか、と冷静に彼は考えた。

愚にもつかない嫌がらせの数々を行うだけならば、捨て置いた。だが、殺人となれば話は別だ。それに、殺されたのは「最愛」の「グレイス」なのだ。自分は公爵家の正式な跡取りであるとそう謳《うた》い、ラングドン家を陥れようとするのなら、徹底抗戦あるのみ。そしてグレイスの死はその大義名分にこれ以上ない効果を与えてくれるだろう。

「まったく……」

苛立ちながら玄関から外に出て、アンセルは唇を噛んだ。

彼が一番嫌いなのは、誰かに頼み事をすることと、自らが立てた計画を阻害されることだ。その最たることが、ここ数週間続いている。囮とはいえ、望まぬ女を招き入れてもてなし、家族に協力を依頼した。行きたくもない産業博覧会に赴いたのは、そこでイカレタ男が襲ってくるなら襲ってこいと思ったからだ。だがこうして交際を深めたように見せ、明日には結婚と思わせたのに、ウォルターなるいかれた輩《やから》からはなんの音沙汰もなかった。それだけで随分なストレスだったというのに、ここにきてまさかの囮の逃走とは。

「一体どれだけ私の計画を邪魔すれば気が済むのか……傷モノになっていてくれないと意味がない」

馬が用意されるまでの間、アンセルは石畳の道をたんたんと足で踏み鳴らす。

「遅いぞ」

「申し訳ありません！」

必死に馬を用意してやってきた厩番を一喝し、アンセルが鐙《あぶみ》に足をかけた、まさにその瞬間。

「見下げた男ですわね、公爵」

凛《りん》とした声が周囲に響き渡り、公爵がはっと顔を上げた。きらきらした朝日が満ちる空をバックに、女性が一人悠然と歩いてくる。

「――き、君は……」

風にふわりと真っ白なオーバードレスが膨らんだ。水色のアンダースカートがさらさらと音を立てて揺れ、腰の高い位置で結んだリボンが風にたなびく。こつこつとヒールの音を響かせ、レースのパラソルを差した女性がアンセルの目の前でぴたりと足を止めた。ボンネットの縁から溢れた巻き毛が、朝の透明な光をきらきらと弾《はじ》き、その下で女がふわりと柔らかく微笑《ほほえ》んだ。

「グ……グレイス……」

唐突に探していた人物が現れて、アンセルはぽかんと口を開けた。

一体どういうことだ？　彼女は逃走中か、相手に捕まったのではないのか？

そんな動揺を隠しきれず、鉄面皮にヒビが入る。どうにか取り繕った笑顔を浮かべる間に、そっとパラソルを下ろしたグレイスが、微笑んだまま首を傾《かし》げてみせた。

「お出かけですか？　公爵閣下《ユアグレイス》」

静かだがどこか張りのある声で言われ、公爵は呑まれそうになるのを堪えた。

「あ……当たり前です。愛《いと》しい貴女が行方不明と聞いたのですよ？」

取って置きの笑みを見せて、アンセルは両手を広げて歩み寄った。眩《まぶ》しくて目を細めたくなる微笑みを浮かべて近付くアンセルに、グレイスがすっと右手を掲げて制止した。そして、ぴたりと足を止めたアンセルに、グレイスは己の矜持《きょうじ》を全て込めて、ぐいっと顎を上げた。

「下手なお芝居は結構ですわ、公爵閣下」

ぎくり、と男の身体が強張る。

「一体何を……？」

「お芝居です。必要ありませんから」

グレイスは片手にパラソルを下げ、片手を腰に当てて仁王立ちし、背筋を伸ばした。

「申し訳ありませんが、公爵閣下。この婚約、わたくしの方から破棄させていただきます」

その宣言と同時に天空から何かが降ってきて、どさり、とアンセルの足元に落ちた。

「こ、これは……!?」

白目を剥いて倒れているのは、目元が窪み、頬がこけた一人の男だった。ぎょっとするアンセルに、優雅な足取りでグレイスが歩み寄り、その顎の下、喉ぼとけの辺りに、ぴしりとパラソルの切っ先を突きつけた。

「公爵様がお探しの、愛しの変態様ですわよ」

　ああそんなまさかだって——

「グ、グレイス……」

「では、報酬交渉と行きましょうか」

「ほ、報酬？」

　当然です、とグレイスは己の手首を見せつけた。

「淑女の評判のみならず、肌に傷を付けたのですからそれ相応の慰謝料が必要ですわ」

「グレイス様ッ！」

　ははーっとアンセルがその場にひれ伏した。

　それは土下座だ。東洋文化大好きなグレイスは知っている。

　その様子に、込み上げてくる優越感を無視できず、輝く笑顔を見せたグレイスは、「お嬢様ッ」という切羽詰まったミリィの声に興を削がれた。

「なんですか」

　振り返り、眉間に皺を寄せてミリィを睨み付ける。

「お嬢様！」

「だから、何？」

「起きてください！」

　ええ？　一体彼女は何を言っているのだ？

「ちょっとミリィ……あなた、大丈夫？　私なら既に目覚めてばっちり活動中で——」

「お嬢様ッ！」

起きてくださいッ！

次の瞬間、グレイスは身体がぐいん、と何かに引っ張られて今の今まで見ていた景色が、ばらばらに崩れ落ちるのがわかった。

◇◆◇

グレイスの「ぎゃふん」を彩る朝日は消え去り、目の前に心配そうなミリィの顔が映った。

「——え？　あれ？」

「しっかりしてください、お嬢様！　もうすぐメインストリートですから！」

ミリィの一言に、グレイスは周囲を見渡した。がらがらと車輪の回る音と身体に伝わる振動。

そういえば……どうしたんだっけ？

寝ぼけ眼を無理やり擦り、グレイスは必死に頭を働かせた。

ええっと……確か……そうだ。

「犯人っ」

「は、まだ空き家の床です」

「警察」

「にはこれからです」

「ここは」

「ようやくメインストリートです」

そう告げるミリィに、グレイスはほっと息を吐《つ》いた。見える周囲の空にはまだ、微《かす》かな緑色が残っているから、ほんの一瞬の間に見た夢だったようだ。途端、一気に身体から力が抜ける。

（随分リアルな夢だったな……）

公爵が入り浸っている屋敷なんて、見たことあるような気がする……と改めて思い出した。

そうだ。あれはロード・ケインの独身用の住まいだった。一度メレディス様とあの辺りを通過した際、馬車の中から教えてもらった。瞬間、はぅーっと溜息が漏れた。

うん。あれは実際の出来事ではない。実際に起きたことなら何故、その場にいるはずのない自分が、公爵と愛人の密会現場を目撃することができるというのか。そう……あれはいわゆる自分の不安の表れ、というところだ。夢で幻だ。

（公爵を追い詰めて、パラソルを突きつけたのも全部夢……）

それはちょっと残念な気もするが、あんな夢を見るとはと思わず苦笑する。だがどういうわけか夢とわかってほっとした。あれが現実に近いのだろうとわかってはいるが、夢で良かった。

（囮としての任務はまっとうしたけど……）

それは自身のお役御免を意味する。夢で見たアンセルと愛人の……互いの裸を見せ合うような仲に、自分達は発展しはしない。手切れ金を受け取り、はいさよならだ。

（あんな肉感的な美女でもないしね）

グレイスの夢の中に出てきた女性は、実在の人物ではないだろう。グレイスが思い描く「公爵の愛人」があんな風なのだ。顔は美しいブロンドに隠れてわからなかった。だが身体つきは――

「……猫足の鏡台……」

敵とはいえ、あっぱれな発言だった。

寸胴鍋のような体型と、猫足鏡台では——大分違う。言い得て妙とも思える。どよんと落ち込むグレイスに、「お嬢様」とミリィがそっと声をかけた。

「そろそろ灯りが近付いてきましたが……これからどうしましょう」

それに、グレイスはふうっと溜息を漏らした。

「私、どれくらい寝てました？」

「多分、十五分くらいです」

「そう……」

二人で決めたのは、とにかく空き家に残してきたミスター・ウォルターの早急な逮捕だ。そのためにも警察署を目指すことにしている。手続きにどれくらい時間がかかるかわからないが、それを終えないことには実家に戻る気にもなれない。終始ミスター・ウォルターと公爵家のことを考えてもんもんとするのは性に合わないのだ。

今一度空を見上げ、グレイスは疲れたように溜息を漏らした。

まだまだやることが沢山あるな、と。

4　困惑する公爵

グレイス達が脱出する数時間前――


あと二日。

あと二日でハートウェル伯爵令嬢、グレイス・クレオールと本当に結婚することになる。

（どうしようか……）

議会を終えて立ち寄った紳士クラブの、窓際にあるふかふかの椅子に腰を下ろしたアンヒルは本当に悩んでいた。丸いテーブルの上には、美しくカットされたクリスタルグラスが置かれ、中には琥珀《こはく》色の液体が満ちている。だがそれは一向に減らず、溶けた氷の分だけ嵩《かさ》を増す一方だった。グラスの縁すれすれにまで満ちたアルコールと、その中でとろりと溶けていく氷。それを物憂げな表情で見つめ、椅子のひじ掛けに腕を置いて頬杖《ほおづえ》を突く様は、一幅の絵画のようだ。

窓から差し込む光の中、半分ほど落ちている前髪の下のダークブルーの瞳は憂いを含んで伏し目がち。バランスよく鍛えられた身体《からだ》を黒の衣装で固め、長い脚を組んで足首を膝に乗せて考え込む姿を、若い紳士たちが憧れにも似た眼差《まなざ》しで眺めていた。もちろん遠巻きに。そんななんとも近寄りがたいオーラを発しているこの男の脳内は、実は自分の婚約者のことでいっぱいだった。

あと二日。

あと二日で、彼女と教会で生涯を誓い合うことになる。

(ダメだっ)

考えるな、と自らに命じるも脳内が勝手に二日後の結婚式のシミュレーションをし始めた。

教会のステンドグラスを通して、美しく彩られた光が降り注ぐ。佇《たたず》む自分の元へ、真っ白なウエディングドレスに身を包んだグレイスがゆっくりと歩いてくるのだ。凝った造りのヴェールと長い長いトレーンが、彼女の歩の運びと同時にふわりふわりと揺れる。やがて隣に並んだ彼女の顔からそっとヴェールを持ち上げると、ぼくとつなのに苛烈なグレーの瞳が真《ま》っ直《す》ぐに自分を映すのだ。

(耐えられないッ)

だん、と丸いサイドテーブルに拳を打ち付ける。公爵の激昂《げきこう》に、ぎょっとしたように何名かの紳士が身を強張《こわば》らせる。心配そうにちらちらと彼を見るが、話しかける者はいなかった。

当然だろう。今にも爆発しそうなエネルギーに満ち溢《あふ》れているのが、見ているだけでもわかるのだから。そんな視線の先で、アンセルの苦悩は続く。

(このままでは……)

何の脅威も排除することなく、彼女と結婚することになってしまう。

(それだけは最悪だッ!)

最悪。

そう、姉と弟に語った台詞《せりふ》だ。

我こそが正当なる後継者だなどと謳《うた》う、ウォルターなる輩《やから》がたびたび送りつけてきた脅迫状や無残な動物の死体や害虫の入った箱。そのほとんどを公爵家は無視していたが事情が変わった。

『グレイスとの婚約を進め、奴《やつ》を捕まえようと決意したのに……わたしだって金髪碧眼《へきがん》の従順で物分かりの良い、物静かな女性と結婚するつもりだった。なのに……このまま彼女と結婚することになったら最悪だ』

焦りから早口に告げたこの台詞は、アンセルの偽りない本心だった。

つまり――

『わたしだって金髪碧眼の従順で物分かりの良い、物静かな女性と結婚するつもりだった。なのに（衝撃的な一目惚《ひとめぼ》れを体験し、運命の女性グレイスを妻に迎えようとしているさなかに、こんな問題を抱えて）このまま彼女と結婚することになったら最悪だ』

――ということだ。

退屈極まりない、延々と続く舞踏会の連鎖の中で、ただ一人異彩を放っていた女性――それがグレイスだ。ある日の舞踏会で、彼女は腰に手を当てて、眉間に皺《しわ》を寄せ、砂糖の塊のような甘すぎるケーキをこれ見よがしに捨てる若い貴族に、滔々《とうとう》と説教をしていた。

曰《いわ》く、砂糖の単価はいくらで、フルーツはいくらで、生クリームを冷たくするのに使われている最先端の冷蔵技術はどういった仕組みで、それを維持するのに一体いくらかかっているのかわかっているのかとこと細かに説明していた。話の半分以上理解できなかった連中は、彼女が言った言葉で唯一理解できた「勿体《もったい》ないお化け」を揶揄《やゆ》していたが、そんなところが彼女の本質ではない。

誰一人、彼女の慧眼《けいがん》と目下の者を労《いたわ》れる姿勢、何より曲がったことが嫌いな性質に目を止めなかったのだ。それが無性に腹立たしいのと同時に、誰も知らない彼女の姿を見つけ出せた自分が誇らしかった。彼女の魅力を知っているのが自分一人――その事実が捨てられていたケーキよりも百倍甘いことにアンセルは気付いた。

その時点で即決した。

この女性だ。この女性でなければいけない。自分がずっとずっと探していたのは彼女なのだ。

半分諦めモードで、金髪碧眼の従順で大人しく、物静かな幽霊のような存在と結婚するのだと思っていた。それから日々、退屈な毎日のルーティンを繰り返すのだと。だがそれが一瞬で覆された。

これこそが運命的な一目惚れだ。

だが、他人から好意を寄せられることに慣れきっていたアンセルはどうやってそれを相手に伝えれば良いのかわからなかった。求愛イコール花だ、という友人たちの話から推測し大量の花束を贈りつけた。溢れる思いを言葉にする習慣がなかったので張り切って書きだした手紙は十枚を超え、推敲《すいこう》をお願いした姉からは「却下！」という一言の元に暖炉に捨てられ、結局定型文からメッセージを選ぶ羽目になった。その姉に服や宝石は買ってやらないのかと怒られ、どこにも連れていかないのかと弟にどやされた。そうか、そうしていいのか、と目から鱗《うろこ》のところで毎度のごとく例の怪文書が公爵家に届いた。

今までは綺麗《きれい》さっぱり無視していた。意味のわからない内容が大半だし。だが、恋をして大切な人ができたアンセルは、突然心配でオカシクなりそうになったのだ。申し訳ないが、安全とは到底思えないボロ屋敷にグレイスが住んでいるなんて信じられない。

あの手この手で彼女を自分の屋敷に呼び寄せようと、唐突な求愛から婚約、そして同棲《どうせい》とかなりのスピードで話をまとめた。アンセル自身、正当な理由だし身の安全が最優先だったので気にも留めなかったが、どんな世の中にも事実を自分たちの都合のいいように面白おかしく解釈する連中がいる。色眼鏡でしか世界を視《み》ることができない連中のお陰で、社交界では面白くもない噂《うわさ》が独り歩きし始めてしまった。

今をトキメク最優良花婿候補の最高位の公爵と、冴《さ》えない貧乏伯爵令嬢のスピード婚約。その裏には、見栄えのしないグレイスがパーティ会場で公爵を淫らな罠《わな》にかけて、身体を使って籠絡《ろうらく》しただの、その時図ったように父親が寝室に乱入し、「娘の評判を台なしにしやがって」と無理やり結婚を承諾させただの、そしてその行為自体が親娘《おやこ》が仕掛けた罠だっただの。

それらは連日開催されていた夜会や舞踏会の端の方で、ひそひそと話される程度で、アンセルのひと睨《にら》みで沈黙するようなものだった。だがどこかから、公爵家にはオカシナ脅迫文が届いているようだと、無視を貫いてきていた例の嫌がらせの件の一部が漏れ、それがハートウェル伯爵が娘可愛《かわい》さに送りつけたものではないかという話と繋《つな》がった。

つまり、一時のグレイスの評判は「公爵を卑劣な罠にかけ、頑としてはねつける公爵に父親が恐ろしい脅迫をして結婚にまでこぎつけさせたトンデモナイ女」だったのだ。

さすがにこの噂が耳に入った瞬間、我慢が限界を超えた。あんな卑劣な脅迫とグレイスとの婚約を同等に扱うなんて腹立たしいにもほどがある。どう考えてもアンセルとグレイスへの侮蔑で名誉棄損だ。それでもどうにか、愛《いと》しき婚約者の耳に馬鹿な噂が入らないよう、必死に公爵家全体で盾になり、二人の仲が盤石で公爵家も二人を応援していると見せつけ続けた。それがかえって、「公爵家の皆様の悲壮な努力」とか「痛々しくて見ていられない」「得意そうなレディ・グレイスのなんと厚顔なことか」と噂を煽《あお》る始末だった。

そこで仕方なく、口さがない噂を封印する為に弟のケインが持ち出したのが、「彼女の公爵家への嫁入りには訳がある、という風に見せよう」というものだった。公爵家に届く嫌がらせの数々に正面から堂々と対抗するための措置として、彼女の借金の肩代わりと引き換えに、丈夫そうな彼女を妻に迎えることにした――という、社交界の底意地の悪い連中が納得しそうな噂話を作り出したのだ。

然《しか》るべき場所でこの話をするだけで、あとは勝手に広がっていく。甚だ不本意すぎるし、そもそもそんな噂を流さなければならないなんておかしいと文句を言ったが、この「妙にリアルな嘘」は勝手な想像ばかりを繰り返す周囲を黙らせる効果があった。実際、口さがない噂は収まりつつある。

それに、公爵が実は愛していない、脅迫者の野望をくじくためだけに選んだ相手と結婚をするというのが社交界のお気に召したようだ。「恋愛結婚などあり得ないし羨ましい」という考えが貴族達の間に蔓延《まんえん》しているためだ。

自分の娘が公爵に見初められなかったのに、なんであの女なのかという嫉妬も軽減した。なんなら「借金の返済のない、家柄もよろしいわたくし達の娘でも便宜上よろしいのでは？」とそれとなく話しかけてくる厚顔無恥な連中がいたほどだ。

本当に腹立たしい話だが、噂の収拾には勝てない。あとはこれが絶対にグレイスの耳に入らないように努めるだけだ。そもそもこんな噂を立てなければいけない公爵家の事情を話すのも嫌だし。

グレイスには、心穏やかに幸せだけを見つめてアンセルの所に来てほしい。こんなごたごたを知ったら……アンセルに愛想を尽かせてしまうかもしれない。それだけは絶対に嫌だ。

そんな苦渋の決断のお陰で、グレイスと公爵の結婚については一応、連中の興味を失するのに成功した。だが肝心のウォルターに関する捜査は依然として進まない。

何度もリバーサイドストリートにある警察庁を訪ね、捜査がどうなっているのかと会議に出席して意見を求めるが、証拠として提出された脅迫状やらプレゼントボックスからわかることは少なかった。

解決への糸口が見えぬまま苛立《いらだ》つ公爵に、とうとう警察幹部が「こうなったら本当にレディ・グレイスに囮《おとり》になっていただきましょう」と懇願され、彼の脳裏は真っ白になった。

冗談じゃない。なんでグレイスを矢面に立てる必要がある!? 心苦しい噂を立ててしまい、必死に耳に入らないよう隠し通しただけでも胸が痛いというのに、物理的な危険に晒《さら》すなど以《もっ》ての外だ。

それでも、不審者の件を片付けない限り、グレイスとの幸せな結婚は望めない。オカシナ男の凶刃に、彼女が晒され続けるなんて耐えられない。彼女がまだ「婚約者」のうちは狙われる心配は少ないのかもしれないが、結婚し、子供を授かれば恐らく一番の標的にされるはずだ。……結婚後すぐに妊娠させてしまう自信があるために、どうしようもない。

ああ、正々堂々、彼女を愛していると叫びたい。だが今はそれができない。それをすれば、自分達の問題が彼女にも降りかかる。陰で自分が彼女を護《まも》ることにするとしても、やはり大急ぎで犯人を捕まえる必要がある。

捕まらない男。進まない捜査。

どんな人間の秘密をも暴き出すという、腕利きの探偵に捜査を依頼してもみたが、上がってくるのは見つけられないという聞きたくもない報告ばかり。彼女を囮に、という案が現実味を帯びてきた現在、そもそも何故《なぜ》もっと早く脅迫状や嫌がらせに対処しなかったのかと己の怠慢を悔やむばかりだ。

だが、あの程度の嫌がらせで揺らぐ公爵家ではないと見せつけたかったのだ。今はそんなプライドなどどうでも良くて、なりふり構っていられないのだが。

(それもグレイスのお陰か……)

公爵たるものこうあるべき、とずっとそうやって生きてきたが、思ったことをストレートに口にするグレイスに学んだことも多い。本人は口に出してしまってから「失敗した！」と耳まで赤くなって俯《うつむ》くのだが、アンセルとしてはそれが好ましくてうっとりと見つめてしまうことが多々あった。にやけていやらしい顔でもしていたら大変と、奥歯を嚙《か》みしめる習慣ができるほどだ。

彼女には良いところだけを見せたい。ああ……はやく……彼女と幸せな日々を送りたい……実際にはあと二日なのに。そう、結婚式まであと二日。

結局何も解決していないことに再び思い当たり、アンセルは呻《うめ》き声を上げた。彼女と結婚した瞬間から、グレイスがアンセルのアキレス腱になるのは決定事項だ。犯人に「彼女がアンセルの急所です」と大声で触れて回るようなもので、今よりももっと、彼の苦悩は深くなる。

もしかしたら結婚式で襲ってくるかもしれない。むしろその瞬間を狙いましょう、と警察幹部が訴えるのだが、アンセルとしては一生に一度の結婚式を、そんな理由で壊したくなかった。

結婚とは神聖で、二人の「愛」を誓う行為だ。それをぶち壊された瞬間、自分が何をするかわからないし、そうする自信と確信がある。そのためには全部の問題を片付けてしまう必要があるのだ。

なのになのになのに、何故奴は捕まらない!?

苛立たしげにアンセルは指先で机を叩き、どうにかして犯人を捕まえられないかと思考を巡らせる。だがそもそも『ウォルター』という名前しかわからない、どんな姿形なのか、見当もつかない相手を追うのは至難の業だ。そして何故この男が「オーデル公爵位」にこだわるのか。

（非嫡出子なんていうのはあり得ないのだが……）

父と母は近年まれに見るおしどり夫婦だった。上流階級に珍しい恋愛結婚だったし。その父が浮気の果てに子供を作るだろうか。

（絶対ない）

だとしたら、何故その男は頑《かたく》なに自分の爵位を求めるのか。

オーデル公爵という爵位は、古くは征服王の時代にまでさかのぼる。七大国が一つ、レヴァニアス王国。その建国時に隣国と戦い、領土を拡大した初代レヴァニアス国王は歴史上『征服王』と呼ばれている。その彼の右腕として戦った男が、初代オーデル公爵だ。王国で一番古い爵位で、広大な領地と南方警備の任務を持っている。最近でいえば、一族の一人が王族に嫁ぎ、自分は現国王の甥《おい》という立場にある。

そんな長い歴史を誇る、オーデル公爵ラングドン家にウォルターなる親戚はいない。領地の知り合いや、長くから付き合いのある従僕や執事の中にもそんな名前の一族はいない。そのため、言いがかりというか、いちゃもんをつけられているような、全く心当たりのない妄言に付き合わされている感が強いのだ。

一体いつまでこのオカシナ輩《やから》に対応しなければいけないのかと頭を抱えていると、不意に「兄さんッ」と声量を抑えているのにやけに鋭い声がした。顔を上げると、険しい表情の弟のケインが靴音荒くこちらに近付いてくるのが見えた。

「どうした」

大急ぎでやってきた弟は、傍《そば》にあった椅子を引きずってくると、素早く腰を下ろした。それから周囲を気にしながら身を乗り出し、緊迫した小声で囁《ささや》いた。

「バートから連絡が」

公爵家に仕える執事から渡されたと言って、小さく折りたたまれた紙を兄に差し出す。眉間に皺を寄せて受け取った手紙を開けば、彼らしい几帳面《きちょうめん》な文字で、グレイスが家を出て実家に向かったこと、それを目撃した厨房《ちゅうぼう》のメイドが青い顔で言うには「お嬢様は妊娠していて、これから病院に行くところらしい」ということが書かれている。

「に」

妊娠⁉

だがその単語は、大急ぎで兄の口に手を当てたケインのお陰で体内に吸収された。というか、それどころではない。綺麗なダークブルーの瞳を見開き、衝撃に身を固くする兄をじっと見つめた後、ふうっと弟が溜息《ためいき》を吐《つ》いた。

「確認だけど……兄さん、彼女に手、出してない？」

「当然だッ」

噛み付くように告げて、アンセルはおもむろに立ち上がる。そのまま、檻《おり》に入れられた猛獣の如くふかふかの絨毯《じゅうたん》の上をうろうろと歩き回り始めた。

彼女が妊娠？　そんな馬鹿な話、あるわけがない。だって自分はまだ、彼女にほんの少し——情熱的なキスをしただけだ。それで妊娠したなんて、現実的な彼女が思い込むとは考えられない。いや、深窓の令嬢は閨《ねや》でのことは夫となる男性から聞くものだと言われている。そのため、キス一つで妊娠すると思い込んでいる場合もありそうだが……？

だとしたら早急にその勘違いを、正しい行為で訂正——とそこでいやいやとアンセルは思い直した。

そういう謎の義務感から彼女を抱くのは間違っているだろうし、そもそもそういう話ではなくて、あのしっかり者のグレイスが間違った知識を持っているとは思えない。彼女の領地のメイン収入は林業だ。肥沃な森を持つ彼女達が、動物の世界の繁殖を知らないはずがない。

いや、でも人間と動物では行為の意味も仕方も違うから、もしかしたら知らない可能性も……。

「兄さん」

ケインの呼びかけを、片手を上げて制し、彼はたった今聞いた衝撃の事実についてもう一度考え込む。眉間に皺を寄せ、渋面で悩むアンセルに、ケインが「なあ」と非常に言いにくそうに切り出した。

「もしかして彼女は、実は別の男と――」

「絶対にない」

光の速さで否定する。

「けど……あの超現実的な彼女が……妊娠した、なんて言いふらして歩くと思うか？」

その弟の台詞に、ぎくりとアンセルの足が止まった。

そう。若い貴族に物の価値と値段を説き、領地の高齢化問題を嘆き、失業者を手厚く保護する制度を是非国会で検討してくださいと目を見て訴える女性が、なんのために「妊娠した」なんて嘘《うそ》を吐く必要がある？　アンセルは手を出していない。神に誓っても良い。では何故彼女はこんな――己の評判を地に落とすような発言をしたのだ？

その一、アンセルとの婚約を破棄したくなったから。

その二、公爵家よりももっといい嫁ぎ先を見つけたから。

その三、実は彼女は最初から妊娠していて、アンセルを騙《だま》していた。

「どれもあり得ないッ」

呻くように吐き捨てて頭を抱えるアンセルに、ケインが複雑そうな顔をした。

「兄さん……考えたくはないけど、もしかしたら彼女はウォルターと通じていたりは」

「馬鹿を言うなッ」

ぱっと振り返り、怒れる虎は椅子に座る弟の胸倉を掴《つか》んで持ち上げた。そのまま激しく揺さぶりたくなる衝動を堪《こら》える。ざわっとクラブの中に緊張が走り、バーテンダーがすっ飛んでくる。

「公爵閣下《ユアグレイス》……」

揉《も》み手をする従業員を一瞥《いちべつ》し、自分と弟が格好の噂の種になっているのを実感する。ぱっと手を離し、アンセルは弟を椅子に放り出した。げほげほと咽《むせ》るケインを一瞥し、公爵は堂々と歩きだした。

「にい……さん？」

「――確かめる」

アンセルのひんやりとした声に、ケインが首を横に振る。

「何をどうやって!?　彼女が本当に……してたらどうするんだよ？」

彼女を護るために取った行動が全部、水の泡だ。

そう訴えるケインに、公爵はゆっくりと振り返った。

「わたしは彼女を信じている。きっと何か事情があったから、こういう発言をしたのだろう」

それを確かめる。

「なあ、兄さん。俺だって信じたくないよ。でも……じゃあなんで彼女がいきなり、そんなことを言いだしたのか全く理解できないんだよ」

イヤな予感がする、と訴える弟を従えて、アンセルは紳士クラブを出た。

彼女が実は浮気をしていた――なんて絶対に事実無根だ。二人を乗せた馬車の中は、重苦しい沈黙が満ちていた。ふかふかのベルベッドの椅子に座り込み、腕を組んで窓の外を睨み付けるアンセルの心中は、大嵐に見舞われていた。

　グレイスの真意がどこにあるのか。気にするな、何かの間違いに決まっていると叫ぶ方と、いいや騙されていたのかもしれないと呻く方。その二つの間で天秤《てんびん》のようにゆらゆら揺れている。彼女を全面的に支持したい気持ちに大きく傾く端から、「もしかしたら」と不安が嵩を増してくる。

「……本当に彼女がそんなことを言ったのか？　聞き間違いでは？」

　重苦しい沈黙を破ってアンセルが呟《つぶや》く。ケインはふうっと溜息を漏らした。

「だとしたら、グレイスは何故実家に？」

「──実家の様子が気になったんじゃないのか？」

「二日後には兄さんと結婚だよ？」

「だからこそだ。もしかしたらマリッジブルーかもしれない」

「どうして？」

　自分と結婚するのが不安になった──なんて死んでも思いたくない。黙り込むアンセルに、ケインも再び口を噤《つぐ》んだ。

　今ここで話し合っても、限られた情報を歪《ゆが》んだ形に捏《こ》ね回して形成するだけだと気付いたのだ。それは二人がうんざりするほど付き合ってきた社交界の連中と同じだ。グレイスの話を聞くまでは、何が正しいのか決めてはならない。そう思うのだが、どうしても今回の行動が彼女の信念にそぐわなくて、不安ばかりが募っていく。苛立たしげにソファを指先で叩《たた》くアンセルを乗せたまま、馬車はゴトゴトと公爵家を目指して進んだ。

ようやく広い敷地に入り、巨大な屋敷が見えてくる。正面玄関に馬車が着いた途端、アンセルは弾《はじ》かれたように飛び降り、タイミングよく内側から開かれた巨大な扉を潜《くぐ》ると大声で執事を呼んだ。

「バート！　一体どういうことだ！」

「おかえりなさいませ、御前」

奥から大慌てで飛び出してきた執事が、泣きそうな顔で訴える。

「わたしにもわからないのですが」

「グレイスは？」

「お戻りではありません」

苛立たしげに階段を駆け上がり、その後ろを必死にバートがついていく。

「誰か事情を知るものは？」

「グレイスお嬢様の侍女、ミリィが付き添っておりますが彼女の行動について家政婦頭も何も聞いておらず、グレイス様は誰にも手を貸させなくて……」

「手を貸させない？」

「ミリィと二人で準備をされていて、遠巻きに皆が見ていたのですが、手を貸そうとしても『必要ないです』の一点張りだったそうです」

焦燥感から歩調が荒く、駆けだす一歩手前のアンセルを、六十過ぎのバートが必死に追いかけた。

地下と天井裏のある公爵家は、居住区だけで三階分あり、トータル五階建ての屋敷だ。東と西の二棟に分かれていて、公爵家の居住区があるのは東棟だ。その三階にある寝室に向かう主《あるじ》の、遠ざかる背中にバートが必死に声を上げた。

「とにかく、お嬢様は全ての荷物をミリィと一緒に運び出してしまわれたのです」

ここだ、とアンセルはグレイスの部屋の扉の前に立ち尽くした。

アンセルの寝室はこの廊下を曲がった先にある。社交行事などで一緒に出かけた際、紳士らしくここまで送って（自分の屋敷なのに）丁寧にあいさつをして別れるだけだった。何度もこの先に進みたいと思った。だが鋼の決意で我慢したのだ。少しでも彼女の普段と違う姿など見てしまったら我慢が利かない自信があったからだ。それが、まさかそんな――。

（考えるなッ）

心の奥に澱《おり》のように溜《た》まっていく気持ちを必死に振り払う。それはアンセルの考えであって事実ではない。グレイスの話を聞かない限り、真実が何かわからない。まずは、彼女がどうしていなくなったのかを確かめなくては。義理堅い彼女が、自分勝手に早急にいなくなる理由はなんだ。この部屋の中に、それを指し示すものがあるのか。

ぜーはーと息を切らすバートに付き添ってケインがやってくる。彼らが到着する前に、アンセルは覚悟を決めてグレイスの部屋をノックした。誰もいないし返事がないのは知っている。だが、礼は尽くしたい。そんな兄の様子に、ケインは複雑な顔をしていた。何か言いたげに口を開くも、結局は押し黙る。

手を掛け、アンセルはゆっくりと扉を開いた。

ふわっと爽やかな花の香りがして、彼は眩暈《めまい》を覚えた。これはそう、間違いなく彼女の香りだ。夏が近づく新緑の森で、ふわりと身体を包み込むような甘く清々《すがすが》しい香り……。

どっと押し寄せてくる何かに耐えるように、きつく両手を握り締めてアンセルはぐるりと室内を見渡した。

人の気配のないそこには、きちんと整えられていて、前にいた人間の痕跡などどこにもなかった。

唇を噛みしめ、部屋の奥へと進む。巨大なクローゼットの扉を開けば、中は空っぽだった。その事実が、重い一撃となってアンセルの腹に衝撃を与えた。

「……本当に……何もないんだな……」

ひょいっと覗《のぞ》き込んだケインの感想が、いちいち腹立たしい。顎を強張らせる兄を見ないようにしながら、ケインがぽつりと零《こぼ》した。

「宝石も……一つも残ってないな」

そこまで彼女は強欲だったというのだろうか。確かに物価に詳しかったし、誰よりもお金の価値を知っていた。それは彼女自身が貧乏ながら必死に家族と領民を飢えさせないよう頑張った証《あかし》だ。呑気《のんき》な両親と幼い弟。そして彼らを頼りにしている領民。

例えば彼女がロマンティックな、夢見る乙女だったとしよう。何かのきっかけでこの部屋を出ていく際に、「彼からもらったものは全部置いていきます」というのはありだろう。その中で、特に大切だったものだけそっと持っていくのも何かの無意識なメッセージのような気がする。

だが、超現実主義のグレイスにはそぐわない。からっぽで何一つ残っていないクローゼットこそが、彼女の覚悟を語るに相応《ふさわ》しい気がした。そう……これから子供を産み、育てるのにお金がかかると、彼女が考えるとしたら……。

ぞわりと黒いものが込み上げて、目の前が真っ暗になる。

「くそっ」

唐突に悪態をついて、くるりと踵《きびす》を返すアンセルに、執事と弟がぎょっとする。何かを殴りたくて仕方ない彼は、そんな彼らの憐《あわ》れみにも似た視線に耐えられず大股でグレイスの部屋を横切った。

そう、そうだ。彼女は別に貧乏暮らしに耐えられないわけではなかったのだ。創意工夫を凝らし、立派に生きていた。領民からの信頼も厚かっただろう。その彼女が切羽詰まるとしたら予定外の出来事が起きた場合だ。

そう……例えば————望まぬ妊娠とか。

「くそっ」

がん、と手近にあった壁を殴る。おろおろする執事に「取《と》り敢《あ》えずウイスキー」とケインが頼むのが聞こえた。

「とにかく兄さん……落ち着いて……」

「などいられるかっ！」

ぐしゃり、と己の前髪を握りつぶして掻《か》き乱す。望まぬ妊娠とは一体どういうことだろうか。というか、妊娠するためにはどうあがいたってもう一人——男が必要だ。

それは誰だ。そいつは何者だ。そしていつからだ⁉

「ちょっと落ち着けって！　まだ何もわかってないだろ？　彼女がひと財産抱えて消えたってこと以外は」

「しかし彼女は自ら妊娠していると宣言していなくなったんだぞ⁉」

全身で絶望と困惑、それに見えない相手に抱く嫉妬を表現しながら振り返る兄に、弟は黙り込む。

「彼女は……他の愛する男との子供を育てるために……わたしとの結婚を承諾したのか……」

「いやいやいや、それなら公爵家で澄ましていれば良いだけの話だろ？　どーせ兄さんがすぐに孕《はら》ませるのはわかりきってたことだし、公爵家の嫡男として何食わぬ顔で育てればよかったはずだろ」

「もしかしたらその男が忘れられなかったのかもしれない……」

「二日後には公爵夫人なのに？　己の計画を捨てて？」

計画。グレイスの罠。

時折、グレイスがうっとりした表情で自分を見上げていたのは知っていた。頬を赤く染めてはにかんだように己の失敗を悔いている姿も見た。その度に可愛いなと思っていたのだ。まさかそれが全部、愛する他の男との子供を育てるための演技で罠だったというのか。

よろけるように書き物机の椅子に近付いて座り込み、アンセルは頭を抱えた。真っ暗に落ち込んでいく思考は、どうしても考えたくもない方に落ちていく。

「彼女は他に――愛してる人がいた……」

「ちょっと、兄さん？　もしもし？」

己の裡《うち》に引き籠《こも》るかのような兄の発言に、半眼でケインが突っ込むが届かない。

「そうだ……グレイスは彼を心から愛していた。だからきっと――」

◇◆◇

　今にも泣きだしそうな重苦しい空の下、男が一人、狩猟小屋の横に立っている。彼は明日にも公爵家に嫁いでいく秘密の恋人を待っていた。不意に名前を呼ばれて顔を上げる。暗い森の入り口に、愛しい伯爵令嬢──グレイスが立っていた。

　彼女は男が大枚叩《はた》いてようやく買ったシルクのショールを身に巻きつけていた。彼女の艶やかで、みずみずしく熟れたイチゴのような唇が男の名前を再び紡ぐ。

「お嬢様」

　堪《たま》らず両腕を広げれば、彼女がその中に飛び込んできた。

「愛してます……お嬢様……」

「ええ……私も……」

　二人の唇が自然に重なり、遠慮がちだったキスが次第に熱を帯びていく。

「んっ……ふっ……」

　唇が開き、熱い舌がなだれ込んでくる。それを絡めるようにして、伯爵令嬢の口腔《こうこう》を犯す男は、後ろ手に狩猟小屋の扉を開いた。勢いに任せて、二人は暖炉の前のラグに倒れ込んだ。そこではっと男が我に返った。

　彼女は明日、嫁ぎ先の公爵家へと旅立つのだ。その彼女に、俺はなんということを──。

　身を起こし、彼女から離れようとする男に、「まって」と令嬢が掠《かす》れた声を出した。ゆっくりと起き上がり、その白く細い指を自らのドレスの隠しボタンに滑らせた。

「ああ、お嬢様……っ」

　ふわっと身頃が緩み、美しい上半身があらわになる。女らしく柔らかな胸元で、その先端が色づいて震えていた。自らの裸体を隠したくなる衝動を堪え、彼女は熱に浮いた眼差しを男に送った。

「お願い……明日には私は違う人のものになります。だからせめて初めては――」

「お嬢様……グレイス！」

「ああっ」

勢いよく床に押し倒し、男の赤い舌がグレイスの白い肌を這《は》い回る。胸の先端にむしゃぶりつき、日に焼けた武骨な手が柔らかなそれを乱暴に揉みしだく。やわやわと形を変えるそれに頬ずりをする男は夢中で、グレイスの唇を吸い上げた。

「んっ……んんっ……ふ」

甘く溶けていく彼女の口内を犯し、骨ばった手が彼女の細い身体を撫《な》で回す。やがて白い脚を持ち上げて開くと、あらわになった秘所をうっとりと見つめた。

「グレイス……」

「あ……いや……まって……」

濡《ぬ》れて震える花芽に唇を寄せ、花びらのようなそこを舌で攻める。やがてとろりと蜜を零す泉に、男は硬く勃《た》ち上がったそれをこすりつけた。

「あ」

「グレイス……」

つぷ、と楔の先端をゆっくりと呑《の》み込ませると、小さな悲鳴が漏れた。ぎゅっとしまるそれに、身を震わせながら男が奥まで収めると夢中で腰をふ――

「耐えられないッッッッ！」

「兄さん⁉」

物凄《ものすご》い音と共に、書き物机がひっくり返る——というか、アンセルが持ち上げてひっくり返した。

机の中身が床にぶちまけられるが、公爵はそれどころではなく青ざめて喚《わめ》いた。

「そんなわけがあるか⁉　彼女が他の男に脚を開くなど、あってなるものか！」

「お、落ちつ」

「ケイン！　彼女が他所《よそ》に恋人がいたとして、それでわたしのところに嫁いでくるとそう思うか⁉」

反論は絶対に許さない、という眼差しで睨まれ、弟はごくりと喉をならした。

「自分からはないかもしれないけど、もしかしたら襲われた可能性……」

それに今度は別の意味でアンセルの顔色が悪くなった。

◇◆◇

これ以上、領民たちを飢えさせるわけにはいかない。だが、彼女にはお金を稼ぐ手段がなかった。できることといえば、その身を差し出すことだけ。

「ああ……いいのう……これは堪らんのう……」

最初、その豪商は領地の木材を破格の値段で買おうと申し出てくれた。それだけあれば一年間は食べていけるという金額だった。だがそれには条件があったのだ。

「んっ……んっ……」

卵に楊枝を刺したような体型の男が、金細工に赤い布を張った趣味の悪い椅子に座っている。その男の股間に顔を埋めるようにして、伯爵令嬢が男の一物に唇を寄せていた。必死に吐き気を堪え、皺の寄った醜悪なそれに舌を這わせる。

「ほら、ちゃんと咥《くわ》えなさい」

室内には甘ったるい香りが満ちていて、令嬢の意識をぼんやりさせている。それが本人にとってはありがたかった。正気ではとてもじゃないが耐えられない。やがて男から短い吐息が漏れ始め、ぐいっと令嬢の顔を固定した。がたがたと椅子が揺れる。自ら腰を振り、女の口の中を犯し、とうとう欲望を吐き出す。最後の一滴まで注ぎ込むと、男は満足そうに息を吐いた。顔を上げた令嬢は、へたり、と床に座り込んだ。

彼女は何も身につけていなかった。足首は鎖で繋がれている。げほげほと咽る彼女の、細い身体をじろじろと眺めていた男は、たるんだ笑みを見せた。

「おやおや……こまったご令嬢だのう……わしの子種を吐き出すとは……」

はっとした女が、涙目で顔を上げる。

「お仕置きかのう」

「いやっ」

今まではずっと、口でするだけだった。男はいつもそれで満足していたし、服を脱がされるのも男の興奮を助けるためだけで、凹凸の少ない彼女の身体に魅力を感じているとは思えなかった。ああ、なのに、何故。

「お約束が違いますっ」

「わしが何を約束したというのかね？」

這って逃げようとする令嬢の真っ白なお尻をぱしん、と叩く。それから腰を掴んで引き寄せ、四つん這いのまま腰を立たせた。

「嫌です！　これは、お約束してません！」

「まあそう言うな。きっと好きになるぞ」

わしのコレの虜《とりこ》になった女は沢山いるからの。

「いやあ、やめてぇ！」

「ほ、ほ、その悲鳴も可愛いの」

いやあああああああああ。

いいのう……その声……たまらんのう。

イヤらしく笑いながら、男がその醜悪なものを彼女の身体の奥に無理やりねじ込――

「絶ッッ対に殺してやるッッッッ」

「だから落ち着けって兄さんッッッ！　そんな商人が『いたら』の話だろ⁉」

自分の妄想に怒り狂って焦燥するのは、ハッキリ言って意味がない。

「だがっ」

血走った眼差しで睨まれて、ケインは「あくまで単なる可能性の一つっていう話だろ！」と叫んだ。

「実際に何があったのかはわからないんだから」

ぐ、と言葉を呑み込みアンセルは必死に深呼吸を繰り返した。

そうだ。彼女に愛している恋人がいると考えているのも、あくどい商人に喰《く》いものにされていると考えるのも全部アンセルの憶測でしかない。がっくりと肩を落とす兄に、ケインは深い溜息を吐く。そのタイミングでバートが銀の盆にクリスタルのデキャンタとグラスを二つ持って現れた。

「ほら、兄さん。これでも飲んで一息吐く。そんな落ち込んだ気持ちで物事を考えても碌《ろく》なことにはならないんだから」

俯く彼の目の前に、なみなみと注がれた琥珀色の液体を差し出す。一瞥し、アンセルは躊躇った。だが今は、喉を焼くような熱さが欲しい。胃の腑に溜まっている黒い感情を全て焼き払いたい。そう考え、目の前に差し出されたグラスを取り上げる。一気に飲み干し、アンセルは身体を通っていく溶岩のような熱さに目を閉じた。濁っていた思考が、アルコールの熱さで浄化されていく。

「多少は気分が良くなったか？」

ケインが自分のグラスにも魔法の液体を注ぎながら尋ねれば、無言でグラスを差し出された。そうこなくちゃ、と再び満たし、その琥珀に視線を注ぐ兄を、グラスの縁越しに眺める。先程まで真っ白だった頬に赤味が差していた。

一口液体を含み、アンセルはしっかりと目を開けた。自分の内側の妄想ばかりを追っていてはいけない。まずはやはり、彼女に会って話をしなければ。そうと決まれば、彼女の実家に向かうまでだ。

勢いよく立ち上がったせいで、くらりと視界が回る。慌てて手を伸ばしひじ掛けを掴んだところで、ひっくり返った書き物机とぶちまけられた中身が目に飛び込んできた。冷えた頭が現状を認識する。あまりにも子供じみた行動だったと恥じ入り、床に膝を突いたところで気付いた執事が青くなった。

「御前、メイドを呼んでまいりますので！」

「いや、いい――」

最後まで聞かず、執事がどこかにすっ飛んでいく。机の中には大したものは入っていなかった。辞書が二冊と、金のペーパーウエイト。レースのハンカチと薄い小説。それから。

ふと手に取ったそれに目を見張る。

「――今すぐ馬を用意しろ」

呻くような声がアンセルから漏れ、ようやく一段落ついたところだと思っていたケインがどうかしたのかと兄の手元に視線を遣《や》る。

「それ……押し花？」

小さな白い花の下にハート型の葉が連なるそれは、「ナズナ」だと彼女が言っていた。二人で産業博覧会に行った帰り、じっと彼女がその小さな野の花を見つめていて、てっきり好きなのかと思って小さな花束にして渡したのだ。

「――彼女、食べなかったんだ」

「……え？　食べる？」

怪訝《けげん》な顔をする弟を他所《よそ》に、アンセルは自分への愛情をその押し花に感じて、なんとも言えない気持ちになった。

「彼女はこれを晩のおかずになると言ってたんだ。それを……食べずに取っておいてくれた。それがどういうことかわかるか？」

真剣な表情で言われて、ケインは言葉に詰まった。

「えっと……その押し花が……おかず？　ていうか野草がおかず？　なんで？」

「彼女にとってはそうだった」

「……ええっと……それはつまり……食欲よりも兄さんを取ったっていうこと？」

　頭痛を堪えながら、恐る恐る尋ねるケインから視線を逸らし、アンセルは立ち上がった。

　もし万が一、彼女が望まぬ妊娠をしていたとしよう。だが、彼女の心はここにあるとそう思う。事実がどうであれ、自分が彼女を愛している気持ちに変わりはない。そう、変わりはないのだ。そしてグレイスはアンセルのことを想ってくれている。この押し花が証拠だ。食べてしまって問題のないものを、こんな手間をかけて取っておいてくれるなんて、彼女にとっては異例の事態だろう。

　ああ今すぐ、彼女の所に行って話をしなければ。たとえどのような事情があったにしろ、自分は変わらずにあなたを愛していますと、きちんと伝えたい。そして改めて聞きたい。きちんと、彼女の口から、自分のことをどう思っているのか。どうして結婚を承諾してくれたのか。

　そっと上着のポケットにナズナの押し花を入れる。そして未《いま》だ困惑する弟を残したまま、ここに来た時よりももっとしっかりした足取りで歩きだした。とにかく今は、グレイスを探すことが先決だと確信して。

5　暴走する公爵

我々が馬をご用意いたしますので、と口々に訴える執事や従者のハインを振り切り、アンセルは自分で厩舎《きゅうしゃ》まで赴いた。

「ジル」

「これは坊ちゃま」

先代から付き合いのある厩番《うまやばん》は、気迫の籠《こも》った顔つきで厩舎を訪れたアンセルに目を見張った。朝から馬の市場に出かけて目利きを発揮してきたばかりのジルが、顔をくしゃりとさせる。茶色の油紙のような日に焼けた褐色肌に、真っ白な髪を五厘刈りにした厩舎の主は、幼い頃からアンセルの乗馬の師匠だった。乗り方だけではなく、鞍のつけ方から馬の世話まで全てをジルから学んでいる。

そんな職人気質《かたぎ》で頑固なジルと、公爵家を神と崇《あが》め、彼らに尽くすことを生きがいにするバートは仲があまり良くない。御前は坊ちゃまではありません、とぶつぶつ文句を言う執事に、厩番頭がはん、と短く笑った。

「ここはあんたの持ち場じゃねぇよ」

「口を慎みなさい。御前の前ですよ」

「ユ、ア、グ、レ、イ、ス、何か御用で？」

口の両端を吊《つ》り上げて、裂けたような笑みを見せながら腰を折ってお辞儀をし、一字一句区切って告げるジルにアンセルは笑ってしまった。どちらも公爵家にとって必要な人間だ。

「馬を用意してほしい」

「どちらにいたしましょう？」

「なるべく脚が速いのが……レイニーはどうだ？」

「さすがは坊ちゃま。お目が高い」

ぽん、と膝を打っていそいそと厩舎の奥に歩いていくジルに、バートが歯を剥《む》いた。

「だからアンセル様は坊ちゃまではありませんっ」

「ジルにとってわたしはいつまでも坊ちゃまなんだよ」

「しかし、御前」

「俺にも馬を」

後からやってきたケインが声を上げる。振り返り、アンセルが眉を寄せた。

「お前は来なくていい。これはわたしとグレイスの問題だ」

「俺は兄さんの良心だから」

澄まして告げると鼻で笑われた。だがケインは絶対にアンセル一人で行かせるつもりはなかった。

公爵家の跡継ぎとして、アンセルは過ちを犯さないよう厳しく指導されてきていた。何をやっても一番でなければならず、家族よりも周囲の目の方が厳しかった。彼が愚かなことをした瞬間、社交界は狼《おおかみ》よろしく牙を剥き、アンセルの「失敗・失態」に喰《く》らい付くだろう。そして嬉々《きき》としてその死肉を振り回し続けるのだ。なので、我が兄は失敗の許されない人生を送ることを余儀なくされていた。

品行方正で社交界全体の良心となるよう、発言や行動には特に気を配ってきたのだ。

その彼の唯一の我儘《わがまま》が、グレイスだ。

彼女の何が公爵の琴線に触れたのか……いや、まあ分かるか、とケインは思わず笑ってしまった。

アンセルにとって花嫁候補とは、晩餐会《ばんさんかい》では澄ました顔で料理を突《つつ》き、そつなく天気の話をし、舞踏会では相手との適切な距離を保ってワルツを踊る存在だった。花のように美しく笑い、はにかみながら長い睫毛《まつげ》をぱちぱちさせる姿は確かに可愛《かわい》らしいし、彼女達は従順でおしとやかで、社交界での振る舞いを心得ている。良い妻になるためにはどうすればいいのかを一から叩《たた》き込まれているので、まさに男性の理想と言えた。だが実際にアンセルが選んだ女性はそうではなかった。

彼が欲したのは、甘い蜜をたっぷりと身にまとい、ふわふわ飛ぶ蝶《ちょう》を捕まえる花ではなく、咲き乱れ、蝶の飛ぶ花園を自由に吹き回る風のような人だったのだ。

ジルと話をしながら厩舎の奥に消える公爵に、ケインはやれやれと肩を竦《すく》める。ようやく見つけた愛する人を取り戻すために兄は一人必死になっている。だが未《いま》だ彼女の真実は見えていない。わかっているることは「彼女は自分が妊娠していると周囲にばら撒《ま》いて実家に帰った」という事実だけだ。

何故《なぜ》そんな奇怪な行動を彼女が取ったのか。確かにアンセルの言う通り彼女の話を聞かないと何とも言えない。だが、兄を一人で行かせるなんて以《もっ》ての外で、ケインはジルに連れられて姿を消すアンセルの後を追いかけた。

「コイツの脚なら、ハートウェル伯爵家まですぐですぜ」

「お前のお墨付きなら本当にすぐに辿《たど》り着きそうだ」

一頭の鹿毛を連れて出てきたジルにアンセルがそう声をかけた次の瞬間、けたたましい悲鳴が響き渡った。声がした方を見れば、何やら入り口付近の道具部屋で騒ぎが起きている。

「何事だ⁉」

駆け寄ったアンセルは、納戸から引っ張り出されるシャツと下着姿の男にぎょっとした。御者の一人が「スタイン！」と声をかけている。男は酷《ひど》い有様で、土埃《つちぼこり》にまみれた身体《からだ》は半裸、両手首、両足首が縛られており更に猿ぐつわを噛《か》まされていた。仲間の御者が大急ぎで猿ぐつわを外すと、前に出て膝を折るアンセルに男は血走った眼差《まなざ》しを向けた。

「ユ……ア……グレイ………もうし……け……せん」

「何があった⁉」

青ざめ口をぱくぱくさせるスタインに、ジルが大急ぎで水を取りにいく。同僚の御者が、馬用の毛布を持ってきて彼の身体を包んだ。

「お前は――」

「スタインです、御前。今日は朝から姿が見えないと思っていたのですが……」

ぶるぶる震える御者は、どうにかして言葉を繋《つな》ごうとしているのだが、なかなか血が巡ってこずに軽いパニック状態だった。

「スタイン、落ち着け。何者かが侵入してきたのか？　ここに？」

膝を突くアンセルが身を乗り出し、冷たい彼の手を取った。ケインは御者の後ろに回り、黒髪に赤い血がこびりついているのを見て眉間に皺《しわ》を寄せ、バートに医者を呼んでくるよう叫んだ。

「……彼、殴られたようだね」

髪に隠れて見えないが、確かにそこにあるであろう傷跡にケインが顔をしかめる。

「一体誰に？」

ぶるりとスタインの身体が震えた。靄《もや》のかかった脳裏を鮮やかな何かが煌《きら》めきながら過《よぎ》る。

「おじょうさま……おじょうさまです、御前！」

その台詞に、周囲にびりっと緊張感が走った。

「グレイスがどうかしたのか？」

「おじょうさまは……おじょうさまはごぶじでしょうか……ごぶじで……ごぶじ……」

必死に口を開き、うわごとのように繰り返すスタインの台詞に、アンセルは自身の身体を巡る血が、氷点下にまで下がるような気がした。言葉の意味が呑《の》み込めず、混乱する。だがそれも数秒で。

「それは……どういうことだ⁉　無事かだと⁉　彼女は自分から出ていったのではないのか⁉」

恐ろしい剣幕で詰め寄る公爵を前に、がくがくと震えるスタインはうまく言葉を繋げない。言いたいことは沢山ある。スタインの脳内を、今日の出来事が切れっ端のように千切れて、風に吹き飛ばされる木の葉のように、くるくると回転しながら舞っている。お嬢様は囮《おとり》とされたことに憤慨して、それならその役目をまっとうしてやろうと屋敷を飛び出していった。それは犯人を誘《おび》き出して捕まえる作戦だった。それに自分にも一枚噛んでほしいと言われて、渋々お送りすることにした。

そして……ああ、そして——。

「後ろから殴られたんです……それで、き、きづいたらここに……」

助けを求めてもがいたのだが、今日の厩舎には人が少なかった。馬の市があったからだ。馬丁一人やってこず、疲弊し、疲れと寒さから意識がもうろうとしてきたところで助けられた。

「それで⁉　それからどうなった⁉」

がくがくと御者を揺さぶるアンセルを、大急ぎでケインが後ろから羽交い絞めにした。

「兄さん！　彼はケガ人だよ⁉」

「わかってる！　わかっているんだ……わかっているが……頼む……」

無理やり引き剥がされ、力なく腕を下ろしながらもアンセルは青みが強くなった瞳で御者を見た。

「グレイスはどこなんだ⁉」

ぜいぜいと肩で息をしながら、ずるずると床に頽《くずお》れたスタインが、もどかしそうに口を開く。

「わ……わたしがグレイス様を……ご実家までお送りする……予定でした。ですが、わ、わ、わたしが……馬車の車輪の留め具を……しし、調べていると……うしろから……」

蹲《うずくま》る彼にもう一人の御者が寄り添い、白湯《さゆ》を持って戻ってきたジルがカップを差し出している。

半分ほど飲んで口を拭いながら、期待を込めた眼差しでスタインがアンセルを見上げる。

「グレイス様は」

「お屋敷にいらっしゃいますか？　いらっしゃいますよね⁉」

その言葉に、アンセルは急に自分の足元が消えたような気がした。

グレイスを乗せていくはずだった御者が今ここにいる。その御者は後ろから殴られ、着ている物を剥ぎ取られ、縛られて納戸に押し込められていた。彼は言う。グレイス様は屋敷にいるのかと。

だが彼女はいない。ここにはいない。

「ジル！」

「はいっ」

雷鳴が轟《とどろ》くような調子で名前を呼ばれ、厩番頭がびしりと背筋を伸ばした。

「うちにある馬車は？　出払っているのか⁉」

「現在、先代公爵夫人、レディ・メレディスが専用馬車で外出中ですが……」

「我々が乗ってきた二頭立二輪馬車《カーリクル》と、あと一台あるはずだな？」

グレイスと自分が社交の場に出る時に乗る、ドアに公爵家の紋章が描かれた黒の四輪馬車《キャリッジ》があったはずだ。

「車庫にはカーリクルしか残っておりません」

二人の御者を務めた男が掠《かす》れた声でそう宣言した瞬間、アンセルの脳裏が最大最悪な事実をはじき出した。

「つまり……グレイスと侍女を乗せたのは辻《つじ》馬車ではなく公爵家のキャリッジで、御者は見知らぬ男だと？」

低い低い声で呟《つぶや》かれたそれに、ケインの背筋が総毛立った。

「御前……もうしわけ……ありません……っ」

涙声で語るスタインに、アンセルが片手を上げて制した。

「今はゆっくり休め」

きつく手綱を握り締めて歩きだすアンセルの脳内は不安でいっぱいだった。一つはグレイスが何者かに拉致されたのでは、という身を引き裂かれそうな不安。もう一つはその偽の御者が、実はグレイスの秘密の恋人で彼女を攫《さら》いに来たのでは、という不安だ。

「もし……そいつがグレイスを連れて……遠い国へ……逃避行」

「兄さんッ」

「ちがい……ます……」

遠い所で二人の話を聞いていたスタインが、お嬢様のためにと切れ切れの声を上げた。二人の足が止まり、振り返るアンセルに、ほぼ意識を失いながらもどうにかこうにかスタインが訴えた。

「――なぐられるさいに……いわれました……公爵家に呪いあれと。なので、あれは……」

ミスター・ウォルター。

その瞬間、アンセルは目の前が真っ白になる気がした。無言で踵《きびす》を返し、大股で歩きだす。怒りに震えるアンセルの背中を見て、ケインは必死に兄の腕を掴《つか》んで押し留《とど》めた。

「待ってくれ！　当てもなく街中を探すつもりか⁉」

「だが彼女は頭のイカレタ脅迫者に連れ出されたんだぞ⁉」

一体彼女がどんな目に遭っているのか……考えるだけで血が沸騰しそうになる。自分が想像した「最悪」など霞《かす》んでくる。もし……もし彼女が――。

「グレイスも共犯かもしれない」

死、という絶望的な単語をはじき出す前に、至極冷静に告げられたケインの台詞が脳裏に沁《し》みた。

かっとアンセルの頭に血が上った。

「そんなわけがあるかっ！」

びりっと空気が震え、霹靂《へきれき》よろしく空気を貫いたその台詞にケインは一瞬怯《ひる》んだ。だが次の瞬間にはこっそり笑みを浮かべる。

「そうはいっても、わからないだろ？　彼女は妊娠したなんて言いふらしてたし」

溜息《ためいき》を吐《つ》きながらそう呟かれた刹那、アンセルは弟の胸倉を掴み、ぎりぎりと締め上げていた。息の上がるケインはそれでも兄を試すように言葉を繋げた。

「眼を覚ませ、兄さん！　所詮彼女は貧乏伯爵――」

どん、と弟を地面に落とし、アンセルは恐ろしいほど冷静な声で弟に語った。

「そうだ。彼女は貧乏貴族だ。だが」

胸を張って生きている女性だということは知っている。たった数週間だが一緒にいたのだ。彼女とはキスしかしていない。手も繋いでいない。全てはこの脅迫者を捕まえてからだと思っていたのだ。

「心根の正直な女性《ひと》だ。何故なら彼女自身が嘘《うそ》なく生きて、そのせいで敬遠されていたのだから――ああ、何故それを忘れていた」

前髪をぐしゃりと握り潰してアンセルは呻《うめ》き声を上げる。空に向かってつくづく自分の弱さを吠《ほ》えたいがぐっと我慢して、アンセルは再び立ち尽くす馬の手綱を取った。

ようやく本来の兄らしく、冷静さを取り戻しつつあることにケインはほっと胸を撫《な》でおろす。いくら何でも妄想のままに突っ走られてはグレイスも可哀想《かわいそう》だろう。だが冷静になったからといって、彼女の居場所がわかるわけではない。

「あとは馬車がどこに向かったかだが……」

「グレイスを連れ出したのがイカレ野郎だとしたら、向かう先の見当はつく」

え？　と目を丸くするケインに、公爵は淡々と語った。

「奴《やつ》から送られてきたものには特徴があった。その一つが害虫だ」

「……その害虫が……どうかしたのか？」

「見知らぬ蟲《むし》がいた」

「え⁉」

　あの目を背けたくなるボックスを観察したのか⁉　我が兄上は⁉

　ぎょっとするケインを他所《よそ》に、アンセルは先を続ける。

「それがどこで採取されたものか、警察庁で鑑定させていたのだが、連中はあまり熱心ではなくてな。それで王立学院の昆虫学者に話を聞きに行った」

「冗談だろ⁉」

「冗談で学院まで赴かん」

　それに、グレイスを幸せにするためならこれくらい、と話すアンセルの口調は不気味なほど冷静だった。

「その見たことのない蟲は、外来種の蜂だと一人が教えてくれた。恐らく荷物にくっついて入ってきたのだろうと。その蜂を見かけるのは外国船が来る港だということだ」

「港湾地区か」

「ああ。そんな海外との貿易が頻繁な港で、害虫がうじゃうじゃいそうなのはどこだ？」

　船員のための格安の宿が軒を連ねる下町がある。確か、人気の少ない倉庫街が近い所もあった。そしてそこは、どちらかというとアッパー階級が出向く場所ではない。ということは。

「後は簡単だ。そんな地域を走る公爵家の馬車は目立つ。それを追えばグレイスに辿り着くはずだ」

　意外と冷静なその言葉に、ケインはほっと安堵《あんど》の溜息を吐いた。それならば闇雲に街中を駆けずり回ることはないだろう。

「そうと決まれば、急ごう」

「お前は警察へ行って応援を頼め。わたしが行く」

「ダメだ」

「反論は聞かない」

「いいや、ダメ――」

弟の拒絶虚しく、車寄せまで出た瞬間、公爵は馬に飛び乗りいきなりトップスピードで駆けだした。

「お前は来るなっ！」

振り返りもせずに叫ぶ兄の台詞に、ケインは「バカ兄貴！」と大声で叫び返した。

まったく。ちょっとでも冷静だと思った自分の目の、なんと節穴なことか。全然冷静じゃない。うんまあ、目が抜身の刀よろしくぎらぎらしていたから……当然か。

「とにかく応援だ、応援」

ジルが急いで連れてきたもう一頭に跨《また》がりながら、誰かに警察に行って港湾地区まで来るよう言づけてくれと叫び、既に姿の見えない兄を再び追いかけ始めた。


キングスストリートの名の通り、王都のど真ん中を北から南に走る大通りの先には王城が建っている。いくつもの尖塔《せんとう》を持つ白亜の石で出来た堅牢な建物は、日差しの下では真っ白に輝き、見る者を圧倒する。だが今は後方遥《はる》か彼方《かなた》に小さく見えるだけで、残照に浮かぶシルエットと化していた。

馬を飛ばして約二時間。ようやく王都から西の港町、リムベリーまでやってきたアンセルは、河口を見下ろせる巨大な石橋の上で周囲を見渡した。王都を貫いて流れる川は、その幅が倍以上となり、ゆったりと海に注いでいる。巨大な帆船がひしめく港は、この川の右手の方に広がっていた。太陽の沈んだ空はまだ緑色で、辛《かろ》うじて停泊する船の影が見て取れた。その港のさらに奥にリムベリーの街があるはずだ。

うっすらと黄色い灯《あか》りが見える場所を目指し、再び馬を走らせる。大急ぎで駆けてきたせいで、大分疲弊しているであろう相棒の耳元で、アンセルはそっと囁《ささや》いた。このまま頑張ってくれ。着いたらリンゴの砂糖漬けをあげるから、と。

乗り手の切羽詰まった焦りと切実さがわかるのか、レイニーは辛抱強く走ってくれた。後続の弟が懸命に追いかけてきているのは知っていたが、速度を緩めないため一向に追いつかない。一時何か叫んでいたが、無視をした。今はそれどころではないのだ。

（グレイス……）

橋のある位置はやや高く、港町に向かって傾斜している。川を渡り切り、緩やかな丘を港町に向かって降りていきながら、アンセルは暗い三角屋根の連なる倉庫街に目を向けた。港にほど近いその区画は、企業の積み荷を一時保管しておく倉庫の他に、船会社の事務所も立ち並んでいる。だが最近の大嵐の影響でやや閑散としていた。普段なら灯りのともった窓がぽつりぽつりと見えるのだろうが、今日は一つも見えない。その様子を横目に馬を走らせる彼は、ふとその倉庫街を不自然に移動する灯りを見つけた。

どうやら猛スピードで疾走する馬車のようで、アンセルが走る街道に横から合流してくる。しばらく眺めていると、ふと数十メートル前を走るその馬車の異変に気付いた。どうも揺れ具合と速度が、人を乗せているようには思えなかったのだ。一抹の不安を覚え目を凝らすと、不意に揺れて跳ねるランタンの灯りがドアを照らし、金字の紋章が浮かび上がるのが見えた。オーデル公爵の紋章が。

その瞬間、アンセルの全身が総毛立った。

オーデル公爵家の紋章が入った黒のキャリッジ。それに乗っているのは——。

二頭で引くその客車が再び跳ね上がり、がしゃん、と派手な音がする。瞬間、アンセルは我に返った。それから猛然と鞭《むち》を入れて馬の速度を更に上げる。大分疲弊していたはずのレイニーは、アンセルの不安を感じ取ったのか素直に……それ以上に応えてくれた。御者など存在しないような走り方をする馬車を停めるべく、必死に追い抜こうとするが、ふらふら揺れる車体の動きが読めず、距離を測り続けてなかなか追い越せない。そうこうするうちに目の前でまたしても馬車が跳ね、車輪が石に当たって悲鳴を上げた。がくん、と車体が不自然に沈み、アンセルの心臓が不安にぎゅっと縮んだ。

マズイ。

「おい！　速度を落とせ！　このままじゃ車輪が——」

とにかく誰かいるならば、と後方からありったけの声を上げたその瞬間、ばきん、という破砕音が響いた。

「ッ」

車軸が折れ、がくん、と客車が傾く。それと同時に右側後方の車輪が取れた。咄嗟《とっさ》に手綱を引く。馬が首を上げて警笛のような鳴き声を上げて横に避《よ》け、そのアンセルの真横すれすれを物凄《ものすご》い速度の車輪が通過していった。

だが彼は「それ」を見てなどいなかった。彼がただ真《ま》っ直《す》ぐに見ているのは、傾き軋《きし》み、それでも走る馬車だ。

片輪となったそれは、馬車の右底を引きずるようにして走っている。客車が断末魔のような悲鳴を上げていた。やがて負荷のかかった右前方の車輪も歪《ゆが》んだ車体に押されて外れる。冷や汗がアンセルの背中を濡《ぬ》らす。再びレイニーの脇腹に踵《かかと》を押し当てて促し、かわすと、速度を上げて彼は祈るような気持ちで馬車を追った。

悪夢の中をひた走っているような気がする。あれが公爵家のキャリッジだなんて信じたくない。何かの間違いだ。だがもう、とにかくこのまま止まれ。止まってくれ。

引きずる車体の重さに馬が音を上げれば、彼らはゆっくりと速度を落として止まるはずだ……と祈るように考える。だが普段大人しいはずの公爵家の二頭は、何か恐ろしい目にでも遭ったのかがむしゃらに走っている。速度は落ちず、引きずられる客車が再び跳ね上がり、木片が飛んできた。視線を上げれば、緩やかなカーブが迫っているのが辛うじて見え、アンセルの血の気が引いた。

馬はともかく、彼らが引く客車は急にカーブを曲がることはできない。速度を落とさなければ外側に引っ張られ横転するに決まっている。更にカーブの端に岩が見え、このままでは、公爵家の客車の左側が、あの岩に抉《えぐ》られることになるだろう。

「グレイスッ！　グレーイスッ！」

気付けば彼は、死に物狂いで彼女の名前を叫んでいた。身を伏せ、人馬一体となって馬車に迫る。どうにかして先頭に回り込み、馬を止めなければ。御者は恐らく何らかの理由でいないのだろう。それにスタインの話なら、その御者はミスター・ウォルターのはずだ。そうなると、そもそも最初から乗っていないというのもあり得る。

彼が何を考えていたのかはわからない。だが目論見《もくろみ》は成功しそうだ。アンセルの大切な人を傷付けるという意味で、大いに。

「グレイスッ！」

力の限り叫び、アンセルはなんでもいいから彼女が馬車から降りてくるのを願った。

飛び降りてくれていい。彼女を受け止める自信がある。必ず受け止めるから、だから、ドアを開けてこちらを見てほしい。

助けに来たのだ。ようやく、彼女を。

一体何故彼女が家を飛び出したのかは、もはやどうでも良かった。彼女が妊娠していようがいまいが関係ない。どんな苦境に立たされているのか知らないが、何か困っているのなら助けたかったのだと、何故かこの瞬間、アンセルは気付いた。

そして、できることなら自分がその彼女を支えたいとも思っている。ただ、それだけだ。

本当のコトを確かに知りたかったが、彼女が不実を働くような人間だと思ってなどいない。何か理由があるはずだ。それが知りたいのだ。そして、知ってどうするのかといえば共有したいと心の底からそう思う。二人の問題にしたい。辛《つら》いことがあるのなら話してほしい。

自分は、グレイスが困っているのなら助けたいのだ。今まさにこの瞬間のように。

なのに現実は厳しくて叶《かな》いそうもない瀬戸際を歩いている。それでも願わずにはいられない。

わたしだけが、彼女を助ける男性《ヒーロー》になりたい。

「グレ――――イスッッ！」

だが非情にもアンセルの声は届かず、公爵家の馬車はぎりぎりでカーブを曲がるも、左半分を岩石にぶつけ、半壊しながら横転した。

客車を引く二頭が、衝撃に耐えきれずつんのめる。

耳の奥にこだまするような、何もかもが砕け散るような音と、馬のいななき。ひっくり返る馬車を前に、アンセルは無我夢中で馬から飛び降りると、木片をまき散らす客車へと駆け寄った。

「グレイス、グレイスッ」

叫びながら黒く無残な塊となった馬車に手をかける。横倒しになったそれは、側面がひしゃげ、ドアが吹っ飛んでいた。いびつな形に歪んだ車輪に手をかけて身を持ち上げ、アンセルは心の中で神に祈りながら中を覗《のぞ》き込んだ。

暗くてよく見えない。だが、衝撃で外れた椅子が客車の半分を移動し、後部座席を潰している。木片が散らばり、カーテンが裂け、彼女が積んだと思《おぼ》しき荷物がひしゃげて中身を吐き出していた。

「グレイス……グレイス！」

中に手を伸ばそうとして、馬車の側面が軋んだ。このままでは自分も中に落ちてしまうだろう。馬が暴れているのか、客車はがたがたと揺れ、細かな木くずが零《こぼ》れ落ちる。中から突き出している銀色のシャフトが目に飛び込み、それが馬車の真ん中を貫いているのに気付いて気が遠くなった。

あれがもし……グレイスの身体を貫通していたら――。

「グレイスッ！　頼む、声を上げてくれッ！」

叫びながらアンセルは視界が曇っていくのがわかった。目の奥が痛い。熱が出ているように身体のあちこちが震え、なのに指の先、足の先から凍っていく気がする。頭の芯は冷え切って自分が何をしているのか、どこか遠い所で冷静に見つめているのだ。感情と思考が一致しない。

「グレイスッ」

それでも、馬車の中を覆い、潰している座席の下を探ろうと、彼はできる限り手を伸ばして指先に引っかかった何かを慎重に引き抜いた。

「ッ」

それは総レース編みのシルクの手袋だった。綺麗《きれい》で繊細な模様が千切れ、無残な有様だ。それを握る手が、目に見えて震え始める。彼女の身体も、こんな風に引き裂かれて――。

「兄さんッ!」

目の前が真っ暗になりかけたアンセルは、遠い所で弟の声を聞いた。

馬のいななきと近付く足音がして、それから横転する馬車の有様に、弟が息を呑むのがわかった。

「これ……うちの?」

掠れた声がし、アンセルはきつく唇を噛んだ。

大丈夫。大丈夫だ。絶対にグレイスは助かる。

「これを再び引きずられたら面倒だ。お前は馬を外してくれ」

冷静な声を出そうとして頑張った結果、思った以上に冷静な声が出た。唖然《あぜん》とし、頭が真っ白になりかかっていた弟は、その言葉にわかったと短く答えると弾《はじ》かれたように駆けだした。

彼女が無事か確かめたいアンセルは、震える手を再び伸ばし、車内を覆うように倒れている座席を慎重に動かした。どこにグレイスがいるかわからないのに、むやみやたらと物を動かすのは良くないとそう思う。だが、頭のどこかが凍りついたように冷静に、もしこの中にグレイスがいるとしたらもう生きてはいないだろうと判じてもいた。その思考が嫌で嫌で堪《たま》らない。

「グレイス……グレイスッ」

彼女は乗っていない。そう、初めから乗っていないのだ。だから、大丈夫。大丈夫だから。

なんの根拠もなくそう唱え、神に祈り、アンセルはどうにかして馬車の椅子を引き起こした。暗がりには、潰れたトランクや様々なリボンのかかった箱以外に、何もなかった。

何も、なかった。

そこに、人の姿はなかったのである。

安堵が全身を覆い、身体中の力が抜けていく。どうにか馬を救出して戻ってきたケインは、がっくりと肩を落とす兄の姿に真っ青になった。

「に……兄さん……ま……まさか……」

駆け寄る弟の前に飛び降りながら、アンセルはがしっと彼の肩を掴む。それから項垂《うなだ》れたように肩に額を押し当てた。

「……ぶ……だ……」

「え？」

「彼女は……無事だ……乗っていない」

アンセルの台詞がケインの脳裏に沁み込むまで五秒はかかった。

「――乗ってない？」

「ああ」

「これに？」

「そうだ」

顔を上げきつく目を閉じ、神様ありがとうございますと呟くと、アンセルは弟をぎゅっと抱き締めてから身体を離した。とにかく良かった。本当に良かった。全身を満たしていく安堵と、「良かった……」というケインの震え声に改めて身体中の緊張が解けていく。

そのままへたり込みそうになるのを、しかし彼は堪《こら》えた。この馬車が公爵家のもので、それに彼女が乗っていないとなると捜査は振り出しに戻ったことになる。唯一の手がかりがこの馬車だったのだ。

「そういえば警察は？　どうした？」

冷たい汗が額を流れ落ち、それを手の甲で拭いながらアンセルが疲れた声で尋ねた。自分も車体によじ登って中の惨劇に顔をしかめていたケインが「伝言を頼んできた」とあっさり答えた。

「お前が行けば早いだろう」

次男とはいえ、ロードが付く身分だ。特権階級の人間が現れると、連中はようやくやる気を見せる。そんな働き方の警察機構が、一般市民の犯罪被害に早急に動くとは思えず、警察庁を訪ねる機会の多くなったアンセルは、次の国会で組織の一新を狙っていた。

「それよりも兄さんの方が心配だったんだよ」

暗くてよく見えないが、馬車の中には大量のドレスや帽子、装身具が散らばっているようだ。そんなグレイスが持ち出したらしい沢山の荷物を置いて、彼女はどこに消えたのか。

「……グレイス、いないな」

疲れたような弟の声に、アンセルがぎゅっと両手を拳にした。

彼女も、一緒にいたはずの侍女もいない。そして御者も。彼らは一体どこにいるのか。そしてこの馬車はどこから来たのか。ちらりと視線を転じ、丘からの街道と海沿いを通る細い道を見比べる。倉庫街からこの馬車は走り出してきた。普通に考えて、彼女達はそちらにいることになるだろう。人気の少ない倉庫街というのは、犯罪に適していそうだし。

倉庫に閉じ込められているグレイスの様子を思い描き、再び焦燥感に駆られたアンセルは自分の馬の方に大股で近寄った。こうしてはいられない。一刻も早く彼女を救出する。それが二日後に夫になる自分の役目だ。だが、かなりの距離を走ったせいで、レイニーは酷く疲れていた。最後の鞭が相当堪《こた》えたのだろう。大量の汗を零す愛馬に、アンセルが唇を噛んだ。

では、と馬車を引いていた二頭に視線を遣《や》るが、暴れ回ったせいで消耗が激しく、ケインが街道を空けるために端まで連れていこうとするのだが嫌がって動かない。苦労しいしい、草っぱらに連れていく姿にアンセルは溜息を呑み込んだ。

「考えてることはわかるよ。けど、とにかく馬を替えないと。幸いリムベリーまであと少しだし」

渋面で唸《うな》るアンセルに、馬を宥《なだ》めるように撫でていたケインが、「公爵閣下《ユアグレイス》」と敬称で呼びかけた。

「俺はここで警察が来るのを待つよ。この馬車を捨て置けもしないし」

中に入っているのは、形状がどうであれ公爵家の——グレイスのものだ。みすみす野盗にくれてやる義理はない。馬の方はもっと高価だし。

「兄さんは、その辺の農家の人でもいいから、見張り番として雇って寄越してくれ。乗り手がいれば、こいつらは自力で屋敷まで帰れる」

それくらい、ジルの調教は優秀なのだ。

「それにグレイスのことだから、御者が違うと気付いて反撃して、無事に逃げおおせてるかも。だとしたら助けを求めて街に向かうのは当然だよ」

その無責任なケインの発言に、アンセルは苛立《いらだ》った。人の妻（二日後）になんということを言うのだ。

「グレイスは可愛くて可憐《かれん》でおまけに頭の良い淑女だぞ!? 反撃などせず、状況の好転を狙っているはずだ！ それに、むやみに犯人を煽《あお》って身体に傷でも負っていたら……」

いやそれよりももっと――

両手を縛られて、天井の梁《はり》から吊るされた彼女が、アンセルの弱みはなんだと鞭うたれ、それでも毅然と口を噤《つぐ》む。やがて男たちが群がりドレスを裂き嫌がる彼女を――

「に、い、さ、んッ！」

商人ではない悪漢バージョンの妄想を、ケインの大声が打ち破った。

「グレイスが心配なのはわかるけど、まずは聞き込みだろ!? それにあのイカレたウォルターだが、複数人仲間がいるようには思えないし、グレイスを攫って何かできるようなたまにも思えない」

一瞬、姉の肖像画に考えたくもないモノが掛けられていたのを思い出すが、あえて無視した。

「それに、馬車だけ暴走してたのも何か事情があるはずだ。もしグレイスを殺すつもりなら、これに乗せてたはずだしね」

ぐ、と奥歯を噛みしめてアンセルは胸の裡《うち》を覆い尽くす不安と戦った。焦燥感と怒りがない交ぜになり歯がゆさばかりが募る。だができることは確かに――ケインが言う通りだろう。

「わかった。すぐに人を寄越すから。お前、武器は持ってるのか？」

「当然」

不敵に微笑《ほほえ》んで内ポケットを叩く仕草から、最新式の拳銃を持っているのだと理解する。

「宿の人間をここに向かわせるから、後から来てくれ」

「りょーかい」

ひらりと手を振るケインを残して、アンセルは一つ頷くと再び馬に跨り、今度は襲歩《ギャロップ》ではなく駈足《キャンター》でレイニーを走らせた。

「さあ、あとちょっとだけ頑張ってくれ」

そっと汗ばんだ首の横を叩き、アンセルは自分が駆けだしそうになるのを必死に堪えた。ふと見上げた空には、いつの間にか銀色の星が散らばっていた。

6　さて、何から話しましょうか

港町リムベリー。そこはレヴァニアス王国の西に広がる街で、狭い海峡を挟んで七大国が一つ、レイドリート王国との交易の窓口になっていた。

レイドリートは七大国一の鉱石・岩石王国で、大昔、巨大なクリスタルの巨人が大陸を持ち上げ、その際に掴《つか》んだ箇所が岩となって固まり、鋭い尖峰《せんぽう》の連なる山脈がそこかしこに出来上がったという伝説がある。中でも、巨人の力でできていると言われる水晶は絶大な人気があった。

不思議な力が宿っているとされ、今も魔法が息づく北のレザスタインでは、大昔、漆黒王と呼ばれる魔力を持った存在に国を滅ぼされかけた。その時、伝説の勇者と聖女エルファーランが持っていた宝玉が、レイドリートで採れた水晶だと言われている。そのため、レイドリートクリスタルを求めて商魂たくましい商人や、密売人、一攫千金《いっかくせんきん》を狙う冒険者や、想像したくもない犯罪を繰り返す人間が山ほど集まる港となった。

もちろん、素行の悪い人間ばかりが溜《た》まっているわけではない。一般の心根の正直な人や、物見遊山の観光客、アッパー階級の人間もちらほらいる。ただ単に、激烈に治安が良くないというだけだ。

そんなリムベリーの中でも一際悪人が集まる、治安判事の滞在する警察署で、グレイスは待合室のベンチに座りながら室内を見渡した。レンガ造りの三階建ての建物は決して狭くはない。長方形なのだが、長い方の辺が幅、短い方の辺が高さなので、横に広がっている。地下には牢獄《ろうごく》も完備しており、この建物とここに勤める人間とではなかなかさばけない数の犯罪者がうようよしている。なので、全体的にごった返していても仕方ない。

空が完全に暗くなった頃にここに到着したグレイスとミリィは、早急に判事にお伝えしたいことがあります、と窓口で訴えた。結果、この多種多様な人間がひしめく待合室へと通された。

判事は主席が一人、次席が五人いるようで、主席にお取り次ぎを、とミリィが頑張ったがそれはもっとも緊急と次席が判断した場合になります、と疲れ切ってくたびれた男に断言されてしまった。公爵家の名を出し、「オーデル公爵家に脅迫を繰り返す人間を捕らえているんです」と切羽詰まった調子で説明をしたが、「それなら王都までお戻りを。ここは公爵領ではありませんので」とすげなく返される始末だ。

なんで聞いてくれないんでしょうね、と頭から湯気を出さんばかりに怒るミリィに、グレイスは疲れたように笑った。

「だって見てよ、ミリィ。ここにいるほとんどの人間が犯罪者なのよ？　そんな連中の相手ばかりしてたら、人を見たら泥棒と思えが真理かなって思うわよ」

「あの方もですか？」

唇を尖《とが》らせたミリィが視線を向ける。その人は、この犯罪者集団の中でも、一際異色だった。何故《なぜ》なら立派なトレーンが付いたドレスでしずしずと歩く貴婦人だったからだ。

「あの方は……どこのレディよ」

「彼女、この界隈《かいわい》ではよく知られている女盗賊ですよ」

そう話しかけられ、グレイスは隣を見た。

一人の青年が、にこにこ笑いながらグレイスを見ていた。さらさらの金髪に大きな緑の瞳。女顔と言ってもいいくらいの柔らかい顔立ちの彼が、秘密めいた表情で身を乗り出す。

「彼女、ああいう貴婦人の格好で呼ばれてもいないパーティに堂々と参加して、お酒に酔った貴族達から金品を巻き上げてるんです」

「へえ」

驚いたグレイスが再び視線を女盗賊に向ける。だがその時にはもう、彼女の姿はそこにはなかった。

「ああ～、逃げられたな」

けらけら笑う青年に、グレイスは興味を惹《ひ》かれた。

「そういうあなたは一体何者なのですか？」

お嬢様！　あまり話されてはいけません！　と目で訴える侍女を無視して聞けば、青年は秘密めいたグリーンの瞳に真《ま》っ直《す》ぐにグレイスを映した。

「俺は元警官で今は探偵なんです」

にこっと屈託なく笑う姿に、グレイスは思わず笑ってしまった。

「あ、信じてないね、お嬢さん」

「だってあなた、探偵にしては目付きが可愛《かわい》らしすぎるもの」

「酷《ひど》いなぁ」

これでも女性受けは良い方なんだよ？　と頭を掻《か》きながら告げる青年に、グレイスは「確かに」と納得する。だがどちらかというと彼の見た目は、喫茶店の店員か花屋の店員か……とにかく、愛想のいい「店員」というところだ。

なんで探偵に？　と更に突っ込んで聞こうとするグレイスは、「お嬢さま」と小声で呼ばれ、袖を

引っ張られて振り返った。ミリィが、貴婦人が馴《な》れ馴れしく見知らぬ人とお話ししてはいけません、と恐ろしいことに目だけで訴えている。

「私はお嬢様を尊敬していますし、お嬢様に一生ついていく所存です。なのであえて言います。ここは危険です。あまりご自分の魅力を振りまかないようにしてくださいッ」

ご自分の魅力？

その言葉に、グレイスは首を傾《かし》げた。こんな謎の窘《たしな》め方はされたことがない。グレイスは苦笑してしまった。

「本気で言ってるの？　変態野郎にがりがりぺったん、って言われて婚約者には結婚する気はないって言われたのに？」

おまけに東洋かぶれの嫁《い》き遅れ。更に今では傷モノだ。

「それは全部間違いですッ！　お嬢様は気高く誇り高く、使用人にもお優しい完璧なお人です！」

「それができてたら、きっと私もさっきの女盗賊みたいにこう……うまく世渡りしてると思うのよね」

思わず溜息《ためいき》が出た。

これから先、もう二度と騙《だま》されない人生を送るためにはあれくらいのしたたかさが必要なのだろう……なんとまあ、世知辛い世の中か。

「――あの……失礼ですが、あなた達お二人は一体どうしてこちらに？」

素知らぬ顔で、でもどこか興味深く二人の話を聞いていた探偵の、そのさりげない一言にグレイスが顔を上げた。ミリィが止める間もなく、青年の方を向いた彼女があっさりと答えた。

「頭のオカシナ奴《やつ》に脅迫されているさる御仁が、ソイツを捕まえる囮《おとり》にするために私に『一目惚《ひとめぼ》れしたので結婚してくれ』と告白してきてわざわざ結婚する振りをしてたんです。でもその事実に私の方が気付いてしまって。なら囮たるもの犯人捕まえてやろうじゃないかって、まあその……色々あってどうにかこうにか捕まえたはいいんですケド、こちらに連れてこられなかったんです」

「お嬢様あああああッ！」

もが、と後ろから口を押さえられて、グレイスは目を瞬《しばたた》く。

「なに、ミリィ。本当のことじゃない」

口から手を離して後ろを振り返り、ひそひそと話し始める。

「それに言い切ってから口を押さえても遅いわよ」

「そんな揚げ足取りはどうでも良いんですッ！　ここは心根の正直な人だけが集まる場所ではないのですよ⁉　この者だって身分が明らかではありません！　それを……」

ご自分の置かれているお立場までお話しされるなんて！

青い顔で口をぱくぱくさせるミリィに、グレイスはひょいっと肩を竦《すく》めるだけだ。

「いいじゃないの別に。詳細はちゃんとぼかしてお話ししたし、それに公爵家の地位が貶《おとし》められるような話でもないでしょう」

だって私は、公爵家と縁もゆかりもないのだから。

そう言ってふと、首を絞められる直前に思ったことが記憶の淵《ふち》から蘇《よみがえ》ってきた。

自分は公爵にとって痛くもかゆくもない存在だ。恐らく、自分がどこかの誰か……そう、領地に残してきた木こりと密《ひそ》かに大恋愛をしていて、嫁ぐ前に純潔を捧げていたとしても、また、借金苦から強欲な商人に愛人という名のペットとして卑猥《ひわい》な行為を繰り返されていたとしても、彼は気にもとめないだろう。もっと言えば、捕まって鞭《むち》うたれた挙句《あげく》酷い目に遭わされているとしても、きっと何も思いもしないのだろう。そういう人間を、彼は囮として選んだはずだ。ということは、やっぱり床に転がしてきたあの犯人をひっとらえて眼前に突きつけるまでは、公爵にとって自分はただの役に立たないお荷物でしかなかったということになる。

それだけは嫌だ。たとえ囮だとしても、自分を選んでよかったと、そう思ってもらいたい。

「私は公爵家の評判を気にしているのではなくて、お嬢様ご自身の評判を気にしているのです！」

「だいじょーぶ、だいじょーぶ。それはもう地に落ちてるから」

なんと嘆かわしい、とミリィが両手に顔を埋めて嘆き始める。

「お嬢様はお一人で悪漢に毅然と立ち向かう、女性の中の女性なのに、その魅力を殿方が知ることもないなんて！」

「それはちょっと大げさじゃない？」

と思わず声を高めたところで、「あの」と探偵の男が再び切り出した。

「その囮のお話って……もしかしてオーデル公爵様のお話で？」

「え？」

驚いて目を見張るグレイスの肩を、咄嗟《とっさ》にミリィがぐいっと引っ張った。そのまま立ち上がり、自称探偵と主人の間に割り込む。強引に二人の間に腰を下ろし、ひたりと冷たい視線を探偵に注いだ。

「これ以上、お話しすることはありません」

ふしゃーっと毛を逆立てて怒る猫のように、ミリィが猛然と主人を護《まも》ろうとする。その様子に、グレイスは胸の奥が温かくなるのを覚えた。こうやってことあるごとに護ろうとしてくれるのは、ミリィだけだ。他の人は皆……グレイスが一人で何でもできるとそう思っている。

　まあ、実際グレイスが一人でできることは多い。けれど、いざという時の味方がいるのといないのとでは大違いだ。そんなグレイスにも、確信がある。この男性は悪い人じゃない、という。

（って……公爵様が本気で私を愛してるんだって勘違いした人間が言うことでもないけどね）

　自分を見つめてくれる瞳に、嘘《うそ》はないとそう思っていた。人を見る目だけは自信があったのにと軽く気落ちしながらも、グレイスは顔を上げた。公爵に関しては見識が甘かった。だが、他の人に関しては多分、大丈夫。

「ミリィ」

　そっと彼女の肩に触れ、振り返る彼女に首を振る。それからふわりと笑ってみせた。

「わたくしは大丈夫ですから」

　りんと響いたその台詞《せりふ》に、侍女が「マイ・レディ」と畏《かしこ》まって頭を下げた。その彼女にちょっと苦笑し、グレイスは顔を上げる。次席判事に訴え出るにはまだまだ時間がかかる。ならば、この自称探偵さんと話す時間くらいあるだろう。そう判断し、グレイスは居住まいを正した。

「まず、あなたはどうして私達の話を聞いて、オーデル公爵のお話だと思われたのか、聞かせていただけませんか？」

　その問いに、探偵の男はにっこりと笑みを返した。

「それはですね、マイ・レディ。俺、トリスタン・コークスはその公爵様に雇われているからですよ」

探偵という職業は色々な人間と関わり合いになる率が高い。そしてその人物がどういった人間なのかを見極める機会も頻繁にある。

目の前の令嬢は、確かに――令嬢だ。濃いミルクティーのような色の髪を三つ編みにして頭の後ろで纏《まと》め、冬の空のような明るい灰色の瞳で真っ直ぐに自分を見つめてくる彼女に、形は地味だが、ピンクのスカートに重ねるように着ている紺色のオーバースカートが良く似合っていた。ボンネットは被《かぶ》っていない。喉まできっちりボタンを留めて、上品に座っているのだが頬が高揚して赤く、笑顔を浮かべてはいるが微《かす》かに緊張しているのがわかった。ただ彼女の綺麗《きれい》な灰色の瞳が好奇心に輝いている。

そんな彼女を安心させるよう、屈託なさすぎる笑顔を披露し、トリスタンはくたびれた上着のポケットから名刺を取り出した。

「大抵は一人で解決するのが大変そうな、なのに警察が手を貸してくれそうもない厄介事の解決を請け負ってます。オーデル公爵も最初は警察を当てにしていたようですが、一向に解決の糸口が見えないので俺に依頼が回ってきました」

差し出された名刺に目を落としていた令嬢が顔を上げた。

「解決、ですか」

ふふっ、とやけに苦々しい笑顔を浮かべ唇を噛《か》む。くっきり刻まれた眉間の山脈は消えず、トリスタンは引き続き探るような視線を彼女に向けた。

「そうです。公爵はいち早い解決を望んでおりました」

確か彼は、自分が心から愛する人がミスター・ウォルターなる人物の陰謀に巻き込まれる前に解決したいと言っていた。それだけだ。だから、彼女の口から聞くこととなった「婚約者を囮にする」という単語には正直驚いたのだ。あの公爵が、そこまで愛している人を「囮」にするだろうか。

いや、待てよ。

（……ひょっとして、彼女は正真正銘の「囮」で、本命のご令嬢が別にいる？）

トリスタンが公爵から依頼されたのは、最近よく嫌がらせの手紙やプレゼントボックスを送ってくるイカレタ奴がいて、ソイツからどうしても護りたい人がいるから早急に犯人の手がかりを掴んでくれ、ということだった。

証拠物件は既に警察側で精査していて渡せないと言われたので、取《と》り敢《あ》えず屋敷の見張りを提案した。恐らく公爵家の周辺をウロウロしている不審人物がいるはずだから、そいつを見つけて後をつけ、素性を探るというシンプルなお仕事だ。

こうしてトリスタンが見張りを買って出た辺りから、公爵家でもガードが厳しくなった。公爵当人や先代公爵夫人、姉、弟が出かける際は何人もの従僕が付き添い、入り口ぎりぎりまで馬車が寄せられるようになった。特に、彼が自分の屋敷に呼び寄せた婚約者と出かける際は厳重も厳重で、公爵自ら盾になり、更に婚約者の姿を極力周囲に見せないよう、姉や弟と外出する時もしっかりボンネットを被ってパラソルを差し、顔が判別できないようにしていた。そのため、トリスタンは未《いま》だに令嬢の「顔」を知らない。ようやく見ることができるかと思われたのは、産業博覧会に公爵と二人きりで出かけていった時だ。

だがその時、トリスタンはようやく彼らを付け狙う怪しい人物に遭遇した。当然令嬢と公爵を追うどころではなくなった。なのでやっぱり公爵が愛している人の顔はわからない。眉間に皺《しわ》を寄せたままの令嬢がどちらなのか見極めるように見つめ、トリスタンは続けて質問してみた。

「それで……あなたはその犯人を追い詰めたのですか？」

恐る恐る切り出されたトリスタンのそれに、令嬢は「そうですね」と頷《うなず》く。

「捕まえました」

堂々と胸を張る様子に、彼はますます慎重になった。

「お話しされる口調や振る舞いから、上流階級の方かと思われますが……マイ・レディが、何故？」

囮に？　とくるりと大げさに目を回してみせると、「ああ」と女性が心なしか背筋を伸ばした。

「先程申し上げた通り、私は公爵に一目惚れですと告白されたのです。馬鹿な私はそれを鵜《う》呑《の》みにしてしまいました」

それが公爵閣下の作戦とも知らずに。

令嬢は少し悲しそうに微笑《ほほえ》んでみせた。その様子に胸がちくりと痛くなりながら、トリスタンは教えてもらった話と自分が知っている情報を組み合わせて一つにしようと躍起になった。そもそもそんな「囮」作戦を決行しているとは聞いていない。もちろん、それが世間に知られれば、公爵家の評判はがた落ちだろう。貴族とはいえ、人道的な考えを全部捨てた人間ばかりではないのだ。レディの称号を持つ人間を地に貶めるような真似《まね》をして許されるとは思えない。となると疑問が残る。

果たして彼女は本当に囮なのか？

「えっと……マイ・レディ。アナタは本当に……その『囮』……なのですか？」

そのような作戦が行われているとは聞いておりませんよ？　と恐る恐る指摘すると、彼女は「私はそう聞きました」ときっぱり答えた。

「ええええええっと……公爵閣下がそうおっしゃったのですか？　本当に？」

「私との婚約を進めて奴を捕まえる……と言ってました。それって囮として、ってことですよね」

彼女にもプライドがあるのか、背筋を更に一段階伸ばしてつんと顎を上げてみせる。それでも何か複雑な事情があるのではと、トリスタンはもう少し令嬢に切り込んでみた。

「失礼ですが、マイ・レディ。俺は公爵さまから『愛する人がいて、その人に危害が及ばないうちに公爵家に嫌がらせをするイカレ野郎を捕まえたい』という内容で依頼を受けたのですが、それは貴女のこと……」

不意にトリスタンは言葉を切った。視線の先の令嬢は、わかりやすいくらいに話を聞いていなかった。

「あ……あの？」

あんぐりと口を開け、零《こぼ》れ落ちそうなほど大きく目を見開いていた令嬢が、それからひゅうっと深く長く震えるように息を吸い込んだ。そして、驚いて見つめるトリスタンの視線の先で、全身の筋肉を弛緩《しかん》させてがっくりと肩を落としたのだ。

「そう…………ですか」

風に乗せるように、令嬢がポツリと漏らす。

「だから……急に『囮』が必要になったのですね。納得です」

（え？）

あちゃー、参ったねこれは……とぎゅっとドレスの裾を掴んで「参った参った」を繰り返す彼女に、今度はトリスタンの方が眉間に皺を刻んだ。何か認識の違いが起きている。

「いえ、そうではなくて……あの、マイ・レディがその、公爵の愛する人かと思ったのですが……」

違うのですか？

そのずばりと切り込む指摘に、顔を上げた彼女は思わず、といった感じで笑いだした。そして自嘲気味な笑顔のまま、ひらひらと片手を振る。

「私がですか？　違いますよ。だって公爵直々に『グレイスと結婚するのは最悪だ』と言われました」

なんだって？

え？　え？　ちょっと待て。あの御仁はこの女性の目の前でそんなことを言ったのか？　最初は一目惚れだとかなんとか調子の良いことを言っておいて騙し、それがバレた途端にそんな強気な発言をしたのか？

そんな人には見えなかったと、トリスタンは己の眼を信じるべきだという根拠を探し始める。だが目の前の令嬢は先程と同じような、どこか切なげな苦笑を見せて溜息を吐《つ》いた。

「でもお陰でスッキリしました。公爵家の皆様は嫌がらせを無視することで、公爵家としてのプライドを守っているのだとおっしゃっていたのに何故こんな過激な手段を思いついたのか不思議だったのです……でも、アンセル様が心から愛する人ができたというのなら納得です」

ほんの少し掠《かす》れて震えた令嬢の声に、本当に納得しているのだろうかとトリスタンは心配そうな眼《まな》差《ざ》しを向けた。彼女はきちんと膝を揃《そろ》えて、その上に上品に手を乗せ、憂えるような表情でじいっと床を見つめていた。涙の一粒も零れてないし、なんなら疲れたような笑みを浮かべる令嬢が、今にも泣きだしそうな雰囲気を纏っていて、トリスタンの胸が再びぎゅっと痛くなる。そっと侍女が手を伸ばして、慰めるように彼女の右手を握り締めた。

「お嬢様」

一拍後にのろのろと令嬢が顔を上げた。それからふわりと微笑む。

「ええ、ごめんなさいミリィ。やっぱり……わかってはいても堪《こた》えるわね」

と、彼女は不意に何かに思い当たり、はっとしたように表情を強張《こわば》らせた。

「って、そうだ……！　私、思いっ切り妊娠宣言して出てきちゃった！」

（妊娠宣言？）

彼女の発言にトリスタンが目を瞬く。それに構わず、令嬢が焦ったような口調で続けた。

「これってマズイわよね？　こんな話がアンセル様が心から愛してる方のお耳に入ったら……」

それに、侍女がふんっと鼻を鳴らした。

「そもそも、他に愛する方がいらっしゃるのに、お嬢様と婚約していることを社交界に言いふらしたのは公爵様ですよ？　責められるべきは公爵様です」

嘘でもそんな風に言いふらすなんて、きっと愛してる方も了承済みの作戦なんですわ！

憤慨したように告げるミリィに、令嬢がぱちくりと目を瞬いた。

「……たしかに……そうかも……」

真っ白だった令嬢の頬に赤味が戻っていく。その時、トリスタンと侍女は同時に気付いた。そう、彼女の顔色は見ているこちらが心配になるくらい血の気がなかったのだ。

「ていうか、お嬢様大丈夫ですか⁉」

慌てた侍女が令嬢の手を取り、甲斐甲斐《かいがい》しく世話を焼き始めた。心配そうな侍女と、大丈夫だからを繰り返すも、青ざめた令嬢をじいっと見つめ、トリスタンは眉間の山脈を深くした。

（もしかして……本当に彼女は妊娠しているのでは？）

だとしたら公爵はとんだ最低野郎ということになる。

一夜の過ちか、遊びで手を出した相手を孕《はら》ませて、尚且つ金銭をちらつかせてその女性を囮に使うなんて……信じられない。なんて奴だ！　とトリスタンは公爵への印象を思い込みから下方修正した。

そんな彼の様子など気にする風でもなく、侍女がすっくと立ち上がり、令嬢の肩に両手を置く。

「お嬢さま、やはり今日はもう、お休みしましょう」

しっかりと目を覗《のぞ》き込み、真剣そのものの表情で告げる侍女に、彼女は首を振った。

「いいえ、本当に大丈夫」

「ですが、一向に呼ばれませんし列が短くなる気配もありません」

もっと言えば逆に増えてます。

その台詞に、令嬢は顔を上げて周囲を見渡した。自分達がいる待合スペースは、通報者や情報提供者、被害者、被告でごった返している。それは時が経《た》つにつれて減るどころか増える一方だ。なのに判事に呼ばれて自分の目的を果たす者は少ない。周囲の混雑状況に気付き、令嬢が溜息を吐いた。

「このままだと、アイツが眼を覚ます方が先な気がするわね」

表情の曇る侍女と二人、長い列に再び目をやった令嬢は、不意に何かを思いついたらしく「そうだ」と両手を打ち合わせた。

「どうして気付かなかったのかしら！　ミスター・コークス！」

「はい!?」

独り言のような台詞の後に名前を呼ばれ、公爵への偏見は全くフェアじゃないが本当に最低野郎だったらどうしてくれようかと一人考え込んでいたトリスタンが、慌てて視線を令嬢に向ける。彼女の頬が、更に高揚して赤くなっていた。

「貴方、オーデル公爵に雇われて犯人を追っているのですよね？」

「はい」

「私達、本当にその犯人を捕まえたんです！」

身を乗り出し、トリスタンの手を取って握り締める。その令嬢の様子に、彼はほんの少し気圧《けお》された。ほんの少しだ。あとは困惑が大半。だってこの……細腕で小柄な女性二人が、おかしなイカレ野郎を捕まえられるとは思えない。

「……ええええええっと」

なんと答えていいかわからず、曖昧に引き延ばす。それに構わず、令嬢がことの顛末《てんまつ》を話し始めた。

犯人を捕まえるために、囮として己の評判を地に落としたところから、倉庫街で犯人と戦ったところまで。そしてその彼女達の行動を、トリスタンは探偵としてのプロ目線で見た。見てしまった。そしてその、あまりにも多いツッコミ所に眩暈《めまい》がした。

その一、犯人を捕まえるための屈強な男を連れもせずにどうして囮として泳ぎだしたのか。

その二、仮に自分達で捕まえられたとして、向かう先をきちんと確認するべきだったのではないか。

その三、ぎりぎりのところで脱出できたとはいえ、犯人を床に放置してきていいのか。

そして、その四……

「手切れ金を積んだ馬車はどうしたのですか？」

我慢できずにその質問を挟むと、令嬢はふうっと溜息を零した。

「犯人と死闘を演じたせいで、ドレスもぼろぼろになってしまって」

死闘って貴族の令嬢がするものなのか？　と眉間に更に皺を寄せるトリスタンを他所《よそ》に、令嬢が淡々と続けた。

「誰かに触られた服が嫌で、すぐに馬車で別のドレスに着替えて身だしなみを整えたのです。その馬車に乗ってここを目指そうと思ったのですが……あの……私達に御者の真似事は無理でした」

そりゃそうだろう、とトリスタンが呆《あき》れ顔をする。中には自分で無蓋二輪馬車《フェートン》を操る凄腕《すごうで》のレディもいるが、彼女は馬車道楽者には見えない。

「それで彼女と二人、どうしようかと考えまして」

「公爵家の馬は、一流の厩番頭《うまやばん》が調教するので、指示さえすれば自分で家に帰れるんです」

胸を張る侍女に、令嬢がちょっと微笑む。

「客車を外してあげたかったんですけど、そのまま置いておいて路上強盗に手切れ金を盗《と》られるのも癪《しゃく》だったんで、何とか馬を歩かせて返そうと決心したんです」

その馬車が途中、野犬に追いかけられ、結果大惨事を引き起こしたことを二人は知らないしトリスタンも知らない。

「――中の荷物はよろしかったのですか？」

よく見れば、令嬢は小さな鞄《かばん》を足元に置いているだけで、他に荷物はな――いや、ある。何故かべンチの横に一本の角材が立てかけられている。

……なんだ、あの角材？

そんなトリスタンの視線に気付いた令嬢が、「ああ」と頷いた。

「あれは大切な……非常に大切な伝説となるべき武器です」

なんだって？

「……つまりは、武器の角材と……その鞄だけが今の荷物ですか？」

目を白黒させるトリスタンの質問に、彼女はにっこりと微笑んだ。

「背に腹は代えられません」

いっそ清々《すがすが》しい笑顔だ。だが御者もいない馬車なんて、追剥《おいはぎ》の格好の的になりはしないだろうか。

そう指摘すると、じゃあ、と彼女が小首を傾げてみせた。

「どうすればよかったと？　いくら武器があるとはいえ私達二人で動きもしない馬車の傍《そば》にいるなんてカモが葱《ねぎ》を背負《せお》って立ってるようなものでしょう」

知らない諺《ことわざ》に、トリスタンが眼を瞬く。すかさず侍女が「あれです、ガチョウがお腹《なか》に詰める食材を背負って歩いてるってことです！」と説明してくれた。

ナルホド。確かに金品の乗った馬車の傍に、明らかに高貴そうな令嬢とその侍女が立っていたら、悪漢にしてみれば自分の幸運を喜ぶ場面だろう。

これも通じないのか、東洋文化って素晴らしいのにとぶつぶつ零す令嬢を他所に、侍女が胸を張った。

「それで二人で必要最低限のものを持ち出して歩きだしたんです。途中、港町で商売を終えて馬車で村に戻る方を捕まえて、ここまで乗せてもらいました」

港町から帰ってきたばかりだというのに、村の人は親切だったと侍女は楽しそうに語る。幌《ほろ》もないシンプルな馬車の荷台に乗せてもらい、道中色々リムベリーの良いところを話してくれたそうだ。

「商売品だというサラミやチーズを頂いたのに、私としたことが現金を持ち出すのを失念してまして」

咄嗟に宝石の付いた指輪をお礼として差し出したのですが、逆に高価すぎると受け取ってもらえなかったという。王都で宣伝してくれればいいといい笑顔で言われてしまった。

「そんなわけで、これから宿をとるにもこれをどこかで換金しないと……」

そう言いながら、令嬢が首元を緩め、下げていたきらきらするネックレスの一部を見せてくれた。金糸を編み込んだリボンのような細いチェーンに、光の加減で色を変えるオパールが五つ、涙型にカットされて下がっている。犯罪者だらけのこの場所で見るには、全く相応《ふさわ》しくない虹の雨のようなそれに、トリスタンは一瞬目を奪われるが、それよりもなにより驚いたのは、令嬢の細い首にくっきりと残った赤黒い手の痕だった。

「マイ・レディ……」

息の詰まったようなトリスタンの言葉に、はっと令嬢の顔が強張る。

「ごめんなさい。ここにいるのは掏摸《すり》や強盗ばかりでしたね」

「違います！」

慌てて首のボタンを留める令嬢の手を取り、更にトリスタンはぎくりとした。手袋の端に赤が滲《にじ》んでいる。よく見ると、手袋から覗く手首に擦り傷と縄の痕が残っていた。

「――あの？」

急に険しい表情で黙り込んだトリスタンに、令嬢が怪訝《けげん》そうな顔をする。それから、自分の手首と喉のことを思い出して苦笑した。

「これはその……イカレ野郎と死闘をした勲章です。見た目ほど酷くはないんですよ？」

そう言って笑う令嬢に、トリスタンは言葉もなかった。話半分で聞いていた。どうせ、大分話の内容を盛っているのだろうと。だがその瞬間、胸を張る令嬢に彼は驚きと尊敬の眼差しを送っていた。

「よく……無事に逃げられましたね」

腕を縛られ、首を絞められた状態では命があるだけでも儲《もう》けものだろう。それが犯されもせず、身体的ダメージがそれだけだなんて奇跡も良いところだ。その発言に、しばらくしてから令嬢が胸を張った。

「囮としての意地です」

恐れ入った。

「もうよろしいでしょう？」

主《あるじ》の疲労を心の底から心配している侍女が、再び二人の間に割って入った。さりげなくトリスタンの手を腕から外す。

「そういう訳で、我々は一刻も早くあのイカレ野郎を捕まえてほしいのです」

そう言いながら侍女がちらりと周囲を確認した。警察署内はごった返し、逮捕の道は遥か遠い。そして、目の前にはソイツの逮捕を依頼された探偵が。

じいっと見つめてくる二人分の眼差しを前に、トリスタンは覚悟を決めた。

「恐れ入りました、マイ・レディ」

ベンチから降り、片膝を突いて俯《うつむ》く。その様子に令嬢が困惑したように「へ？」と目を丸くした。

顔を上げ、彼はその女性のような顔立ちに、にっこりとした笑みを浮かべる。壮絶に可愛らしく美しいが、その眼が一切笑っていない。

「俺は公爵から依頼されて、ラングドン家の屋敷を見張っておりました。その際、犯人がこの港町に向かうところまで追跡できたのですがそこから見失いまして。公爵は警察組織にも犯人逮捕を依頼してますので、一応こちらの警察の力を借りようと思ってここにいたのです」

それからぎゅっと令嬢の手を握る。手袋をしていてもわかるほど、彼女の手は指先まで冷たかった。見た目ほど元気ではないのだろう。むしろ疲弊していない方がオカシイ。

「よろしければ、俺にもお手伝いさせてください。これから宿を取るのも大変でしょうし、俺が滞在している部屋があります」

見上げるトリスタンの眼差しを、令嬢の冬のりんとした寒さにけぶる、灰色の空のような瞳がしっかりと受け止めた。微かに彼女の瞳が光るのがわかった。

「わかりました」

「お嬢様！」

しっかり者の侍女が、信用していいのかと全身で訴える。だが令嬢は「いいじゃない」と肩を竦めてみせた。

「これ以上悪いことなんか起きやしないわよ」

「ですが……」

更に何か言いたそうな彼女を無視し、令嬢はぎゅっとトリスタンの両手を握り締めた。

「床に転がしてきた犯人を捕まえてくれるのなら、なんでも協力します」

にっこり微笑む令嬢に、トリスタンは柄にもなくどきりとしてしまった。


警察署を出た三人が向かったのは、リムベリーで一番大きな宿だった。

「貿易商や海軍、国境警備や入国審査のお役人なんかの御用達《ごようたし》の宿です」

リムベリーの特徴らしいレンガ造りのその宿は、大きな厩が併設されている。広々とした一階は食堂らしく賑《にぎ》わっていた。入り口の鉄鋲《てつびょう》が打たれた分厚いオーク材の扉は重く、トリスタン曰《いわ》く、厄介事をこれだけで締め出せるそうだ。途中、明らかに破壊されたと思われるパブの扉を見かけたグレイスは思わず納得した。貴族だろうが平民だろうが盗賊だろうが、酔っ払いは迷惑千万な生き物だ。それを頑強なドア一枚で防げるのなら安い物だろう。

「オークは表面に銀杏《ぎんもく》が現れますし、良い扉ですね」

感心したように杢目《もくめ》を眺める彼女に、トリスタンが眼を瞬く。

「ぎん……もく？」

「お嬢様のご実家は林業が盛んなのです」

胸を張って告げるミリィにグレイスは肝心なことを失念していることに思い当たった。

「そう言えば私、まだ名乗ってませんでしたよね？」

失礼しました、と両手をきちんと揃えて立つ。ドレスの裾を持ってお辞儀しそうな勢いのグレイスを、ミリィが大急ぎで止めた。

「こちらは、ハートウェル伯爵令嬢、レディ・グレイスです」

つんと顎を上げて威厳たっぷりにミリィが告げる。密かにこの探偵がちょっとお嬢様に馴れ馴れしすぎると思っていたところだ。自分の主は、他のご令嬢とは違うのだ。それを証明すべく、自分を大きく見せようと背筋をしゃっきり伸ばして堂々と宣言するミリィだが、主はそういうのがどうでもいいらしく、「で、こっちは侍女のミレニアム」と彼女の両肩に手を置いてグレイスがにっこり笑って告げた。

「私のぶっちぎり第一位の忠実な侍女です」

「お嬢様ああああああ」

涙目で振り返り、まさか本名を覚えていてくださるとはと、さめざめと両手に顔を埋めて泣きじゃくる。

「そりゃそうよ。自分と一緒に行動してくれる人の正式な名前も知らないなんて失礼にもほどがあるわ」

そう言いながら、ここまで全く名乗らなかった己を省みて、グレイスはすまなさそうにトリスタンを見た。

「というわけで、名乗るのが遅くなりました」

どうぞよろしく、と右手を差し出すグレイスを、トリスタンは呆気《あっけ》に取られて眺める。空を切っているだけの右手に視線を落とし、「あれ?」とグレイスは更に眉間に皺を寄せた。

「握手ってしないんでしたっけ?」

この局面はお辞儀？　というか淑女は握手を求めたりしないんだったような……。

えーっと、と自らの身体の奥底、深い場所に眠る家庭教師《ガヴァネス》から読むように促された『高貴なる淑女の道』という枕にしかならなかった教本を必死に捲《めく》る。いや、枕にしかならなかった時点で出てくる項目は推して知るべしなのだが。

と、固まるグレイスの右手をトリスタンが恭しく取り、指先に唇を当てた。

「よろしくお願いいたします、レディ・グレイス」

にっこり笑うトリスタンの、その周辺に花が咲くような気がした。女顔で微笑むときらきらと光の粒が散るように見えるのだが、なんだろう——先程までと違って非常に男性らしく見える。線が細くて優男風なのに、手足が長く鍛えられて引き締まった身体がそんな彼の雰囲気を一掃しているのだ。

探偵なんて職業にしては華やかで、どこかアンバランスな人だな、とグレイスは先に立って宿の中に入るトリスタンを評した。公爵とは正反対だとそうも思う。アンセル様はどちらかというと、男らしさの見本のような人だった。

(今頃どうしてるのかしら……)

本当ならミスター・ウォルターを捕まえて実家に戻り、ぼろぼろの我が家の床に犯人を転がし、手紙で呼びつけた恐れおののく公爵に、華麗に婚約破棄を申し出るつもりだった。それがいつの間にかこうなっている。

しっかりした足取りで宿の中を進むトリスタンのその背中に、アンセルの姿を重ねてみる。もうちょっと背が高くて、もう少し肩幅があった。髪はトリスタンのような金髪ではなくつやつやした漆黒。前髪の半分がいつも額に落ちて斜めにかかっている姿がちょっと少年っぽく見えて、グレイスは好きだった。

好き。

ばくん、と鼓動が一つ大きく鳴った。

(待て待て待て待て)

大急ぎで両手を頬に当てて、震える深呼吸を繰り返す。相手は自分を「囮」にしようとした公爵だ。その相手を「好き」だと思うなんて自分はいつから特殊な性癖を持つようになったのだ。

――いや、好きになったのはそうと気付く前だった。

苦い思いが込み上げてきて息が詰まる。グレイスはずきんずきんと痛む胸に拳を押し当てた。告白された瞬間は、「なんで?」という思いの方が強かった。一目惚れです、と言われても腑《ふ》に落ちなかったし、記憶のページを捲り続けても自分と公爵の接点はどこにもなかった。それでも「一目惚れ」というのはそういうものなのかと、妙に納得した気になったのは、彼があまりにも必死に、切なそうにグレイスの顔を見つめるからだった。あんな眼差し、彼女は知らなかった。

ダークブルーの瞳の奥に、ゆらゆら揺れる青白い光彩が見えた。それは、自分を見つめる時だけ現れるのだと気付くのに時間はかからなかった。口調は終始穏やかで丁寧で、そっと指先に触れる手は熱かった。緊張した横顔を見せる時もあったが、今思えばそれは全部演技だったということだ。

(自分の初心さ加減に腹も立たないわ……)

呆れるを通り越して本当に滑稽だ。でも、演技でも何でも、あんな風に「あなただけが唯一絶対です」と視線で訴えられて、本当に大切にするようにそっと触れられたら恋に堕《お》ちるというものだ。公爵様の浮いた話を聞いたことはなかったが、あれだけ感情をコントロールできるのだから、秘密の恋人が沢山いたに違いない。そうだ。トリスタンが言っていたではないか。

彼には心から愛する人がいて、その人に危害が及ぶ前に犯人を捕まえたかったのだ、と。

「すみません、女将《おかみ》。客人を追加したいのですが」

トリスタンの軽やかな声が聞こえ、彼に愛されているのは一体どんな人だろうかと考えを巡らせていたグレイスは顔を上げた。頑丈な扉の先に広がっていたのは、天井から吊り下がる沢山のランタンが明るく照らすエントランスだった。真っ黒に燻《いぶ》された、丸太を割っただけのカウンターに、グレイスの二倍はありそうな体格の女性が立っている。

じろりと視線を投げかけられて、グレイスは身構えた。そりゃそうだろう。男性一人で滞在している人間の元に、淑女のようなドレスを着ているのに、ボンネットも日傘も持たず、鞄一個と角材を持った女性が現れたのだ。どう見ても厄介事を抱えている人間にしか見えない。

グレイスたちは一体何者で、この男の何で、うちの宿の利益になるのかどうなのか——そう値踏みするような女将の視線に、彼女は一歩前に出た。こういう場面で通用するのはそう……はったりだ。

意を決し、するっとトリスタンの腕に自らの腕を絡める。

「夫がお世話になっております」

そっと目を伏せて告げると、トリスタンの身体が強張るのがわかった。同時に、後ろに控えていたミリィが名状し難い声を上げる。だが別に何も困ることはない。むしろここに泊まれない上に不審者として扱われる方が困りまくるグレイスは、立て板に水で言葉を連ねた。

「この人、仕事仕事で家に全く帰ってきませんし、なのに家では威張り散らすから頭に来て。帰ってこないのはひょっとしたら他所で女でも作ってるのかと、怒り心頭で追いかけてきちゃいました」

はあ、とまだ疑わしげな女将に、困り顔を作ったグレイスがカウンターに身を乗り出した。

「男の人って、ほんっと一人では何もできませんよね？　なのに威張り散らして、仕事だー飯だー俺の世話をしろーって。大きな子供かって。こっちだって疲れているっていうのに。ねえ？」

育ちの良さそうなご令嬢にしか見えなかったグレイスの、その下町風情溢《あふ》れるうんざりしたような口調と仕草に、女将の何かが反応した。

「全くその通りさ」

うんざりしたような彼女の口調に、グレイスはこれ幸い、と乗っかった。

「顔を合わせりゃ『おい、飯』だ。あたしの名前は『飯』じゃねえっていうんだい」

「そうそう！『おい、あれ』でもないっていうの！」

うふふ、と小さく笑った女将が、呆れたような顔でグレイスとトリスタンを見比べる。気まずそうに視線を逸らすトリスタンに、「あんた、そんな成りで意外とダメ亭主なんだね」と半ば同情するように呟いた。

「俺は十分に妻を養っているつもりです」

ごほん、と咳払《せきばら》いをして告げるトリスタンに、あっはっは、と豪快に二人が笑った。

「養ってるって、ちょいと聞いたかい、奥さん」

「養われてるの間違いですよね？　確かにお金を稼いでくるのは夫の方ですが、それを使って家を整え、料理を作り、居心地よく毎日生活できるよう、保っているのは誰だと思っているのやら」

ねえ、あなた。こちらの宿で提供されるお料理の原価がいくらかおわかり？　香辛料のお値段は？

言葉に詰まるトリスタンと、勝ち誇って眉を上げるグレイスに、女将がやんややんやと拍手を送る。

それから口をへの字にするトリスタンににやりと笑ってみせた。

「まあ、いいさ。一人分追加だね。けど、アンタの部屋は一人部屋だし、二人で寝るにはベッドが小さすぎるが……ま、ようやく会えたのだから関係ないかね」

下世話な話をされていると気付くも、グレイスは笑顔を絶やさなかった。

「ええ。こんな亭主ですけど愛してますので。それと心配して一緒についてきてくれた妹の部屋も用意していただけますか？」

「お安い御用さ。もちろん、妹さんの費用は浮気を疑われてる旦那さん持ちだろ？」

あんたも夫婦げんかに付き合わされて大変だねぇ、なんて宿帳を捲りながら困り顔で言われたミリィが眼を白黒させる。お嬢様……アドリブ凄すぎます。

「よし。これでいいね。妹さんの部屋は奥さんたちの隣だ」

これにサインくれないかい、と出された宿帳に記入する際に、ふと気付く。自分の旦那の苗字は確かコークスだった。綴《つづ》りを間違えてはいけない、とさりげなく宿帳を見ると、コークス姓のトリスタンはおらず、代わりにコンラッド姓のトリスタンがいた。どうやら偽名を使って宿をとっているらしい。

女将さんに「そういえば、後ろの絵は有名な画伯のものですか？」と尋ねて視線を逸らし、急いでコンラッドさんを指さすと、気付いたトリスタンが微かに頷いた。さらさらとグレイス・コンラッドと記入し、一つの鞄と、それから角材を取り上げて、グレイスは「有名な絵描きさんかさっぱりわからないんだよね」と振り返って笑う女将に「でもいい絵ですね」と満面の笑みを浮かべて手を差し出した。

「お互い頑張りましょう」

女将の両手を取って握り締める。それからスカートの裾を翻し、妹と夫を連れ、受付横の広々とした階段を上っていった。

「……真に迫る演技でしたね」

踊り場を曲がり、二階へと上ったトリスタンの一言に、「下町で鍛えられたから」とグレイスは含み笑いをした。

「お得情報満載の、下町の井戸端会議には積極的に参加する方です」

どこの店の何が美味《おい》しいとか、肉屋の旦那が始めたハーブ入りソーセージが絶品とか、雑貨店の化粧水がお安いのに貴婦人が使っているのと成分が変わらないとか。

「あとは夫の上手な操縦方法とか」

「……未婚ですよね？」

呆れたようなトリスタンの台詞に、グレイスはくすりと小さく笑った。

「明後日には人妻でしたが、婚約は破棄ですので」

「お嬢様」

ひたすら自分の主が「下町女」を演じるのを我慢していたミリィが口を挟む。

「本当によろしいのですか!?　というかミスター・コークス、あなた、本気でお嬢様と同じお部屋に泊まるおつもり？」

徹底抗戦です、と角材を握り締める侍女に、トリスタンが「まさか」と慌てて手を振った。

「俺は可能な限り犯人逮捕に出向きます。ですが――」

疲労困憊《こんぱい》気味の令嬢に表情を曇らせる。これ以上彼女を疲弊させたくないが、手がかりが欲しい。

「犯人を捕らえた、正確な場所とかわかりますか？」

視線を上げるグレイスとミリィは互いの顔を見合わせ、自信なさげに首を振った。連れていくことはできるが、それがどの場所のなんという地区なのかは見当もつかない。地図を見せられても、正確に指し示せるか怪しいところだ。そうなると困ったことになる……と顎に指を当てて考え込むトリスタンに、グレイスがきっぱりと告げた。

「私がご案内します」

「絶対ダメです」

トリスタンが何か言うより先に、ミリィが声を張り上げた。

「もう二度と絶対、お嬢様をあんな恐ろしい場所に行かせませんッ」

真剣な眼差しで自分を見つめる侍女に、グレイスは言葉に詰まった。ミリィは言ってみれば単に巻き込まれただけなのだ。本来であれば、公爵家の花嫁の侍女というとてつもなく立派な仕事先を保証されていたのに、グレイスが囮だったばかりに割に合わない事件に巻き込まれている。それなのに自分をいの一番に心配してくれる彼女に、胸が熱くなった。でも。

「わかってはいますが、一刻も早くあの変態野郎を捕まえてほしい。それが私の一番の望みです」

一段と背筋を伸ばして堂々と廊下を歩く。だがその様子とは裏腹に、疲れたようにグレイスの肩が落ちていた。トリスタンは溜息を呑み込んだ。

「一番奥が俺の部屋です」

先に進む彼女を追い越し、突き当たりの部屋の扉に鍵を差し込むと、把手を掴んで引き開ける。

長方形の部屋には、大きな窓とテーブルに椅子、それから辛《かろ》うじて二人寝られるかどうか、という簡素な寝台が一つ置かれていた。作り付けの棚には、トリスタンの物と思《おぼ》しき小物が並び、ベッドの足元には口の開いた旅行鞄が置かれていた。ぐるっと室内を見渡したグレイスが尋ねる。

「あの男を追ってここに来たということですが、何かわかったのですか？」

例えば出自とか……この街に住んでいるのなら友人知人、関わり合いのある人間がいるのか、とか。

（まあ……あの感じですと、いない、で終わりだと思いますが……）

自分の下着がはみ出している旅行カバンを慌てて片付けながら、そうですね、とトリスタンは調査内容を少しだけ明かしてくれた。

その一、彼はこの街の出身かはわからないが、なんらかの形でここを拠点としている。

その二、共犯者はおらず、一人で活動をしている。

その三、彼はこの街で自分が持っていたレイドリートクリスタルを売ろうとしていたらしい。

「レイドリートクリスタルって、例の魔法が使えるかもしれない宝石、ですよね？」

もしかして、今度はそれを使ってアンセル様を呪い殺すつもりなのか。

途端にグレイスの表情が曇った。あり得る。あの……なんだかよくわからない方法で自分の母親と交信していた姿には思い当たる節が多すぎる。グレイスの背筋が寒くなった。そういう……言ってみれば飛び道具のような物を出されては、囮の出る幕はない。だって、ピンポイントで自分の姿を晒《さら》さずに相手を殺すことができるのだ。

「違いますよ。レイドリートクリスタルに力があるわけではなく、持つ者の力を増強させるのがクリスタルの役目だそうです。なので恐らく、凡人のミスター・ウォルターが持ったところで増強するものもないかと。それに彼はそれを売ろうとしたらしいですから、詐欺師なのかもしれません」

淑女に見せるわけにはいかないものを鞄に放り込み、留め金をしたところで振り返る。だが視線の先でグレイスとミリィが真剣に悩んでいた。

「もしあのイカレ具合が増強されたら……人を呪い殺すなんてわけなくできそうよね？」

「そうですね……手首を縛りながら何かと交信してましたもの。それがパワーアップしたら、遠隔で人を殺すくらいわけなさそうです」

一体どんな『死闘』を演じてきたのか。

「やっぱりそんな相手の場所に、お嬢様を行かせるわけにはいきません！」

再びその結論に辿《たど》り着き、ミリィがびしりとトリスタンに指先を突きつけた。

「私達がやってきたのは倉庫街の方からです。そこのレンガ造りの……事務所みたいな細長い建物を目指してくださいッ」

「あの辺りはそういった建造物ばかりですよ」

「三角屋根の倉庫が連なってました！」

「……あの辺りはそういった建造物ばかりですよ、その二」

「あとは……ええっと……」

むきになるミリィに「ほらね」とグレイスが自分の荷物を床に置き、腰に手を当てた。

「やっぱり案内した方が早いわ」

「お嬢様は駄目ですッ！　私一人でミスター・コークスを案内します！」

ぎょっとする主を置いて、ミリィはトリスタンをぐいっと見上げた。彼女の緑の瞳がらんらんと輝いている。

「私がイカレ野郎の場所まで案内します！　その代わりきっちり捕まえてください」

「ミリィ！」

慌てる主に、これだけは譲りませんと彼女は頑固そうに胸を張った。

「お嬢様は随分と苦労されました。それを私は知ってます。だからもうこれ以上ご負担になるようなことはしてほしくありません」

きっぱり告げる侍女に、グレイスは力なく笑った。

「でも、私は貴女の身柄を預かっている主なの。その貴女を危険に再び放り込むこともできないわ」

「いいえ。私なら大丈夫です！　お嬢様のように酷い目にも遭ってませんし、元気いっぱいですし、いざとなったらミスター・コークスを『囮』にして逃げます」

そういうのは得意です！

そう、熱心に告げるミリィに、グレイスは今度こそ笑ってしまった。自分につけるには本当に勿体ない侍女だとそう思う。いや、侍女ではない。既に彼女は戦友だ。

「なので、お嬢様はお部屋から一歩も出ないでください。お食事は頼めば運んでくださいますよね？」

目を三角にしたミリィがトリスタンに詰め寄る。彼は曖昧に笑ってみせた。

「恐らくは」

「では決まりです！　今から行きますか!?」

物凄い剣幕の侍女に押し切られ、トリスタンとグレイスは顔を見合わせた。まずは馬車を用意しないと、とトリスタンが零すと、「なら」とグレイスがお腹の辺りに手を置いた。くうっと淑女らしからぬ音がお腹からする。気まずそうなトリスタンと、違う意味でまた目を吊《つ》り上げるミリィにグレイスがあっけらかんと告げた。

「腹が減ってはなんとやらよ。ミリィだってなにも食べてないし」

まずは食堂に行って腹ごしらえ。大捕り物はその後で。

そう宣言し、グレイスはにっこりと笑った。

◇◆◇

彼女はとても美しくて優しく、小さく、ぼろぼろの屋敷の中でも優雅に椅子に腰を下ろして座る姿は一国の女王のようだった。だがそう気高くあっても、彼女はいつも寂しそうで、じっと窓の外を見ていることが多かった。男はその女を居間の入り口からじっと見つめていた。

どれくらい時が経っただろうか。気付いた彼女がナイジェル、とそっと男の名を呼んだ。

どうかしましたか、母上。

視線が自分の方に向いたことに安堵し、男は暖炉の前のソファに座る彼女の傍へと歩み寄った。目を伏せ、悲しげな女王の膝に縋《すが》りつくと、彼女はそっと男の額に手を触れた。

ああ、ナイジェル――私の公爵。

冷たい風の音のような声に、ぎゅっと心臓が痛んだ。なんとなく、彼女がもう長くないような気がする。不安げな眼差しを向けると、女王は悲しそうな瞳一杯に男を映し、囁くように呟いた。

もういいの、あなたはとてもよく頑張りました。でも、願いは叶《かな》わなかった。ここまであなたを縛りつけてしまってごめんなさいね……。

彼女の瞳に寂寥《せきりょう》感が宿る。胸を掻《か》き毟《むし》りたくなるような、切なげで悲しげなそれに男は両手を伸ばして美しく気高き母を抱き締めた。

そんなことはありません、母上。全ては母上をこんな場所に追いやった公爵家が悪いのです。母上は悪くない。悪くない、悪くない、悪くない。

抱き締める女王の身体は細く、腕の隙間から彼女という存在がばらばらになって零れ落ちていきそうな気になる。それが怖くて、彼女の身体を確かめるように撫《な》でた。

女王の身体は相変わらず冷たい。こんなに赤々と火が燃えているのに、ちっとも温かくならない。この屋敷のまとわりつくような冷気に苛立《いらだ》ち、男が不意に立ち上がった。こんな小さく悲惨な屋敷に愛する人がいるというのに、迎えにも来ない先代公爵。その公爵とともに母を蔑んだ先代公爵夫人。

「母上」

これは不当な仕打ちである。こんなことが許されてなるものか。なぜわたしではなく、下劣な女の血を引くアンセル・ラングドンが公爵として地位を引き継いだのか。

「母上」

真っ白な母の手を握り、その儚《はかな》げな瞳を覗き込んだ。

「わたしが必ず……必ずやアンセル・ラングドンの手から公爵の位をもぎ取ってまいります」

絶対に。絶対に、絶対に、絶対にッ！

そう炎のような熱さで告げた瞬間を思い出し、はっとナイジェル・ウォルターは目を覚ました。

そうだ。そうだった。母はもう、この世にいない。数年前に亡くなったのだ。だがウォルターは母が未だに傍にいると心から信じていた。

身体を起こそうとして、自らの両手が後ろ手に縛られていることに気付く。それから一拍遅れて激しく肩が痛んだ。目の奥は熱く、刺すようだ。視界はぐるぐる回っている気がする。だが、ぐ、と奥歯を噛みしめ、ウォルターは目を閉じた。亡くなる間際、母は泣きそうな顔でこう言った。

困った時はこの水晶に祈りを捧げなさい。きっと貴方を助けてくれますから。

「ああ、母上……お願いいたします。どうかわたしをこの苦境からお助けください」

ウォルターは、埃《ほこり》っぽい床に転がされたまま、首からぶら下がっている茶色っぽく煙った色味の水晶に祈りを捧げた。家の金庫に保管されていた、細かく、小さなクリスタルの欠片《かけら》石はいくつか売ったが、この母から受け取った裸石《ルース》は大切に持っていた。

レイドリートクリスタルには特殊な力がある。それは持っている者の潜在能力を増幅させるようなものだという話だ。元は、とっくの昔に廃れ、一部の人間しか持ちえない『魔力』を増強させる宝石だったそうだが、今の世の中で言う『魔力』とは、せいぜい鋭すぎる勘や、箱の中を見通せる力、ちょっと先の未来を夢に見るなどという不可思議な現象の説明に使うくらいだ。

大昔の……それこそ七大陸一の魔法王国だったレザスタインで行われていた、魔法による建造物や魔法による移動、戦闘など今はできるはずもない。それは古い古い、昔の出来事なのだ。だから、レイドリートクリスタルにどのような力があろうとも、普通の人間がそれを持ってできることと言えば、せいぜい火事場の馬鹿力か、不幸の回避、厄除《やくよ》けくらいのはずだ。

そう……そのはずなのだが。

「どうかどうか、わたしの中に眠る高貴なる母の血よ——どうか——」

ぱりん、と何かが割れる音が暗く薄汚れた部屋に響いた。それからあっという間に部屋中を黄色っぽい、輝く煙が包み込んだ。その煙はまるで生き物のように形を変え、一瞬だけウォルターが敬愛する母の姿を取ったかと思うと、するりと手首の隙間に押し入り縄目に流れ込み、押し上げて戒めを緩め始めた。あっという間に縄が解ける。

「母上……」

やがてほんの数十秒の奇跡が消え、部屋が真っ暗になった。荒い呼吸が少しずつ落ち着いてくる。

再び世界が静けさを取り戻した頃、ウォルターはよろよろと起き上がった。ぱらぱらと砕けた水晶のカケラが服の裾を通って床に落ちる。小さなカケラとなったお守りを見つめ、男はしゃがんでカケラを丁寧に集めると唇に当てて呑み込んだ。薬を飲むかのような、自然な動作だった。

それから、肩に突き刺さったままのナイフを抜き、吹き出る赤に顔をしかめた。何故か痛みは感じない。溢れる鮮血に動揺することもなく、ウォルターは着ていたシャツを脱いで引き裂き、簡易の包帯にしてきつく肩に巻いた。不出来だが、間に合わせとしてはいいだろう。それに砕けた水晶を飲んだ効果か、徐々に出血が収まっていく。

やがてウォルターはゆっくりと立ち上がると、ふらふらと身体を左右に振りながら部屋を出た。そのまま廊下を進み、閉まっていた扉を開ける。びゅうっと塩辛い風が身体を包み、夜空にぽっかりと浮かぶ月の、その煌々《こうこう》とした白さに眼を細めた。

震える長い溜息が唇から漏れる。静まっていた怒りが、ふつふつと腹の底から湧き上がってくる。

あの女。そう、あの女だ。公爵の子供を身ごもっているという、あの——。

「くそっ」

じわり、と初めて肩が痛んだ。それが更にウォルターの怒りに油を注いだ。

「くそッ……くそッ、くそッ、くそおおおおおッ」

天に向かって吠《ほ》え、小さな子供がするように地団駄を踏む。

「絶対にッ！　消してやるッ！　絶対にッ！　消してやるッ！　絶対にいいいッ！」

ひとしきり天に向かって吠えた後、ウォルターは色素の薄い瞳をぎらぎらさせてよろけるように、でも力強くその足を踏み出した。

7　接近遭遇

リムベリー一の大きさを誇る宿というだけあって、夕食時の食堂は混雑していた。

給仕は忙しそうに走り回り、厨房《ちゅうぼう》からは威勢の良い声と何かが焼ける香ばしい煙が漂ってくる。入り口付近のテーブルに陣取り、エプロンの端を翻してきびきび歩く給仕の一人を捕まえたグレイス達は、今すぐもらえるものがあるかどうか尋ねた。ポットパイならすぐに出せますと早口で言われ、ではそれを、とトリスタンが頼む。数分後、器にホワイトソースと鶏肉《とりにく》、ベーコン、豆数種類とブイヨンが入ったシチューを詰め、パイ生地を被《かぶ》せて焼いたパイが届いた。

大急ぎでそれを食べながら、宿の厩番《うまやばん》がトリスタンの乗ってきた一頭立て無蓋二輪馬車《フェートン》を入り口まで回してくれるのを待つ。

「いいですか、お嬢様」

物珍しくそわそわと周囲を見渡すグレイスに、ミリィが眉間に皺《しわ》を寄せながら切り出した。

「絶ッ対に部屋から出ないでくださいね」

「出ません」

真剣な侍女の様子に、グレイスも胸の辺りに手を当てて応える。その主《あるじ》を不審そうにじーっと見つめた後、「嫌な予感しかしません」とミリィが呟《つぶや》くように零《こぼ》した。その視線をかわすように、グレイスは澄ました顔でパイを食べ続ける。やがて厩番の青年が馬車が用意できたと告げにやってきた。

「くれぐれも気を付けて！」

外はもう真っ暗で、星々が光り輝いている。座席に飛び乗り手綱を掴《つか》むトリスタンと、よじ登るミリィをグレイスは心配そうに見上げた。気を付けなくてはならないのは、ウォルターと対峙《たいじ》する彼らの方だ。だが、ミリィはどうしても一人残す主の方が心配なようで。

「お嬢様、誰かが訪ねてきても絶対に扉を開けてはいけませんよ！　そうだ、合言葉！　合言葉を決めましょう！」

ガラガラと勢いよく車輪が回り始め、「それなら」とグレイスは振り返るミリィに叫んだ。

「私が『がりがり』って言ったら、あなたは——」

「そんな台詞《せりふ》言いませんッ！」

遠ざかる侍女の叫びを聞きながら、「気を付けてね～」とグレイスは呑気《のんき》に手を振った。全く。我が侍女ながら心配症だ。一体何年、セキュリティ激アマのボロ屋敷で暮らしてきたと思っているのか。

それに、トリスタンの話が正しくて、例の不思議な力を携えたレイドリートクリスタルが相手の手にあるとしたら、ハッキリ言ってどこに隠れていても無駄だろう。だがグレイスはそういう「眼に見えない不安」におびえる性質《たち》ではなかった。いつだって怖いのは現実社会の人間だ。

（ま、なるようになるでしょう）

大体、ミスター・ウォルターがあの戒めを解けるとも思えない。……共犯者がいれば話は別だが。

そんなことを考えながら、グレイスは宿の中へと戻る。と、丁度受付にいた女将《おかみ》さんが階段横の細い通路に慌てて駆け込んでいくのが見えた。

「困ったねぇ……私も手伝えるけど作れるのは単純な家庭料理くらいだし……」

そんな呟きともいえない、大きな困り声も聞こえてきて、お節介グレイスがにょきりと顔を出す。

興味を惹《ひ》かれて通路を行き、突き当たりの厨房の中を覗《のぞ》くと、グレイスと意気投合してくれた女将さんがしゃがみ込み、座る女性の丸まった背中を撫《な》でているのが見えた。

どうやらその女性が怪我《けが》をしたようだ。額に汗が滲《にじ》み、表情は苦痛に曇っている。井戸水を汲《く》んだ桶《おけ》に手を浸している様子から、火傷《やけど》を負ったらしいと気付く。女将に促されて少しだけ水から引き抜いた手の甲が真っ赤に腫れ上がっているのが見え、あれでは料理は無理だとグレイスにもわかった。

「普段のお客さんならポテトとラムチョップでも出しておけば問題ないが、今日に限って貴族様がいらしてるからねぇ……宮廷料理が作れるのはあんただけだし、そもそもこの人数じゃ……参ったね」

苦り切った女将の台詞に、グレイスはぐるりと周囲を見渡した。あちこちで鍋から湯気が上がり、羊の肉が石造りの窯《かま》の中でこんがりと焼けている。働いているのは厨房のメイドが二人と給仕が二人、それから料理人の彼女だけのようだ。厨房メイドの一人はフライパンの中身や鍋と格闘し、もう一人は盛り付けで忙しく、給仕はひっきりなしに出たり入ったりしている。外の様子と総合して、明らかに人手が足りていないのがわかった。これは確かに、ピンチかもしれない。

「大丈夫です。私が何とかしますから――」

「ダメだよ、無理しちゃ。……公爵様には私から事情を説明して、なんとか家庭料理で我慢してもらおう。どうせコースなんか出せやしないのはわかってるでしょうし」

（公爵様？）

今一番聞きたくない不吉な単語に、急に心音が跳ね上がった。グレイスの世界がぐるんと回転する。

貴族の中でも公爵という爵位を持つ者はそんなにいない。征服王時代に、武功を挙げた五人に与えられた爵位が最初で、あとは王室に連なる五家が参入。それから姫君が降嫁した先や功績を讃えられて与えられたケースで七つ、とかそんな感じだったはずだ。

落ち着いて、とグレイスは深呼吸を繰り返した。彼女達の言う「公爵」がオーデル公爵だと決まったわけではない。それに、彼がどうしてグレイスの居場所を知っているというのか。自分だって屋敷を出た時にここ、リムベリーにやって来るなんて夢にも思っていなかったのだから。きっと他の公爵様だろう、そうに違いない。それでも一応確認しようかなと、グレイスは厨房に一歩踏み込んだ。

「あのぅ……」

「奥さん⁉　何かありましたか？」

慌てて立ち上がり、きちんと両手を膝の前に揃《そろ》えて立つ女将に「いいえ」とグレイスは手を振った。

「今、公爵様がいらっしゃってると聞いたのですが……」

「ええ、はい。勿体《もったい》ないことに我が宿を宿泊先にと選んでいただけたのです」

「それで――」

「なのに肝心の料理人が怪我をしてしまいまして……元から凄《すご》い宮廷料理など出していやしないんですが、ちょっと見栄えのするものをお出ししたかったんですけど……」

深刻そうに溜息を吐く女将に、グレイスのお節介が再び首を擡げた。

「怪我は重いのですか？　大丈夫なの？」

女将の影に隠れている女性にそっと声を掛けると、「平気です」と気丈な声が返ってきた。

「本当に……大丈夫なんです」

「……そうは見えないわね」

顔は紙のように白く、痛みが酷《ひど》いのかきつく噛《か》んだ唇に血が滲んでいた。厨房のメイドの一人が、忙しさの合間を縫ってちらちらと弱り切った視線をこちらに投げてくる。作り手が足りない上に居酒屋料理しか出せない彼女達は自身が不興を買ってしまったらどうしようと、不安なのだろう。

「その公爵様とは一体？」

中には権威を笠に着て威張り散らす貴族もいる。もちろんアンセルはそんなことはしないが、料理の不手際を罵るような輩《やから》なら自分が一言物申そう。そう決めて尋ねると、女将の目がきらりと光った。

「なんでも馬車の事故に遭われたらしくて、身一つでうちまで来られましてね。お身内が街道で救援を待っているので事故処理に手を貸してほしいと言われて、うちのが参ってます」

ああ、例の「飯」のご主人か。……というか、馬車の事故？

ぎくり、とグレイスの背筋が強張《こわば》った。事故。途端、さあっと彼女の顔が青ざめた。無人で送り出した己の馬車のことを思い出したのだ。物凄く……ものすごぉく嫌な予感がする。普通に走れば家に帰りつくと思っていたが、もしかして見通しが甘かった？　ひょっとして途中何かあったとか!?

「あの……その公爵様は馬車の事故に巻き込まれたのですか？」

恐る恐る尋ねると、女将は「違うみたいですよ」と肩を竦《すく》めた。

「なんでも、街道で馬車が横転しているのを見つけたようで、助けに回られたそうです」

（ああ神様）

ごめんなさいごめんなさいごめんなさい、と胸の裡《うち》で両手を合わせて拝みながら、そちらの方に向かったミリィとトリスタンに、これは壮絶な迷惑をかける結果だなと、痛恨の極みに思う。

「怪我をされた人はいらっしゃいました!?」

思わず詰め寄ると、女将は驚いたように後退《あとずさ》り、それから急いで首を振った。

「それはないそうです」

よかった。本当に良かった。ほっと胸を撫でおろし、いくらか自分の無鉄砲さ加減を改めようと心に誓ったところで、その公爵様にお礼を言った方が良いだろうかと考える。まがりなりにも自分が迷惑を掛けたのだ。きちんと謝った方が良い。

「けど、公爵様はそれどころじゃないようでして……どうやら人を探してるそうなんです」

え？　と目を見張るグレイスが更に話を聞こうと口を開きかけた時、給仕のメイドが悲鳴のような声で「芽キャベツとクルミのサラダをお出ししてもよろしいでしょうか」と訴えてきた。

「っと、まずいね。他の料理だけど……」

急に不穏な空気が漂い、グレイスは大忙しの厨房は井戸端会議をする場所ではないと判断する。その公爵様が何者なのかわからないが、話を聞くにはここは忙しすぎる。何より、医者が到着しました、と馬丁の少年が駆け込んできて、厨房はますますパニックだ。ざっと状況を見て取り、グレイスが瞬間的に己のスイッチを切り替えた。こういう状況で采配を振るのは得意だ。

「わかりました。私もお手伝いします」

えええええ!?　と驚く女将を他所《よそ》に、医者に両手を診察してもらってる料理人に近付く。

「今作ってたのは何？」

「コブラーの乗った牛肉の赤ワイン煮を……」

あちらに、と視線で示された先には、辛子と黒コショウが効いた小麦粉団子《スコーン》が、まだ成型されずボウルの中に鎮座している。牛肉の煮込みはあと二十分くらいか。適当におつまみを出してワインでも飲ませればご機嫌になるだろうとグレイスは判断した。貴族だろうが商人だろうが平民だろうが、疲れた時に一杯、アルコールを摂取すればご機嫌になるに決まっている。

「作り方ならわかります」

これでも伯爵令嬢だ――いや、普通伯爵令嬢は牛肉の赤ワイン煮の作り方なんて知らない。知っている方が特殊だろう。しかし、爵位を受け継ぐ者としての矜持《きょうじ》で、それが一体どういう料理で、どんな味でどうすれば美味《おい》しくなるのかを知っ**ている**。実際に作ったことがあるし。まあそこは、貧乏伯爵令嬢の意地だ。

赤く腫れた手を綺麗《きれい》に拭いて、蜂蜜と生姜《しょうが》を混ぜた薬液に布を浸し貼っていく。その様子を心配そうに見つめる女将に、スコーンの成型を指示し、グレイスは腕まくりをした。取《と》り敢《あ》えず、煮込み料理を完成させる合間に、公爵様にお出しするおつまみが要るだろう。といっても、港町の宿だから、大したものが出なくても文句はないはずだ。

不意にミリィから部屋を出るなと言われたのを思い出す。けれど、厨房《ここ》も部屋だし問題なしとあっさり結論付けて、グレイスは他にどんな食材があるだろうかと、くるりと厨房を見渡した。


酷く疲れた。なのに、頭が冴《さ》え冴《ざ》えとしているし、気分が落ち着かない。

ようやくリムベリー一の宿に辿《たど》り着いたアンセルが身分を告げると、女将は仰天してすぐに部屋を用意してくれた。当宿で一番大きな部屋です、と案内された場所は、思った以上に広々としていた。

港湾局の偉い方も良くお見えになるんですよ、という説明を右から左へと聞き流しながら、アンセルは疲れたように中央に据えられたソファに腰を下ろす。部屋に料理を持ってきてくれるよう頼み、それから馬車の横転現場への人手も手配する。しばらくしたら、ケインもやってくるだろう。

大きな暖炉には暖かな炎が燃え、ソファに座り込むアンセルの手足をじわじわと温めてくれた。部屋の奥には大きなベッドが一つあり、敷かれている絨毯《じゅうたん》は、港町の宿にしては毛足が長くふかふかだ。

これからどうするべきか。

（そういえば……）

宿帳に記名する際、グレイスという名を空欄のすぐ上に見つけて息が止まりそうになった。思わず女将に、「この女性は？」と聞くと、不審そうな目を向けられ、「ご夫婦ですよ、仲のよさげな」と笑顔なのにどこか素っ気ない、短い返答をもらった。確かに、公爵とはいえ宿泊客の情報を見ず知らずの人間に教えるようでは、港町の宿などやっていられないだろう。厄介事に巻き込まれかねない。

そうかと曖昧に笑って、アンセルは、優美さや上品さ、寛容なんかを感じさせる彼女の名前は、それほど珍しい方ではないなと考え直した。その響きは、アンセルにとっては唯一絶対なのだが。

グレイス・コンラッド。

記名されていたのはその名だ。彼女はコンラッドではない。クレオールだ。だがどこか力強く、読みやすく記された宿帳の筆跡は、どうしても自分のグレイスを思い出させる。単なるグレイスと同じ綴《つづ》りの文字なのに、見つめているだけでアンセルの意識は消えてしまった婚約者に流れていった。

彼女は表情の良く変わる女性だった。大人しくただ俯《うつむ》いているだけということはまずない。話しかけると顔を上げ、こちらが気恥ずかしくなるほど真《ま》っ直《す》ぐに瞳を覗き込んでくる。楽しいことには太陽も顔負けの笑顔を、少し難しい話の時は知っているふりをするどころか、それはどういうことですか？　と聞き返し、なんとか理解しようと眉間に皺を寄せて必死な顔をしていた。興味のある出来事

（例えばそう……ナズナの花を見つめている時など）を発見すると、その美しい灰色の瞳の真ん中に虹色の光彩が煌《きら》めくのを、アンセルは知っていた。

そしてそれは多分、自分だけが知っている彼女の秘密だ。その彼女が今どこかで微笑《ほほえ》み、幸せそうに微睡《まどろ》んでいてくれるのならそれでいい。だが、自分のあずかり知らぬ場所で誰かに虐げられ苦痛を味わい、恐怖に震えているとしたら……。

（グレイスッ）

いいや、彼女は大丈夫だ。大丈夫。きっとどこかにいる。

だが急に膨れ上がった不安が、アンセルの口から溢《あふ》れ出す。気付けば、この宿に侍女を伴った淑女が泊まっていないか女将に尋ねていた。だが、「美しいミルクティ色の髪に、気丈なのにどこか可憐《かれん》な様子のレディ」はいないと言われてしまった。ああ、彼女は一体どこにいるのか。部屋に通され、大きな暖炉の前にこうやって呑気に座っていて良いのだろうか。できることならグレイスの捜索を今からでも始めたい。どこかで彼女が苦しんでいるのに、助けられないなんて地獄だ。

身体《からだ》は疲労困憊《こんぱい》し、なのに神経だけは張り詰めている。すっかり日も落ち、周囲は暗く誰かを探すにも、港中の宿をしらみつぶしに当たるくらいしかできないだろう。

わかっている。それは非効率的だし、一人でウロウロ歩き回るのも現実的ではない。わかっている。わかっているんだ、それくらい。しっかりしろ……そう、自身を説き伏せてみるが。

——だめだ。ただ座っているなんて、正気の沙汰じゃない。

（せめて、下の食堂で情報を入手できれば……）

最初に睨《にら》んだ通りなら、公爵家の紋章入りの馬車は目立つ。横転してしまったとはいえ、どこかで誰かが目撃しているはずだろうし、噂《うわさ》になっているかもしれない。公爵だと身分を明かした瞬間物凄く驚かれたのだから、紋章入りの馬車なんて話題の的だろう。グレイスの居場所を絞り込む手掛かりになるはずだ。そうと決めたら行動は早い。アンセルは勢いよく立ち上がって部屋を出た。

大股で階段を下りていく途中、自分の部屋に料理を運ぶ給仕と鉢合わせしたので、下の食堂で食事をすることを告げた。青ざめた顔の給仕は深々とお辞儀をすると、「お席を確保してきます」と料理を持って食堂へと飛んでいく。やれやれと苦笑しながらその背中を見送っていると、茶色いコートに平べったい帽子を被《かぶ》った男性が、黒い鞄《かばん》を持って厨房の中に入るのを目にした。

あの独特な形状の鞄は医者のものだ。ということは何かあったのか。

厨房を気にしつつ、アンセルは食堂も覗いてみる。両開きの扉は全開で、中の賑《にぎ》わいぶりが良く見えた。大忙しというところだ。もし厨房で何かトラブルが起きていたら、この様子では料理が来るまで途方もない時間が掛かりそうだ。女将は「うちの料理人は宮廷で働いていたことがあります」と自慢していたが、事情がわかれば自分のために凝った料理を作る必要はないし、ポテトと羊のステーキで構わない。彼らの負担を減らすのが第一だろうと、アンセルは厨房に足を向けた。

「女将、何かトラブルが起きているならわたしの料理は手のかからないもので構わないが」

いい香りと温かな湯気、肉の焼ける匂いが漂う厨房は思った以上の忙しさだった。

「公爵閣下《ユアグレイス》」

ボウルの中の生地を丸めて、パンのようなものを作っていた女将が仰天して目を見開く。粉まみれの手を大急ぎでエプロンで拭って、アンセルの方にすっ飛んできた。

「いいえいいえ、大丈夫でございます」

畏《かしこ》まったようにお辞儀をする彼女を一瞥《いちべつ》し、アンセルは中をぐるりと見まわした。女性が一人、窓際のベンチに腰を下ろし医者と思《おぼ》しき男性から治療を受けていた。

「――怪我か？」

「ええはい、その……手を火傷してしまいまして」

「私にはエールか何か出してもらえればそれでいい」

「そ、そんな、とんでもありません！　せめてこの牛肉の赤ワイン煮だけでもお召し上がりください」

鍋の方を指し示す女将が、必死な様子で訴える。半分くらいはできているのか、あとは煮込むだけなんです、と女将が重ねて訴えた。

「そうか……なら、頼む」

「いま、エールと摘まめるものをお持ちしますので。どうぞお部屋でお待ちください」

「その件だが、食堂に席を移すことにしたからそちらに用意してくれ」

「畏まりました」

深々とお辞儀をする女将に苦笑し、アンセルはこれ以上時間を取らせてもいけないと、食堂を出る。

頭を下げ続けていた女将は、靴音が聞こえなくなってからようやく顔を上げた。

その瞬間、奥の畑に通じるドアが開き、グレイスが溌剌《はつらつ》とした笑顔で中に入ってきた。

「運よくヨモギが生えてたから、これに卵で溶いた小麦粉をつけて揚げれば美味しいわよ」

「あ、奥さん！　たった今公爵様が厨房にっ！」

慌てて近寄る女将が、頬を真っ赤に染めて泣きそうな顔をする。

「ええ!?　もしかして料理が遅いとかマズイとか文句を言いに？」

だとしたら一言物申してやる、とグレイスが意気込む。今にも厨房から飛び出して文句をつけそうな彼女に、女将は「違うんです！」とうっとりしたような眼差《まなざ》しを厨房の入り口に送った。

「厨房の状況を察知して、自分の料理は適当なもので良いとおっしゃってくださって」

なんて寛大な方でしょう。

ぼうっとした女将の様子に、グレイスは数度瞬《まばた》きした後、そっちか、と苦笑した。なるほど、どうやらここにいらっしゃる公爵は「素敵な方」のようだ。不意に、覗き込むとどこか、身体の深い場所が甘く痛むダークブルーの眼差しを思い出す。それがアンセルだったらどんなにいいか――と考えて彼女は首を振った。もちろん、アンセルなわけがない。

「手間のかかる料理はなくても良い、エールだけで構わないとおっしゃってくださいました。でも、牛肉の赤ワイン煮は奥様がもうすぐできるとおっしゃってたので」

まだかかりますか、と不安げな様子の女将にグレイスはにっこり笑った。

「大丈夫よ。まずはコブラーを仕上げちゃいましょう。私はこっちでヨモギを天ぷらにするから」

「――てんぷら？」

目を瞬《しばたた》く女将に、グレイスが得意そうに胸を張った。

「東洋のお料理です」

◇
◆
◇

事務所の中に戻ったウォルターは、破いてしまったシャツの代わりに元から着ていた自分の衣服に着替えるとにっくき令嬢を捕まえるために再び表に出た。

滞在場所として勝手に拝借していたたレンガの建物の裏手に、繋《つな》いでおいた馬がいる。それにひらりと飛び乗り、肩の傷など気にする風でもなく馬を飛ばす。実際、傷口は痛いというよりは熱く、その熱がウォルターを次の行動へと駆り立てるのだ。

港町、リムベリーへと続く街道は広く、海が近いために稜線《りょうせん》も森も遠い。見通しが良く、周囲には疎《まば》らに木が生えているだけだ。その道を月明かりの中ひたすらに馬を飛ばしていると、ガラガラと車輪の回る音が聞こえ、ウォルターは身構えた。ちらりと木々の方に視線を遣《や》り、街道を逸《そ》れてそちらの道を選ぼうかと考えた。だが向こうは自分とは反対の王都を目指しているのだ。そんなに気にすることもあるまい。

（そもそも、あの頭の悪い貧相な令嬢が、私を捕まえるために戻ってくるとも思えない）

公爵家の馬車は綺麗に姿を消していたが、彼女達が御者として優秀とは思えなかった。むしろ、あの馬車ごと、港町にたむろする悪漢に連れ去られたのかもしれない。

それはそれで腹立たしい。自分がこっぴどく痛めつけたい相手を、先になぶり者にされているなんて屈辱だ。だがそればかりでもあるまい、とウォルターは考え直した。

彼女達は王都に向かうだろうか？　いや、それはないだろう。ここがどこなのかわかっていなかった連中が、王都への道を探すより近くに見える街灯《あか》りを頼らないはずがない。

対向からどんどんカンテラの灯りが近付いてくる。見とがめられるだろか、と不安が兆す。それを払拭するように、ウォルターは両膝を締め、踵《かかと》を馬の脇腹に押し当てた。

構うものか。向こうはどうせ旅行客かなにかだろう。この道の先は王都だ。様子の違う……疾走する馬一頭、追う気になるとも思えない。速度を上げ、ウォルターはひたすらに港町を目指した。

◇◆◇

途中、爆走する馬とすれ違い、トリスタンの隣に座っていた侍女が短い悲鳴を上げて座席の中央へと身を寄せた。

「なんですか、今の！」

郵便屋!?　それとも医者!?

大急ぎで馬や馬車を飛ばすのは、特急便を託された郵便屋か急患の元へ駆けつける医者、そしていつも時間と追剥《おいはぎ》に追われている乗合馬車と相場が決まっている。暗がりの中、ほとんど見えなくなった背中を振り返り、ミリィが首を振る。人の生死がかかっているのだとしても、暴走する馬にしがみつくだけで体力を消耗する。あれでは救えるものも救えないだろうに。

「リムベリーは栄えている港町ですが、問題も多い場所です」

平然とフェートンを操りながら、トリスタンが答える。どこかで誰かが死にそうだったり、借金がかさんで切羽詰まっていたりと問題を抱える人も多いのだ。

「それより、もうすぐですか？」

人の事情より自分達の事情の方が重要だ。

「多分……」

夜景に目を凝らすと、人気のない倉庫街の中に、見覚えがあるような三角屋根が、満月に照らされて右手側に見えてきた。だがどれも似たり寄ったりで見分けがつかない。王都に続く街道は、倉庫街よりも一段高い場所を走っていて、そのため、視界の下の方に街が広がっている。そこを照らす光源が満月と、ぽつり、ぽつりと灯《とも》る事務所の灯りだけでは、目的地を探し当てられるか不安になってきた。

「ええっと……」

身を乗り出し、慎重に景色を見つめるミリィを気にしていると、不意に前方が妙に明るいことに気付いた。煌々《こうこう》と灯っているのは――松明《たいまつ》か？

「あれは？」

「え？」

もっと手前を曲がった所だったかな、と時折街道へと続く脇道を真剣に見つめていたミリィはトリスタンの声に正面を向いた。彼が見ている人だかりを確認する。

「……何か人が……溜まってますね」

顔を見合わせ、慎重に馬車の速度を落とす。だんだん近付いてくるその人だかりは、手に手に松明を持って壊れた何かを取り囲んでいた。一体何があったのか。何かの事故だろうか。例えば馬車――そこで二人はぎくりと身体を強張らせた。思い当たる節が二人にはあった。

「……そういえば、レディ・グレイスは馬車をどうしたとおっしゃってましたっけ」

遠い目をするトリスタンに尋ねられ、真っ青になったミリィが消え入りそうな声で告げる。

「自分達で帰れるから、御者もなしに送り出しました……と」

近付くにつれて、自分達が巻き起こした大惨事が目の前に広がり、ミリィは気が遠くなった。

「だ、誰か巻き込まれているのでしょうか⁉」

必死に尋ねるミリィに、トリスタンは慎重に人垣に近付きながら目を凝らした。だんだんと、裂けた木片が道路に散らばっているのが見えてくる。ゆっくり近付くフェートンに気付いた人垣の一部が、松明を掲げて二人を見上げた。

「リムベリーから来なさったんかい？」

どうやら近隣住民のようだ。数名が松明で周囲を照らし、何名かが馬車の被害具合を検証している。

……まあ、確認するまでもない大破っぷりなのだが。

「そうですが……これは……？」

「馬車が暴走の果てにカーブで横転したらしい」

暴走の果てに横転。

わっと両手に顔を埋め、ミリィが激しく身体を震わせる。更には小声で神に祈りを捧《ささ》げる彼女を見て、トリスタンはこれが彼女達の乗る馬車だったのだと確信した。

「怪我人は？」

「今のところはいねぇよ」

駆り出された住人は、文句も言わず、むしろ慣れた様子で馬車を改めている。この辺りは荒くれ者どもがしょっちゅう騒動を起こすため、馬車の横転などどうってことない事故らしい。こんな地域住民の考え方がミリィと……ひいてはあのレディ・グレイスの慰めになればいいとそう思うトリスタンは、もっとよく見ようと身を乗り出した。そして馬車の検分を終え、光の輪に飛び込んできた人物に目を見張った。濃い栗色《くりいろ》の髪と、明るい青の瞳。線が柔和な感じの容姿は兄君とは少し違うが、眼光鋭く対象を見つめる姿は同じ血を感じさせた。

「ロード・ケイン」

息を呑《の》むようなその言葉は、トリスタンから漏れたのではない。はっと隣を見ると、ミリィが心の底から驚いたような顔をしていた。トリスタンが何か言うより先に、喧騒《けんそう》にまぎれそうな呟きをキャッチしたケインが顔を上げた。

「ミレニアムッ！」

あーっという感じで、ミリィに指を突きつける。思わず彼女は身を仰《の》け反《ぞ》らせた。

「君ッ！」

大股で自分達に近寄る雇い主の弟は、疲れたような表情なのに、なぜかららんらんと瞳を輝かせていた。

「グレイスと一緒にいたね⁉　彼女はどこだ⁉」

物凄い剣幕で詰め寄られて、ミリィが怯《ひる》んだ。だがそれも一瞬だった。

「存じ上げません」

ぐいっと顎を上げ、きっぱりと告げる。公然と貴族に反抗するミリィにトリスタンは驚いた。

公爵家の弟は、ロードが付く身分だ。そんな人に労働階級の人間が楯突くように拒絶を示している。

（けどまあ、それも頷《うなず》けるかな……）

一瞬驚きはしたが、トリスタンはなんとなく理解できた。ミリィとレディ・グレイスが辿ってきた道を思えば、公爵家の人間に拒絶反応を示すのは当然だろう。それに、ロード・ケインは何を追ってここに来たのだろうか。彼らにとってグレイスは単なる囮で、逃げ出そうがどうしようが特に困るような相手ではないはずだ。

いや、困るのか。どのような理由があるにしろ、婚約者が逃げ出したとあっては公爵家の名に傷が付く。しかも二人は「妊娠した」と爆弾のような情報を振りまいて出てきたのだ。残された公爵が、名誉棄損で怒り狂い、徹底的に二人を探そうと画策してもおかしくはない。

それならば、とトリスタンは腹を決めた。ミリィが仕えているのは公爵家ではなく、グレイスだ。だからこそ、公爵家の人間など怖くないのだろう。トリスタンはどうだろうか。自分は彼らに雇われている身だ。だが、彼らは状況の全てをトリスタンに話していない。そして彼が請け負ったのは「脅迫者の逮捕」だ。それ以外の行動を、公爵家に縛られる必要もないだろう。

呆気《あっけ》に取られて侍女を見上げるケインの目の前に、トリスタンはすとんと降り立った。

「お久しぶりです、マイロード」

二歩ほど近付きお辞儀をするトリスタンにケインが眼を見張った。

「ミスター・コークス……」

その呟きに、トリスタンは取って置きの笑みを浮かべてみせた。


兄が雇った探偵、トリスタン。その彼が何故、グレイスの侍女と一緒にいるんだ？　もしかして、彼は独自に犯人を追ってここまで来て、グレイスと出会ったのかもしれない。だが、肝心のグレイスの姿は見当たらなかった。

何故？　どうして？　ここは王都に続く街道だ。だとしたら二人はこれから王都に戻るところなのかもしれない。だがグレイスだけがいないのは——なにか最悪な事態が起きたのか？

この場に兄がいなくて本当に良かったと、トリスタンは心の底から感謝した。何故なら、グレイスのことになると冷静ではいられなくなる彼が、一体どんな行動に出るのか想像もつかないからだ。だが自分なら、いくらか冷静に行動ができる。まずは一番の懸念から潰すべきだろう。

「二人は何故ここに？　というか、グレイスはどうした？　一緒じゃないのか？」

「彼女は無事です」

「ミスター・コークスッ！」

悲鳴のような声がミリィから漏れ、トリスタンの一言にほっと胸を撫でおろしていたケインは怪訝《けげん》そうに彼女を見た。先程から随分と敵意を向けられているが……一体なんだというのだ？

「——彼女は今どちらに？」

とにかく事情が知りたいケインが慎重に尋ねると、その冷静な彼の対応にトリスタンの姿勢がすっと伸びた。

「それよりもまずは、彼女とそこにいる侍女のミリィが置かれている立場について、はっきりさせていただいた方がよろしいでしょう」

グレイスとミリィが置かれている立場？

その台詞にケインは唇を噛んだ。まさかと思うが、彼女達が周囲に吹聴して回った「妊娠」の件だろうか。……あり得る、とケインは身構えた。まさか本当にグレイスは不貞を働いていて、兄の子ではない子供を妊娠しているのだろうか。それを盾に、何かしらの交渉をしようというのならケインも容赦しない。グレイスはそんな女性には絶対に見えないというのに……と兄のことを第一に考えながら、ケインは腹に力を込めた。こちらの焦りと不安を悟られては困る。ならば、と、さも余裕のある貴族らしい振る舞いを取った。

「――失礼だが、ミスター・コークス。彼女達が置かれている立場とは、一体？」

気怠《けだる》く訴え、片足に体重をかけて腕を組んでみせるケインに、トリスタンがさらりと答えた。

「グレイス様を『囮』として使おうというその計画は、一体いつ立てられたものなのでしょうか」

その台詞は確かに、ケインの耳から脳へと伝達された。されたが……あまりにも突拍子もない単語が並んでいて理解できない。グレイス様を……囮。あの兄が、グレイスを「囮」にすると？

五秒後、ああそう言えば、とグレイスの嫁入りに対する口さがない噂を封印するために、自分たちが流した「噂」を思い出した。グレイスを妻に選んだのは、公爵家に嫌がらせをしてくる輩への対抗策である、という「噂」だ。だがこの話はグレイスの耳には入らないよう、公爵家が総動員で対策を講じ、今ではもう風前の灯だったはずだ。それに、この噂の中に「囮」案は含まれていない。

確かに一度、警察連中からウォルターなる人物の正体を掴めず、レディ・グレイスに囮になっていただくしか方法がありません、と泣きつかれたことはある。だがそれをあの兄が許すわけもないし、実際実行してもいない。なので、トリスタンが言うグレイスの「囮」案は実行されてもいない。

「……あーっと……囮計画をいつから立てたという話だが……そもそも俺達はレディ・グレイスを囮に使ってなどいない」

きっぱりと告げるケインに、「嘘です！」と堪《たま》らずミリィが声を上げた。

「お嬢様ははっきり聞いたとおっしゃってます！　公爵が自分を囮にして、ウォルターなる人物を捕まえようと計画したのに本当に結婚するなんて最悪だと言っていたと！」

こちらを睨み付ける侍女に、ますますケインの眉間に皺が寄った。確かにそんな会話を交わしたような気がする。いつまでたってもウォルターが捕まらず、結婚式はもうすぐ。幸せいっぱいな結婚生活を想定していたアンセルが、口さがないグレイスへの中傷をやめさせるために、彼女との結婚には裏がある、と見せかけたのにどういうことだ……みたいな内容だったはず。正確な文言は覚えていないが、その「裏」をグレイスが囮計画だと勘違いした可能性はある。というか、そもそも彼女は何故この話を知っているのか。

(この話をしたのは確か昨日だったはず……もしかしてグレイスはこの話を聞いて……)

顎に指を当てて考え込んでいたケインは、凶悪な顔で睨み付けてくる侍女をちらりと見上げた。冷静沈着に振る舞うトリスタンと比べて、感情的な素振りの彼女から情報を引き出すのは簡単だろう。ようは怒らせればいいのだ。そうすればつるりと真実を漏らすはず。

「――まさかそれを聞かれていたとはね」

今度も尊大な貴族の振りをして、ケインは妙に癇《かん》に障る口調で話し始めた。伊達に社交界を出入りしていない。こういう高飛車で、自分達は人間、それ以下は下等生物だと思ってる輩は社交界には複数いる。そういう連中の振る舞いを意識しながら、ケインはへらりと笑って続けた。

「だとしたら話は早い。我が兄はオカシナ評判を持つ貧乏伯爵令嬢との結婚なんて本当は望んでいない。君が言う通り脅迫者を捕まえるための手段だったんだよ。なのに妊娠したと触れ回られては迷惑だ。彼女は一体何を考えている？　この婚約がなかったことになりそうだと気付いて先手を打った？　捨てられる前に？　まあ、どっちにしろ彼女の居場所を話した方が身のためだと思うケド？」

意図した悪意の滲むその台詞に、ミリィが真っ青になった。ちらと探偵を見れば、表情こそ変わらないが握り締めた拳が真っ白で震えている。

「――やっぱり」

不意に侍女から言葉が漏れた。

「やっぱり！　やっぱり、やっぱり、やっぱり！　お嬢様は正しかったわ！　こんなところに嫁がれなくて正解でした！　ご安心ください、マイ・ロード！　お嬢様はいつだって清く正しく美しい方です。公爵家の評判を落とすようなことは一切なさってませんから！」

叫び、ぜいぜいと肩で息をするミリィは、潤んだ大きな瞳からぽろぽろと涙を零し始めた。

「お嬢様は……囮として選ばれたのなら、囮として全力で任務をまっとうするとおっしゃってました。だから、ご自分でウォルターを捕まえるべく飛び出したんです！　なのに……ミスター・コークスから公爵様が愛する人と幸せな結婚をしたくてウォルターを捕まえる決心をしたと聞いた時……自分は勝手に公爵様の子供を妊娠したと吹聴して飛び出したことを気にされてたんです。公爵様が愛する方に、不快な思いをさせてしまったって！　お嬢様は、ご自分は公爵家とは一番遠い存在だと思われていながら、誰よりも公爵様を心配されてたんですッ！　そんなお嬢様が、ご自身のためだけに、婚約を継続させるためだけに、ご自分の評判を傷付ける真似《まね》をすると思われるなんて心外ですッ」

本来ならば、ウォルターなる人物は放っておけばよかったのだ。そういう事情での申し出なら、この結婚、お断りしますと実家から手紙を送りつけるだけで済んだ話だ。実はオーデル公爵はこんな卑劣な人なんです、と新聞社にでも訴え出たって良かったはずなのだ。だがミリィの主は、自らが囮となってウォルターを捕まえようと考えた。何故か。答えは簡単だ。

グレイス自身が、公爵の『忘れられない何か』になりたかったから。

わあわあ泣きじゃくる侍女を、男二人がじっと見つめている。ケインは感心していた。ここまでパーフェクトな回答をもらえるとは思っていなかった。

（良かったな、兄さん……）

彼女は不貞を働いてもいなければ、妊娠してもいない。ただ単に、自分達の会話を勘違いし、更に兄のために全力で立ち向かった女性だったのだ。自分の評判などものともせずに。随分と真っ直ぐで、そして破壊力のある愛情表現だとケインは思わず笑ってしまった。

「何が可笑しいんですかッ」

途端、トリスタンに胸倉を掴まれ、ケインは目を見開いた。どちらかと言えば可愛らしい感じのトリスタンが、険悪な表情で自分を睨み上げている。ぐいっと持ち上げられ、その細腕のどこにこんな力があるのかと感嘆する。まあ確かに、これくらいの腕力がなければ警察官なんて務まらないだろう。

「お、落ち着け！　すまないが、これには事情が――」

「どんな事情か知らないが、レディ・グレイスは死ぬ一歩手前だったんだ！　そんな彼女の想《おも》いをコケにするなッ」

「違っ！　失言は謝罪するよッ！」

ぎりぎりとシャツとクラバットが絞まり、ケインはほんの少し、盛りすぎた悪意を後悔した。

「謝罪？　それは貴方達が権力をかさに着て、一人の女性の人生を狂わせるところだったことをですか!?」

「そ……れをいうなら、グレイスだって、ちゃんとアンセル兄さんに向き合えばよかった話だろ!?」

「お嬢様を悪く言わないでくださいッ」

「そうだ！　もとはと言えば公爵家が囮計画なんて立てるから」

「だから違うんだってッ」

がん、と自分を締め上げるトリスタンの脛《すね》を蹴る。ち、と舌打ちが漏れ手が緩んだ。それを振り払い、ケインは呼吸を整える間もなく一気に叫んだ。

「アンセル兄さんはグレイスを心の底から愛してて、今でも必死に彼女を探し回ってる！」

ぜいぜいとこちらも肩で息をするケインに、ミリィが不審そうな眼差しを送る。

「公爵様がお嬢様を愛してる？　それでは先程のマイ・ロードの発言と一致しません」

侍女の生意気な口調に、ケインは苛立たしげに叫んだ。

「さっきのあれは俺が君達から情報を仕入れるために仕方なく……ていうか全部……そう全部すべて勘違いなんだよ！」

ヨモギの使い方といえば、香辛料として料理のスパイスに使われるか、体調が悪い時や胃腸が弱っている時に用いられる薬草のイメージがあった。それに衣をつけて揚げ、おつまみとして出されるとは思っていなかった。

(世の中知らないことだらけだな)

さくさくした食感と、ほどよい苦味。供された塩につけて食べると美味《おい》しい。それらをエールで流し込みながら、アンセルは酔っ払ってしまわないよう気を付けた。……酔える気は全くしないが。

着席してから二十分後くらいに、女将《おかみ》が言っていた牛肉の赤ワイン煮（コブラー乗せ）が出てきた。似たような煮込み料理を食べている人もいるが、どうやらヨモギのフライはアンセルにだけ出されているようで、精一杯の女将の気持ちかと苦く笑う。そこまで気を遣わなくても良かったのに。

(けれど……)

指先でヨモギを摘まみ上げ、アンセルはしげしげとそれを眺めた。ヨモギも、言ってみれば野草だ。グレイスは確か、ナズナも食べられると言っていた。今度一緒に森を散策するのもいいかもしれない。あちらこちらに群生する、草花や樹木。その一つ一つを指さして、彼女は色々教えてくれるだろう。どれが食べられて、どれが美味しくなくて、これは絶対食べたらダメだと……。

(グレイス……)

今日の昼からずっと、グレイスのことだけが頭を占めている。気がおかしくなりそうなほどだ。

だが、いてもたってもいられないというのが正直な感想だ。周囲の喧騒《けんそう》に耳を澄ませ、何か変わった情報がないかと過ごして一時間。聞きかじったのは「密輸」と「取引」、「どこかの放蕩《ほうとう》息子」の話だった。

……というか密輸？

（……港湾局は何をやってる……）

呆《あき》れたように溜息《ためいき》を吐《つ》く。この宿はそれほど品が悪い地域にあるわけでもなく、むしろ役人が泊まるほどの善良的な場所だ。それでもこんな物騒な話が出るのだから、リムベリーの街の治安を疑ってしまう。ここは確かエリネル伯爵の領地だったが、統治も大変なのだろうか、なんて取り留めもないことを考えているうちに更に三十分が経過し、呑気《のんき》な酔っ払いの噂話《うわさ》を聞きながらじっとしているのも一時間半が限界だと気付く。そろそろケインがやってくる頃だろうし、そうしたら無茶でも何でもしらみつぶしに宿をあたって調べ、場合によっては警察署、又は領主に協力を要請しよう。

と、アンセルは不意にここが港町で、もしかしたらグレイスがどこかの船に乗せられて、国外へと……それこそ「密輸」される可能性もあることに気が付いた。そしてそれが一番困ることにも。

（グレイス……ッ）

椅子を倒す勢いで立ち上がり、大股で食堂を横切る。アンセルは弟がやってきたら、自分は港湾局の事務所に出向いたことを伝えてもらおうと受付を見た。

そこに一人の男が立っていた。

淡い金髪が緩く波打ち、肩にかかっている。黒の上着に黒のズボン、黒の靴。きちんとした身なり……に見えるが、血相を変えて詰め寄る様子がアンセルの目にはどこか粗野に映った。風体は優男風で、袖から覗《のぞ》く手は白い。指も細く、港を拠点に働く男には見えない。彼はややヒステリックな声で、宿帳を指さし何かを訴えていた。部屋を空けてくれとか、そういうことだろうか。

女将が渋面で首を振るのを視界に収めながら、アンセルは目の前のちょっとしたトラブルよりも、どうやって港湾局の連中を丸め込んで、停泊中の船舶内の捜索を許可させるかに切り変えた。先程聞きかじった「密輸」をネタにしようかと考えていると、男と女将のやり取りを聞き流すだけだった耳が、衝撃的な単語を拾い上げた。

「だからこのグレイスという女は俺の女で、逃げ出したから捕まえに来たんだと何回言わせる気だッ」

その瞬間、アンセルの思考は急停止した。

グレイスという女は俺の女？

思わず顔を上げる。切羽詰まった様子で食い下がるそいつに、やはり見覚えはない。年の頃は……アンセルと同じくらいだろうか。そこで不意に思い出す。グレイスという名前は割と多いと結論付けたばかりではないか。それに、なんでもかんでも過剰反応するのは良くない。

そもそも、ここにいるグレイスはコンラッドという苗字で……。

「いいか、俺は見たんだ。冴《さ》えない麦わら色の髪のアノ女がそこの裏口から中に入っていくのをな。アイツは……アイツはな、俺を刺して逃げ出した犯罪者だぞ!?」

警察に突き出すのが当然だ！

ばん、と机を叩《たた》かれ女将の顔が固く、鋼鉄のようになった。

「わたしにゃ、アンタの方がよっぽど不審者に見えるがね」

低く唸《うな》るような女将の一言に、食ってかかっていた男の頭に更に血が上ったようだ。

「アイツは俺の大事な計画をぶち壊した上、オーデル公爵の妻として収まるだけでは飽き足らず、狂言で俺を騙《だま》してナイフで刺し、逃げ出すようなトンデモナイ女だ！　隠し立てすると碌《ろく》なことにならないがいいのか⁉」

じわり、と何かがアンセルの腹の奥に滲《にじ》むのがわかった。それは多分、怒りとか嫌悪とか絶望とかそういう概要ありきの言葉で片付けてはいけない、至極複雑なものだった。

オーデル公爵の妻として収まるだけでは飽き足らず、狂言で俺を騙して――

その台詞《せりふ》がわんわんと耳の中を駆け巡っている。アンセルの心の、遠いところがグレイスが屋敷を出た際の「妊娠」発言を引っ張り出してくる。

この男が……グレイスを孕《はら》ませたのか？　この男が……彼女に望まぬ行為を強いた――

アンセルは改めて食ってかかる男をひたりと見据えた。下品な物言いと、自分より階級が下の人間には、何をしてもいいと思っているような傲慢さが透けて見える。怒鳴ればどうにかなると考えている辺りで、真っ当な人間には思えなかった。そんな男が……グレイスの相手？

その瞬間、この、全く見も知らない相手への感情が急速に膨れ上がるのがわかった。瞼《まぶた》の裏が真っ赤になる。視界が歪《ゆが》む。吐き捨てられた言葉が、音速の颪となってごうごうと脳裏を吹きまくっている。

考えるまでもない。一目瞭然だ。この男が全力で罵り、犯罪者だと吐き捨てた女性は、絶対にそんな風に言われるべき女性ではない。そして彼女がこの男を選ぶなんて万が一――億が一にもない。

この男は何を言っているんだ？

そんな静かすぎるアンセルの苛立《いらだ》ちに、一切気付くことなく男が吐き捨てた。

「あの女を隠した罪で訴えられたくなかったら、とっととこのグレイスを連れてこいッ」

気付いた時には既に、アンセルは男の薄い肩を掴《つか》んでいた。そのままぐいっと力一杯引っ張って振り返らせる。色素の薄い水色の瞳がぎょろりと動いてアンセルを捉えた。

「き……さま……」

男の眼がみるみるうちに大きく見開かれ、目玉が転げ落ちそうなほどになる。それを前に、アンセルは低く尋ねた。

「――今の話、どういうことか説明してもらおうか」


「これはこれは……公爵閣下《ユアグレイス》」

ああまさか……まさか、まさか、まさか！　ここで、この男と相対するなんてッ！

歪んだ笑みが自然と唇に浮かび、気付けばナイジェル・ウォルターは聞く者全てを不快にさせる甘ったるい声で話し始めていた。

「こんな下劣な人間しか集まらないような港町でお目にかかれるとは、光栄至極に存じます」

そう言いながらウォルターは、肩にかかる公爵の手を振り払い慇懃《いんぎん》無礼にお辞儀をした。その様子に一段とアンセルの纏《まと》う空気が変わる。

「前置きはどうでもいい。貴様が探しているグレイスというのは」

「決まってるじゃないですか。あなたのグレイスですよ」

その一言にさっと公爵の顔が歪んだ。苦し気に寄った眉にウォルターは信じられないほど、気分が高揚するのを覚えた。なんということだ。あの、とんでもなくイカレタ女のことを話題に出すだけで、これほどまでにこの男の顔を歪めることができるとは知らなかった。

奥歯を食いしばり、必死に言葉を探す公爵を他所《よそ》に、ウォルターはますますそのいけ好かない笑みを深めた。仮装用の道化の仮面そっくりに、口の端が弧を描き、目尻が滑稽なほど下がっていく。

「彼女は近年稀《まれ》に見るじゃじゃ馬でしてね……この手で押さえつけて、その身体《からだ》の奥まで覗《のぞ》かせてもらいましたよ。申し訳ないが、あの女はもう最高爵位をお持ちの貴族様のものになれる無垢な身体ではありません」

その言葉に更に、公爵の空気が変わった。それは間違っても『絶望』と呼ぶような暗いモノではなかった。しいて言うなら、眩《まばゆ》く明るく、煌々《こうこう》と闇を照らす太陽の光に似ていた。それが、見えないながらアンセルの周りを取り囲んでいる。

だがその変化に気付かず、ウォルターは嬉々《きき》として続けた。

「なんせ、彼女の股の奥には――」

刹那、ウォルターの左頬に断罪の鉄槌《てっつい》が炸裂した。

吹っ飛び、男が床に倒れ込む。頬に爆発的な痛みが走り、何が起きたのかと一瞬思考が混乱する。

やがてその衝撃が収まると同時に、ウォルターの内臓を怒りが駆け巡った。そんな目を血走らせて顔を上げた彼とは対照的に、アンセルは至極冷静に、殴った右手を軽く振り、やや首を傾《かし》げて無様にもがく男を見下ろしていた。彼の目に、ウォルターは映っていなかった。ただ微《かす》かに眉間に皺《しわ》を寄せ、腕を組んで奇妙なものでも見るような目をしている。

「言いたいことはそれだけか？」

その一言にかっとなったウォルターが、よろけながら立ち上がる。血の滲んだ唾液を吐き出し、ぎらぎらした眼差《まなざ》しでアンセルを睨《にら》み付けた。やはりというか当然というか、ウォルターは痛みを感じなかった。代わりに猛烈な怒りが胃の腑《ふ》を焼いていく。

「あるに決まっているだろう！　お前の婚約者を貶めて辱めたのは俺だ！　俺がもらった！　残念だったな！」

哄笑《こうしょう》してみせるウォルターをじっと十秒ほど見つめた後、ゆっくりとアンセルが姿勢を正した。

「そうか」

「そうだ！」

「なるほど」

一つ頷《うなず》く。

それから、世界中を凍らせても有り余るほど冷たい眼差しに、しっかりと男を映した。

「では、貴様を殺せばそんな事実は永遠に消去できるな」

言うが早いか、アンセルは再び拳を振り上げた。


きゃあああという悲鳴が聞こえ、厨房《ちゅうぼう》でこっそり料理の味見をしていたグレイスは、こけつまろびつ飛び込んできた女将に仰天した。

「な……ど、どうしました⁉」

フォークを置いて慌てて駆け寄ると、女将はその、ふっくらした丸い手をグレイスの肩に置き、口角泡を飛ばしながらまくし立てた。

「そ、そこの、う、受付で！　殿方二人が、奥さんの件で乱闘を！」

え？　乱闘騒ぎ？　私の件で？　自身に全く覚えがなさすぎて思考回路がうまく働かない。

（ええっと……ええっとおおお……）

「お止めできるのは奥さんだけです！　じゃないと私の宿が」

何かが砕けるような音がして、わっと女将が泣き始める。そこでようやくグレイスは思い当たった。もしかしたらトリスタンが引っ張ってきたウォルターと格闘しているのかもしれない。だとしたら馬車に続いてこの宿を大惨事に巻き込んでしまう。それだけは勘弁だ。

「大変」

独り言《ご》ち、グレイスは大慌てで厨房を飛び出した。両手をきつく縛って、更に肩にナイフが刺さっている状態で抵抗などできるわけないと思っていた。でも、手負いの獣が一番厄介なのも知っている。それにトリスタンが言っていたレイドリートクリスタルの売買にウォルターが関わっているのだとしたら、なにかこう……油断できないことが起きたのかもしれない。短い廊下を走り、受付脇へと姿を現す。広々として明るい玄関ホールに、黒山の人だかりができ、その中心で二人の男が激しく殴り合っていた。一人は思った通り、金髪の優男、ウォルターだ。そしてもう一人は。

「……え」

相手の攻撃をガードするように右腕を上げた瞬間、やや乱れた黒髪がふわりと揺れる。ウォルターの攻撃をそのガードで流し、左拳を相手の鳩尾《みぞおち》目がけて繰り出す。間一髪、ウォルターが避《よ》けた。だが彼は続けざまに、体勢を乱したウォルターの右頬目がけて殴りかかり、鈍い音がした。奴がよろけてたたらを踏む。

だがその姿はグレイスの目に入ってはいなかった。ただ目に映るのは、ウォルターから距離をとり静かに呼吸を整え、ぐいっと前髪を掻《か》き上げて、ひたすらに男を睨み付けるアンセルの姿だった。

ど……うしてここに彼が……？　だって……なんで？　彼がここに来る理由なんてない。グレイスを追ってきた？　それは無理だ。だってグレイス自身、この港町に来るなんて思っていなかったのだから。じゃあどうして——その瞬間、グレイスは息の仕方を忘れた。柄にもなく脚が震えだす。

彼はウォルターを探していた。自分の愛する人のために、この男を捕らえるために。トリスタンがこの港町にウォルターの現在の棲《す》み処《か》があると知っていたということは、クライアントのアンセルがそれを知らないわけがない。ということは、彼は愛する人を護《まも》るためにここに来たのだ！

「どうした……俺を殺すんじゃないのか？」

徐々に腫れてくる目の周りも気にせず、切れた唇から赤を滴らせるウォルターは、自分の方が劣勢なのにそれを全く恐れていない雰囲気だった。有体に言えば、イカレすぎて切れている。

対してアンセルは——ぞくりとグレイスの背筋が総毛立った。

彼は明らかに怒っていた。静かすぎる佇《たたず》まいと無表情でわかり辛《づら》いが、彼は猛烈に怒っている。自分を映して柔らかかったダークブルーの瞳が、闇夜と見まがうほど暗く凍てついているのだ。

「お前の愛《いと》しい人を穢《けが》した俺を、殺すんだろう？」

再び、二人の距離が縮まり、拳の応酬が始まる。

「絶対に殺してやる」

唸るような低い呟《つぶや》きが、グレイスの耳に届いた。

愛しい人を穢した——ああ、なんてことだ。それは公爵でなくても怒りに駆られるはずだろう。ウォルターとかいう男は、そこまで卑劣だったのか。グレイスを連れ去る前に、きっとその公爵の愛する人を襲ったのだろう。

なんてことだ……なんてことだ、なんてことだ！

二人の乱闘は続き、周囲がはやし立てる。ふと女将が嘆いていたことを思い出したグレイスは、最良の方法を考えた。アンセルは今や、烈火のごとく怒りに燃え、周囲が見えなくなっている。無理もない。万が一宿が壊れても、公爵家の財力なら弁償も軽いだろう。だが、いくら貴族とはいえ殺しは駄目だ。これだけギャラリーがいれば、公爵の正当性を裏付けることは容易だろうが、それでもグレイスはアンセルに殺人者になってほしくなかった。誰も傷付けてほしくない。

ぎゅっと唇を噛み、グレイスはスカートの裾を翻して階段を駆け上った。

（そこまで愛している人がいるんだもの……きっと囮《おとり》婚約者の私の言葉なんか通じない）

でも、と、自分の荷物がある部屋に飛び込み、グレイスはひっそりと部屋の片隅に立てかけられていた角材を握り締めた。

（——貴方一人、人殺しになんかさせませんッ）

囮の役目は、犯人を捕まえるために誘い出すこと。ウォルターがここに来たのは、間違いなく自分をコケにしたグレイスを探してだろう。だとしたら今こそここが、グレイスにとっても最大の見せ場なのかもしれない。アンセルの役に立つこと……それがグレイスの最大の願いだ。

（アンセル様……）

角材に額を押し当て、ぎゅっとグレイスは目を閉じる。

ここで二人でウォルターを倒しましょう。そして……。

じわりと視界が潤み、目の奥が熱くなる。言うべき台詞を反芻《はんすう》し、グレイスは意を決して目を開けた。

大丈夫。

一歩一歩、しっかりと踏み出して彼を目指して歩いていく。

大丈夫、やれる。

自分はあの時、殺《や》られる前に殺れを覚悟し、実践して失敗した。そのせいで、アンセルが人殺しを担うのは絶対に嫌だ。チャンスは一度だけ。でも絶対に訪れるはず。それを見逃してはいけない。

未《いま》だ倒れることなく殴り合いを続ける二人を階段の上から見下ろし、グレイスは腹を決めた。

そろりそろりと階段を下り、床に足を付けたグレイスは、呼吸を整えて二人の動きを見定めた。

紳士らしく、素手で殴り合いをする二人を、助けようとする人もいない。囃《はや》し立て、賭けをするのに忙しいのだろう。だが自分は違う。

繰り出される一撃を咄嗟《とっさ》にしゃがんでかわしたウォルターが、反撃とばかりにアンセルの顎を目がけて右拳を打ち上げる。ぎりぎりでかわすも、顎先に衝撃を受け、アンセルが思わず片膝を突いた。

ぎらりとウォルターの目が輝き、もう一撃お見舞いしようと拳を振り上げた。

今！

その瞬間、グレイスはしっかりと角材を握り締めると脱兎《だっと》のごとく戦場に飛び込んだ。そして、ウォルターのがら空きの脇腹にフルスイングをお見舞いした。

ばきいっ、という木材に亀裂が入る音と鈍い手ごたえ。振り返るウォルターの顔が苦悶《くもん》に歪むのが、グレイスには見えた。信じられない、とらんらんと光る水色の瞳を見開き――そのまま音もなく床に頽《くずお》れた。

唐突に視界から消えた男に一体何が起きたのか、アンセルにはわからなかった。

角材を床に突いて、ぜいぜいと肩で息をする、愛してく堪《たま》らなくて、離したくなくて、胸が張り裂けそうなほど心配したグレイスがそこに存在するのを瞳に映すまでは。

「グ……グレイス……」

情けないほど掠《かす》れた声が出た。それでも、目を逸《そ》らせば消えてしまいそうでじっと見つめていると、顔を上げたグレイスが今にも泣きそうな顔に、精一杯の引き攣《つ》った笑顔を浮かべた。

「公爵様」

だが堪《こら》え切れなかったのだろう。呟いた瞬間、ぽろっと彼女の瞳から涙が零れ落ちる。それを見て、アンセルの思考が全部吹っ飛んだ。ああ、彼女が泣いている。泣いている。泣いて――。

「グレイスッ」

からん、と角材が乾いた音を立てて床に転がるのと同時に、アンセルは力一杯彼女を抱き締めた。触れた部分が柔らかく、しっくりと身体に馴染《なじ》む感触がどっと全身に流れ込んでくる。彼女が泣いている理由が何なのかわからないが、それでもアンセルは今すぐここで、グレイスを悩ませている全てを取り払いたくて仕方がなかった。

「グレイス……ああもう、何も心配いらない。わたしが全部全部引き受ける。君を苦しめることも、悲しませることも全部わたしが請け負うから。だから一人で泣くな。悲しそうに笑うな。そんな顔をわたしは見たいわけじゃないんだ」

　掻き抱《いだ》き、編み込んだ彼女の髪に強引に手を差し入れる。ひっく、と悲しげな嗚咽《おえつ》が漏れ「大丈夫だから」「心配するな」を繰り返して、アンセルは彼女の額や目尻、頬、首筋にキスの雨を降らせた。

　やんややんやと囃し立てていた野次馬が、今度は「お熱いねぇ」とか「お幸せにぃ」とか「甘すぎて反吐《へど》がでるぜ」と口笛を吹いたり拍手したりと、彼らなりの祝福が降ってきた。

「アンセル様……」

　彼の肩口に顎を乗せる形でぎゅっと抱き締められたグレイスは、おずおずと広い背中に腕を回した。

　彼がどうしてここまで自分を心配するのかわからない。彼にとってグレイスは囮のはずだ。こんな扱いはどう考えてもおかしい。だが恥も外聞もなく、ただただ愛しそうに力一杯抱き締められることのなんと贅沢《ぜいたく》なことか。こんな風に思ってはダメだと思うのに心から愛されているような気がして、身体の一番奥が蕩《とろ》けていくような気がする。

（私は……アンセル様に愛する人がいるってわかってるのに……）

　なのにこの抱擁から逃れたいとは思っていない自分が情けない。彼のこの態度は全部演技なのだと必死に言い聞かせる。だからこそさよならを言うのだ。それがグレイスが言うべき台詞なのだ。犯人は逮捕され、囮はその意味を失った。そして公爵には結婚を望んでいる愛する人がいる。

（これが……最後……）

　ふと目を開けたグレイスは、床に伸びているだろうと考えていたウォルターがむくりと起き上がり、焦点の合わない、だがぎらぎらした視線を向けてくるのを見た。

「アンセル様ッ！」

唐突なグレイスの絶叫に、しかしアンセルは慌てず騒がす、グレイスを抱いたまま優雅にターンをする。そうして、ふわっと彼女を下ろし安心させるように微笑《ほほえ》んだ。それから顔を上げ。

「しつこい」

泡を吹いて接近してくる男に向かって、上段回し蹴りをお見舞いした。

今度こそウォルターが昏倒《こんとう》する。途端、わあっとギャラリーから歓声が上がった。誰もがグレイスと同じようにアンセルの一挙手一投足を見守っていたのだ。

アンセルはすっ飛んできた女将からロープを受け取り、嬉々とする野次馬の連中と一緒になって男を拘束する。更にはてきぱきと警察を手配する彼を見つめながら、グレイスは「やっぱり彼のことが好きなんだ」という気持ちがじわじわと溢《あふ》れてくるのを実感した。

こんな風に人々を動かし、先頭に立ってきっちりと問題事を解決できる人を、グレイスはやっぱり嫌いになれない。自分より階級が下の人間と気さくに話せる彼が、卑劣な人間だとはどうしても思えない。

(――ああでもそうか……)

彼がウォルターを倒したのは、彼自身が本当に愛する人のためなのだ。グレイスを抱き締めてくれたのは、グレイスが泣いていたからだ。彼は泣いている女性を放っておけるような人ではないし、グレイスは曲がりなりにも一応、彼の婚約者なのだ。その事実が改めて胸に刺さる。

戸板に乗せたウォルターを、納屋に閉じ込めるべく運び出す一同を見送り、一段落ついたところでアンセルがグレイスを振り返った。その彼の顔が、ぱあっと悦《よろこ》びに輝く。

「グレイス……」

そう、名前を呼んで、こちらに近付いてくる彼の、その視線が自分一人に向けられていることに切なくなった。彼は心の底からグレイスを熱望するような眼差しをしているように見える。……そんなことなど、ないのに。

それでも彼女の心が震えた。イツワリの眼差しだけで構わない。あとはもう、何も望まない。さあ、今です。今こそ、あれを宣言するのです。

心が引き攣って、痛みに血を流しそうになりながらも、グレイスはぐいっと顎を上げると精一杯笑顔を見せた。

「アンセル様」

ありがとうございました。そしてさようなら。

「これで囮契約は解消です。この婚約もようやく、堂々と破棄できますね」

彼女の言葉が理解できない。それは確かに母国語で、どうやらコンヤクハキと言っているようだった。

――コンヤクハキ……こんやくはき……。

婚約破棄？　それは一体誰と誰の？　というか、婚約破棄ってどういうことだ？　もしかして自分が知っている単語以上の意味があるのだろうか。そうだ、自分が知るそれと、彼女が言うそれは違うのかもしれない。

「すまないが、グレイス……婚約破棄とはどういう意味だ？」

思わずそう尋ねると、彼女がどこかが痛むような顔をした。

「どういうって……ご存知でしょう？　私とアンセル様の婚約の破棄です」

やっぱり意味がわからない。彼女が難解な古代語を話していると言われてもアンセルは納得しただろう。

ご存知？　何を知っているというのだ？　私とアンセル様のコンヤクハキってなんだ？　コンヤクハ木という木だろうか？

「……いや、やっぱり意味がわからない。――もしかして、グレイス。それはどこか別の国の言葉だろうか？」

「違います！　婚約破棄です！　私と、貴方の！」

腰に手を当てて声を荒らげるグレイスとは対照的に、眉間に皺を寄せ、アンセルは何とかしてその言葉の意味を理解しようとした。しばらく考えた後、どうやらグレイスが言っているのは本当に婚約破棄の申し出らしいとわかった。だが何故その選択肢が出てくるのか一向に理解できない。

こんなにも愛しているのに、どうして結婚を取りやめなければならない？　グレイスだってアンセルが嫌いだから破棄したいとは一言も言っていな――その瞬間、不意にアンセルは閃《ひらめ》いた。

アノ男……今し方戸板に乗せられて納屋に運ばれていった、例の金髪の男だ。

絶対に奴《やつ》のせいだ、間違いない。彼女はアイツに穢されてしまい、自分がアンセルに相応《ふさわ》しくないとそう思っているに違いない……。

その瞬間、アンセルは無言で宿を出て納屋に向かおうとした。物凄《ものすご》い剣幕で出ていこうとするアンセルの、その袖を慌てたようにグレイスが掴んだ。

「あ、あのちょっと⁉」

「よくわかった。君がその意味のわからない婚約破棄を繰り返すのはあの男のせいなんだな？　今すぐ骨も残さずみじん切りにして粉砕してくるから、待ってなさい」

物騒を通り越して最早猟奇発言だ。

「ち、違います！　ていうか、確かに彼のせいで婚約破棄なのは一理ありますけど！」

アンセルの袖を放すことなく、彼女が半分泣きそうな声で訴えた。

「本気で私と結婚しようなんて思ってないヒトと、結婚できるほど私は馬鹿じゃないってことです！」

そんなグレイスの悲壮な訴えに、アンセルは目を瞬《しばたた》く。

グレイスと結婚したくない……？　一体どういう意味だ？

「――申し訳ないが……それは誰の話だ？」

「え？」

ぽかんと口を開けた後、グレイスの表情がさっと曇る。きゅっと唇を噛んで今にも泣きそうに身体を震わせる彼女の様子に、アンセルの脳がすさまじい勢いで回転し始めた。

なんということだ。これほどまでに彼女を傷付けた相手がいるというのか。本気でグレイスと結婚しようなんて思っていない人……もしかして過去に、そういうことがあったのだろうか。

そこで再び思いつく。あの金髪男に惚《ほ》れただのなんだの言われて、絆《ほだ》されて一夜を共にしたけれど、向こうはその気はなくて、それを知ったグレイスが婚約を破棄をしようとした――が、奴が追いかけてきたとかそういうことか⁉

「やっぱりアイツか！」

バラバラに切り刻んで粉々に砕いて下水と一緒に流してやるッ！

「アンセル様ッ！」

しばしの沈黙の後、再びアンセルが歩きだす。袖を掴む彼女を引きずるようにして突き進む彼に、グレイスは更に更に声を荒らげた。

「だからッ」

気付けばグレイスは、顔をくしゃくしゃにして涙声で叫んでいた。

「アンセル様が私のことを囮に使っただけで、結婚なんて考えてないってわかったから……他に愛する人がいるってわかったからッ！　だから婚約を破棄するんですッ！」

言うが早いか、グレイスはくるりと踵《きびす》を返して脱兎のごとく廊下を駆けだした。階段も一段飛ばしで上っていく。淑女としてあるまじき姿だが、もうどうでもいい。何せ、アンセルのためにフルスイングを披露したばかりなのだ。淑女として見られていなくても当然だ。

（私ってホント――）

思ったことと行動が一緒になる。その所為で要らぬ騒動を巻き起こす癖があるのだ。例のお菓子遺棄事件とか。馬車横転事件とか。もっと言えば拉致監禁未遂事件、とか。もっと大人しくて従順で、向こう見ずでも考えなしでもなければアンセルに好きになってもらえただろうか。彼が愛し、そのために執念深くウォルターを追って、倒そうと決意させるような女性になれただろうか……そう考えて、グレイスは更に情けなくなった。そうじゃないから、アンセルとお別れするのだ。どんなに好ましくて、どんなに好きでも諦めるのだ。

足を止めることなく部屋まで取って返し、グレイスは大急ぎでドアを開けようとした。

今はもう何も考えたくない。こんなことを言わせて、こんな気持ちにさせるアンセルなんか嫌いだ……とそう思いたいのに思えない自分ももっともっと嫌になる。

トリスタンから預かっていた鍵をポケットから取り出して差し込み、冷たいドアノブに手をかけたその瞬間、ドアにばんっ、と両手が降ってくる。驚いて振り返り、グレイスは目を見張った。

自分の目の前に壁がある。絶対に自分を好きになってくれない、壁が。その壁から伸びる腕と扉の間に閉じ込められてしまったグレイスは、込み上げてくる怒りのままにその壁に拳をぶつけた。先程のフルスイングとは打って変わって、力のない、ぽこん、という殴打。

「何してるんですかッ」

声が震える。

「なんで追っかけてくるんですかッ！」

馬鹿にしてるとしか思えない。

「どうしてこんな真似《まね》するんですかッッ！」

こんなことを。

「そんな瞳で……どうして……」

泣いて喚《わめ》いて腹が立っているのはこっちなのに。なのになんで。

「アンセル様の方が辛そうなんですかッ！」

ヒステリックな声が出る。それはグレイスが一番やりたくないことだった。なのに止まらない。

「酷《ひど》い目に遭ったのは私です！　一目惚れしたって言われて、なのに蓋を開けてみたら単なる囮に使うためで！　ならせめて、さよならくらい綺麗に言わせてください！」

婚約破棄でこの件は終わりでしょう!?

悲鳴のような彼女の言葉に、アンセルは微動だにしない。彼女の言葉を噛みしめるように強張《こわば》った顎の辺りが、グレイスの涙に歪んだ視界に映った。

再び、ぽこり、と胸を叩《たた》く。だがもう、そこには怒りに震える強さは混じっていなかった。その行為に促されるように、アンセルがそっとその額をグレイスの額に押し当てた。びくり、とグレイスの身体が震える。反射的に彼女が身を強張らせ、逃げようとする。その彼女を両腕の中に囲ったままアンセルはゆっくりと口を開いた。

「一目惚れは嘘《うそ》じゃない」

苦しそうに告げられたその言葉は、グレイスの胸に痛みを及ぼした。ことここに至って何を言うか。つららを素手で握り締めた時の痛みにも似た、皮膚が引き攣れる、凍えるような痛み。

「何を言って……」

「わたしが持つ爵位が……家柄が、君との婚約話に妬みを産んだ。社交界での婚姻はある種、契約的なもので恋愛感情からのそれはあまり受け入れられない……それは知っているね？」

ゆっくりとグレイスが顔を上げる。その首筋に、アンセルが額を押し当てる。吐息が首元を掠め、グレイスの心臓がどきんと一つ跳ね上がった。それでも逃げずにその場にとどまるグレイスをいつくしむように、大切にするように、アンセルが腕を回して抱き締めた。

「君に抑えきれない感情を持ってしまったばっかりに、口さがない噂が立った。君がまるで計画的にわたしを罠《わな》に嵌《は》めたのではないか、とね」

微かに震えるグレイスの首筋に唇を寄せ、アンセルは身体に響く声でゆっくりと続ける。

「わたしがいくら、『グレイスを心の底から愛しているんだ』と話しても、他人の粗を探して罵り合うのを生きがいとする連中には、それは単なる後付けの言い訳にしか聞こえない。それでも良かったが、君の貞操観念を更に面白おかしく吹聴されて我慢できなくなった」

グレイスには絶対言わないと決めた酷い噂があった。あの女は貧乏暮らしで、日銭を稼ぐために次から次へと下賤《げせん》の男に股を開いている——なんて話まで出ていたなんて死んでも許せない。だがグレイスだって馬鹿ではない。悪い噂くらい想定していた。そもそも自分自身が公爵様と婚約するだなんて、夢物語だと思っていたくらいなのだ。

「私は別に——」

「君はきっとそう言うだろうと思った。だがわたしが嫌だった。わたしがどうにかしたかったんだ。そのために、君との結婚は嫌がらせ回避のための契約結婚だという噂を流そうと決めた」

はっと彼女の身体が強張る。ゆっくりと身を起こし、アンセルは未だ彼女を腕に閉じ込めたまま、その瞳を覗き込んだ。大きく見開かれるグレイスの灰色の瞳。それは冬の朝のように透明で、でもどこか明るく温かい。その瞳が真っ直《まっす》ぐに、アンセルの暗青色の瞳を覗き込んでいる。ただただ、アンセルを映している。

胸を掻き毟《むし》りたくなる衝動を堪え、アンセルは逃げ道を塞いでいた両腕をゆっくりと下ろした。だがどうしても彼女を手放す気になれず、彼女の肌に触れないよう、ドレスの袖口をそっと掴む。

「君の耳には絶対に入らないようにしていたつもりだった。何かあれば、自分達の持つ公爵という位が最終的には物を言うだろうと傲慢にも思っていた。だがそうやってこの噂を隠し立てしたことが結果、君を傷付けてしまった」

いつこの噂に彼女が気付いたのかはわからない。だが、その噂を聞いて傷付いたグレイスが、近付いてきたアノ男に身を許してしまったのだとしたら……。

深い衝撃が身体を襲い、その瞬間、アンセルの胸が引き裂かれた。

……無理かもしれない、という言葉がアンセルの身体を覆っていく。それは絶望を伴い、全身から力を奪っていくものだった。たった一つの過ちで大切なものを失うこともあるのだと、どうして自分は考えなかったのか。それは、望めば全てが手に入る恵まれた地位と環境に自分がいたからだ。叶《かな》わない望みも世界には存在すると、忘れていられる生活。

徐々に光を失っていくアンセルの瞳を、グレイスはただじっと見つめていた。彼が今、口にした内容は真実なのだろうか。それとも嘘なのだろうか。今までの経緯を考えて、こんな酷い嘘を隠し持っていた彼を袖にするのが正しいのかもしれない。

だってそうじゃないか。今の話のどこに真実性があるのだろう。グレイスを護《まも》るためだけにわざわざ「この結婚には裏がある」と噂を流す必要がどこにある？　グレイスを囮として選び、それを使ってウォルターを捕まえたならそこで婚約は解消だ……その方がよっぽど話としては筋が通る。

そしてグレイスは囮として立派に役目を果たし、婚約破棄を堂々と宣言して、悪意を持った者に土下座させるのが望みだったのだから、現在のこれは完璧な展開と言ってもいい。

（いいえ……違う）

不意にグレイスは、そうじゃなかったことを思い出した。

何か一つだけでも、公爵様のお役に立てればそれでいい――それがグレイスの望みだった。そしてできれば自分達を困らせる存在を捕まえたグレイスに、今度こそ心から惚れてほしいと思ったのだ。好きになってほしい。愛してほしい。やっぱり君しかいないと、言ってほしい。それが無理ならばせめて、囮として優秀だったと心の片隅に居座らせてほしい。

グレイスがそう望むほど、彼女が接したアンセルは素敵な男性だった。今、彼が語った話が本当ならいいのにと、心の底から思うくらいに。

——よく考えなさい、グレイス。

不意に心の声が囁《ささや》いた。

——ここで貴女は彼を許していいのですか？　貴女がどれだけ苦労したと思っているのですか？　彼にも同じ目に遭わせた方が良いのでは？

（……私の場合、よく考える方がオカシナ結論を招きそうね）

唐突に響いた心の声に、思わず苦笑する。同じ目に遭わせるってなんだ。ただ彼は、方向性を見誤っただけだ。だがそれも、彼が『公爵』という人から羨ましがられ、求められ、搾取される立場にいたからであって、根本はきっとグレイスと変わらない、普通の人なんだとそう思う。

——嘘をつかれたのですよ？

（それがどうした。人生長いんだから、嘘の一つや二つや三つ、つくことくらいあるだろう。家族にも言えない秘密だってあるはずだ）

——彼は誠実ではないかも。だって貴女が行動しなければ、ずっと嘘をつき続けたのですよ？

（そうね。でも、誠実かどうか、嘘つきかどうか、それを決めるのは『私』よ）

私の『心』が決めること。

人の感情は複雑で、傾向ごとに分類するなど絶対に無理なのだ。よく社交界で話題になる、「この人の趣味はこうだから、きっとああなのね」とか「あの人はこればかり食べるから、こうなってしまったんだ」という、自信満々の傾向分析はほぼほぼ間違いだ。人の一面だけ見て、全てを知った気になるのは傲慢だ。人一人理解するには、きっと一生付き合うしかないとそう思う。では何を基準に人を見分ければいいのか。

（そんな基準なんてない）

たとえ不誠実でも。嘘つきでも。自分が信じて、自分の心が愛した部分は、真実だったとそう思う。騙されていたかどうかは後で決めればいい。もっと言えば、騙されたことすら自分が認めるか否かにかかっている。

（恋は盲目って本当ね……）

確かに自分は現在、判断力が鈍っているのかもしれない。でも自分の価値観は信じたい。アンセルが、ウォルターや社交界の底意地の悪い人間と同じレベルの存在だとは絶対に思えない。彼はずっと、グレイスを愛しそうに見つめてくれていた。そこに作為なんか存在していなかったと断言できる。甘ちゃんだとそしられそうだが、グレイスは猪突猛進《ちょとつもうしん》、直情タイプなのだ。心の導く方へ向かえ。それが今、彼女にできる唯一の「正しいこと」なのだ。

そして、彼女の望みは、彼に惚れてもらいたい、だ。

「アンセル様」

触れるのをためらうように、レースで縁取りされた袖口を掴んでいた彼の手を、そっと取り上げる。指先まで冷たいその手に驚き、顔を上げると、今から叱られるのを待つ少年のような表情で彼が立っていた。しょんぼりした姿に、グレイスは自分の弟を思い出した。

『ねえさま、ごめんなさい。だいじにしてたカップ、割っちゃいました』

そんな台詞を思い出し、グレイスは吹き出しそうになるのを堪える。今ここは、笑うべき時ではないのだ。必死に表情を引き締めながら、彼女は自ら導き出した結論を実行することにした。ぎゅっとアンセルの手を握り締める。

「本当のことをおっしゃると、約束してくださいます？」

「亡き父に誓って」

反射的に告げたアンセルの、その決意の滲んだ眼差しを前にグレイスは一つ頷く。それからゆっくりと、震える声で尋ねた。

「アンセル様が今、心から愛してる方が誰なのか教えていただけますか？」

今の話が嘘で、誰か別のヒトの名前が出ても、自分はきっと受け入れる。それを、真実だとして受け止める。

さあ、彼の答えは誰なのだろうか。

9　勘違いハニーミルクナイト

目の前に聳《そび》えていた存在が、一歩後ろに退いた。

（え？）

ずきん、とグレイスの心臓が不安に痛む。握り締める手をそっと外されると、ひやりと冷たい空気が肌を撫《な》でる気がした。一瞬でできた二人の間の距離。これが答えなのだろうか……。

覚悟はしていたが、足りなかった。やっぱり彼は嘘《うそ》を吐《つ》いていたのだ。やっぱり全部間違いだった。今の話は全部全部、全部作り話──そんな思考がグレイスの感情を真っ黒に塗りつぶす──その瞬間、目の前に立つアンセルが手を伸ばしドアノブを掴《つか》んだ。

自分の背中を支えていた扉が内側に開く。それと同時にアンセルが一歩踏み出し、グレイスの身体《からだ》がバランスを失って後ろに倒れ込んだ。気付いた男が、彼女の腰を抱いてくるりとターンし、再び閉まるドアに彼女の背中を押しつける。

同時に唇が降ってきた。掠《かす》めるようなキスが一度、二度。それが段々と長くなり、ちゅっと音を立てて唇を吸われた後、後頭部と腰をホールドされて喰《く》らい尽くすような口付けが落ちてきた。

「んっ」

こんなキスなど知らない……いや、どんなキスも、アンセルから与えられるものしか知らないのだが、これは初めてだ。びっくりして思わず唇が開く。途端、熱くて滑らかなものが口の中に侵入してきて、更にグレイスは仰天した。反射的に彼の肩を押し返そうとする。だがどうしていいかわからず、うろうろしていた舌を搦《から》め捕《と》られ、グレイスの抵抗は徐々に弱まっていった。

「ふ……うっ……んあ」

上から圧《の》しかかられて、口の中の弱い箇所を探すようにアンセルの舌が蠢《うごめ》く。咄嗟に舌先で押し返すも再び捉えられ、宥《なだ》めるように撫《な》でられた。時折角度を変えるために唇が離れ、その度に切羽詰まった、もっとと強請《ねだ》るような気持ちが溢《あふ》れてくる。信じられないほど彼を求める衝動を抑えられない。

気付けば、グレイスはアンセルの両腕に抱え込まれ、身体はくたりと弛緩《しかん》してしまっていた。名残惜しそうに熱い唇を舌先が舐《な》め、アンセルがそっと顔を離した。がくん、と膝が折れて彼女は驚いた。身体中から力が抜けてしまっている。

「あ……」

思わずへたり込みそうになるグレイスの、その細い腰を支え、男は先端まで赤く染まる彼女の耳朶《じだ》に唇を寄せた。甘い声と吐息が耳を犯し、身体に侵入してくる。

「誰を愛しているのか教えてほしいと言ったね？」

今まで、どの場面でも聞いたことのないアンセルのその声は、冷たい水の底にとろんと溜《た》まる蜂蜜のように重かった。礼儀正しさも必死さも、切羽詰まった様子もない不思議な声音。強いて言うなら。

余裕？

（うわわ）

耳殻を柔らかく食《は》まれ、もどかしい震えが身体の奥から脳天にまで走る。これ以上脱力することなどないと思っていた身体が、更にずるりと沈む気がしてグレイスは身体の中心に力を込めようとした。

だが腰が震えて全く力が入らない。

なんだこれ……なんだこれ、なんだこれ、なんだこれ!?　どうしちゃったの、私の身体ッ！

「教えてあげよう」

アンセルがそっと囁《ささや》き、ぼうっとするグレイスをふわりと抱き上げる。いつの間にか扉の内側に刺さっていた鍵が回され、そのかちん、と響いた掛け金の音に、グレイスは自分が引き返せない場所に閉じ込められたことを知った。

ふわふわした思考のまま抱えられて部屋を横切り、二人で寝るには狭いが久々の再会なら問題ないと言われたベッドに降ろされる。自分の状態を確かめたくて、両手を突いて身を起こそうとすると、片膝だけベッドに乗り上げていたアンセルが「だめだ」と彼女をシーツの上に押し倒した。

「何故《なぜ》？」

なんだかアンセルの声が遠くに聞こえる気がする。思考のふわふわも取れない。それでも怪訝《けげん》そうに見上げると、彼がどこか物憂げな表情でグレイスを見下ろしていた。

「綺麗《きれい》だから見ていたい」

一瞬何のことかわからない。特殊な装飾が、ヘッドボードにでも施されているのだろうか。

「何か素敵なものがあるのですか？」

思わずそう尋ねると、少し目を見張ったアンセルがくすりと小さく笑う。

「そうだね」

「どれです？」

再び身を起こそうとする彼女を抱き締め、耳朶に唇を押し当てた。

「君」

「──え？」

「綺麗なのは君だよ」

──なんだって？

「あ、アンセル様!?　気は確かですか!?」

気付けばグレイスはそう返していた。

「綺麗っていうのは、宝石とか夕焼けとか薔薇《ばら》の花に使うべき単語です！」

必死にそう訴えると、身体を起こしたアンセルがすっと目を細めた。

「そうだね。だからこそ、君にも使うんだよ」

「へ……」

思わずぽかんと、間が抜けたように見上げてしまう。どうして綺麗という単語が自分に使われるのか……がわからない。必死に理由を考えていると、アンセルがグレイスの腰を挟むように膝を突き直し、更には両肘をシーツに突いて身体を倒した。ごく至近距離から見つめられて、グレイスの心臓が痛いほど強く鳴る。

「こうして」

そっとアンセルの指先が伸び、彼女の頬と顎をくすぐるように撫でる。ふふっ、と反射的な笑いがグレイスから漏れた。それに気を良くした男が、人差し指でグレイスの身体を辿《たど》り始めた。

「わたしの腕の下で、その淡く煙る瞳にわたしだけを映す君は、宝石よりも夕焼けよりも、薔薇の花よりも綺麗なんだよ」

喉を通り、人差し指の先端がドレスに隠れた胸を伝っていく。コルセットで押し上げられているため、それなりの膨らみがあるように見えるが、不意にグレイスは「がりがりぺったん」と言われたことを思い出した。

確かに自分でもそう思うから、特に興味のない男に言われる分には気にならない。だが、自分が愛してほしいと願う相手にどう思われるのか……この時初めてグレイスは意識した。

（やっぱり……胸が大きくて腰が細くて足が綺麗な人が好みなんじゃ……）

彼は自分が愛している人を教えてくれるとそう言ったが、まだ教えてもらっていない。蕩《とろ》けそうなキスをされて、ベッドに連れてこられただけだ。これは愛する人とすることだケド、そうじゃなくてもできると聞いている。独身貴族の殆どが何人も恋人がいると、ゴシップ誌で散々読んだし。

ひょっとするとアンセルは、グレイスとそのトリスタンに語った「愛する人」とを比べているのかもしれない。彼は「囮」と「一目惚《ひとめぼ》れ」については話してくれた。だが、「愛している人」については何も語ってくれていない。

ウォルターの公爵家への脅迫事件と「愛する人を穢《けが》された」件。時系列的にどうなっているのかわからないが、少なくともグレイスはウォルターに穢されてはいないから、彼の愛する人には該当しない。彼女は、穢された自分を恥じて、アンセルの前から姿を消したのだろうか。それで、自棄《やけ》になっている時にグレイスと出会って、グレイスのそう簡単に男に屈しなさそうな強そうな姿に惹《ひ》かれたとか、だろうか。そして今、心から愛した人とグレイスを比べている――。

胸を辿る指先と、こちらを見つめるダークブルーの瞳に困惑を感じた彼女は、きゅっと唇を噛《か》んだ。

やっぱりそうだ。愛して失《な》くした女性《ひと》と私を比べているんだ。いつ、どの瞬間に、「君じゃなかった」と言われるのか……。

そんなことを考えて不安に揺れるグレイスの灰色の瞳を目の当たりにし、アンセルは凍りついた。

腕の下のグレイスの身体が微《かす》かに強張《こわば》り、更に動揺する。

そうだ。彼女はもしかしたら、あの男に犯されたかもしれないのだ。だとしたら、「男」という生き物に触れられるのは相当苦痛なはず。

グレイスが酷《ひど》い目に遭っている――もしそうだったとしたら、彼女を癒《いや》せるのは傲慢でも何でも自分しかない。

「あのっ」

触れることが正しいのか、まずは話を聞くべきか。だが話を聞いたら平静でいられる自信はないし、そのことで彼女を傷付けるのも嫌だと、とうとう据え膳を前にぐるぐる悩みだしたアンセルに、グレイスが堪《たま》らず声を上げた。

「あのっ！　私、牛乳飲んできます」

――――え？

想定不可能な発言に、数度瞬《まばた》きをする。そのアンセルの袖をぎゅっと掴み、微かに濡《ぬ》れた眼差《まなざ》しでグレイスが自分を見上げていた。艶やかな唇が震え、か細い声が漏れる。

「アンセル様が……愛してる人に負けないように、あの……きっと立派な身体になりますからっ」

だからちょっとだけ待っててください。

そう言って、アンセルの下から抜け出そうとする、今にも泣きだしそうなグレイスのその様子にアンセルは「ちょっと待った」と大急ぎで彼女を抱き締めた。何かある度に抱き締めるのが癖になりそうだと、苦く笑いながら思う。

「嫌です、待てません！」

「いや、待ってもらう」

「駄目です！」

「では一つだけ。……なんで牛乳なんだ？」

ぎゅううううっと両腕に力を込め、その柔らかくしなやかな身体を更にきつく抱擁して、アンセルはそっと尋ねてみた。う、とグレイスから悲しそうな声が漏れ、その数秒後、ひっくひっく、としゃくり上げるような吐息が聞こえてきた。まだ何か……アンセルの予期せぬことで彼女が泣いている——。

「グレイス……」

「だって……アンセル様……」

アンセルの背中をぽかぽか叩《たた》き、グレイスが掠れた声で訴えた。

「アンセル様が愛してる方は胸が大きかったのでしょう？」

肩に額を押し当て、しくしく泣きだすグレイスに、男の思考は完全に停止した。

彼女は今、こう言った。アンセルが愛している人は胸が大きかった、と。……ていうか、一体どこからそんな謎の人物が出てきたんだ？

「——わたしに何故……その、胸の大きな恋人がいると思うんだ？」

「だってっ」

彼の身体に、彼女の言葉がダイレクトに響く。

「胸を触る手が嫌そうだったからッ」

その台詞《せりふ》に、アンセルは眩暈《めまい》がした。それから数秒後、じわじわと何か……温かなものが込み上げてくるのがわかった。

「――それは……喜んで触ってもいいと？」

「義理でそうおっしゃってるのなら、今すぐここで、愛してる人の名前をおっしゃってください！　そうして私の想いに引導を渡してください！　こんな……誰かと比べるような真似《まね》をしないで！」

「誰ともあなたを比べてなどいない。というか、比べる相手もいない」

「嘘！」

「本当だ」

「嘘です！　だって、じゃあなんで」

「君は妊娠してる？」

アンセルから放たれたその言葉に、グレイスはくらりと眩暈がした。

「え？　ええ!?」

自分が妊娠!?　そんな話、一体どこから……その瞬間、グレイスは気付いた。あの嘘だ。自分が意図的に流した、あれ。

グレイスの顔色が真っ青になった。その顔をじっと見つめながら、アンセルが苦しそうに切り出す。

「わたしはね、グレイス。あの卑劣極まりない男から、君を奪ったと聞かされた」

あんのドぐされ××野郎ッ！

かあっとグレイスの頬に赤が差す。トンデモナイ言いがかりだとお腹《なか》の奥が怒りに震える。そんなグレイスの額にそっと額を押し当て、アンセルが更に続けた。

「アイツは、君は他の男のモノになったから、公爵家の妻に相応《ふさわ》しくないとそう言ったんだ」

「それをアンセル様は信じたのですね!? だから触るのを躊躇《ためら》……」

「話は最後まで聞きなさい」

それは二人共に言える言葉だ。彼女を抱いたままアンセルが身体を起こし、その太腿《ふともも》にグレイスを横向きに座らせる。そっと手を取って握り締められ、グレイスが不安そうにアンセルを見上げた。

「わたしは君が望まぬ行為を強要され、無理やり妊娠させられたのかとそう思ったんだ。じゃなければ、君が『妊娠した』と宣言して出ていくとは思えなかったからね」

その言葉に、グレイスは大きく目を見張った。まさか自分の発言がそこまでアンセルを傷付けたとは思っていなかったのだ。

「違います！」

思わずそう叫んで、彼の誤解を解こうとした。だがそれよりも先に、アンセルがグレイスの手をぎゅっと握った後、直ぐに離し、そっと懐に抱え込むように抱き締めた。

「本当のことを話してくれ」

身体の触れている部分から、彼の声が流れ込んでくる。アンセルの胸の辺りに耳を押し当て、グレイスは目を閉じた。本当のこと、なんて一つしかない。

「君は……君は、誰かに酷い目に遭わされたのか？」

意を決して呟《つぶや》かれた台詞は、最後の方が掠れて苦しそうだった。そのアンセルの痛みの全てを「偽りだった」と示したくて、グレイスは腕を上げるとしっかりとアンセルに抱擁を返した。

「神に誓ってありません」

「本当に？」

「確かめてください」

ぐいっとアンセルの身体を押しやり、グレイスは自分の前身頃のボタンに手をかけた。

「グレイス」

大急ぎで彼女の手首を掴んでアンセルが押しとどめる。

「わたしは君を信じてる。君にどんな過去があっても構わない。だが無理強いは」

その瞬間、言葉を紡ごうとするアンセルの唇にグレイスが衝動的に唇を押し当てた。ちう、と軽い音を立てて必死に吸い付いた唇を離す。おずおずと見上げると、みるみるうちにアンセルの深い青色の瞳が衝撃で明るくなるのがわかった。その変化を目の当たりにしながら、グレイスは首まで真っ赤になった。それから懸命に震える声を押し出す。

「お願いです、アンセル様……心配しなくていいんです。妊娠したなんて発言は、私が囮《おとり》としてお役に立ちたくて吐いた嘘なんです」

そっと手を伸ばして、アンセルの頬に触れる。

「私が全てを捧《ささ》げたいと願っているのはアンセル様だけなんです。だから……私を……もらっ」

その言葉が全て唇から零《こぼ》れ落ちる前に、グレイスはあっという間にベッドの上に押し倒された。

「グレイス」

掠れた熱い声が耳朶を打ち、その低音にグレイスの身体が震える。自分が緩めたボタンに熱い手がかかり、あっという間にドレスが緩んだ。コルセットに締め付けられていた、それなりに窮屈だった胸が解放され、首筋にひんやりとした冷気を感じたところで、不意に自分を押し倒すアンセルがひゅっと短く息を吸い込むのがわかった。

「――これはなんだ」

「え？」

アンセルに触れられて心臓から温かな血液が身体中を巡る感触に浸っていたグレイスは、凍りついたような彼の声にはっとした。もしかして彼は、この貧相な胸に驚いたのかもしれない。そうだ。きっとそうだ。

「ええっと……これはなんだと言われましても、これが私の持ってるもので……」

「これが⁉」

震える手が伸び、喉の辺りをそっと撫でる。あ、あれ？　胸じゃない？　となると……

「ああ！　そうでした！　あの、このネックレスは宿の代金に充てるつもりで」

「違うッ！　そうじゃなくてこの怪我《けが》だッ」

――あ……あ～。

グレイスの細い喉にはくっきりと、赤黒く変色した例の手の痕が残っている。死闘の結果得た勝利の産物なので、たいして気にもしていなかったが、アンセルは違うらしい。

「み、見た目ほど酷くはないんです。言ってみれば戦いの勲章ともいうべき傷で」

「君は戦士でも騎士でもないだろう⁉」

「そうなんですけど、でも死ぬことはなかったので結果オーライ……」

「他に怪我は⁉　痛い所は⁉　それよりも何よりもッ」

がしっと両肩を掴み、アンセルは今にも心配で砕けそうという表情でグレイスを見た。

「やっぱり君は――本当にあの男に……」

絶句し、青ざめるアンセルをグレイスはじっと見上げ、それから自分を押さえて震える彼の手にそっと触れた。

「首を絞められて、下着の中を覗《のぞ》かれましたが無事です」

「やっぱり殺してやる」

デカすぎる心の声を独り言として漏らしてベッドから降りようとするアンセルを、グレイスが必死に止めた。

「大丈夫です！　私はなにも……傷付いてませんし、アンセル様が殺人者になる方が嫌です！」

「しかしッ」

振り返る、今にも怒りを爆発させそうなアンセルの腰にグレイスは必死で腕を回して抱き付いた。

「グ、グレイス⁉」

素っ頓狂な声がするが、ぎゅっと目を閉じた彼女は、必死にしがみついたまま喚《わめ》いた。

「もしアイツを殺したいのなら、私を振りほどいてベッドから落としていってくださいッ」

アンセルの形のいいお尻の辺りで顔を上げ、口をへの字にして訴える。その真剣な眼差しと口調が通じたのか、アンセルが片手で両目を覆うと、何故か天井を見上げた。

「――グレイス」

「なんですか⁉」

勢い込んで答える彼女に、アンセルが苦しそうに告げた。

「手を……退《ど》けてくれ……」

くぐもったその一言に、ふと自分の手がアンセルの大事な場所に触れていることに気が付いた。

「⁉」

大急ぎで手を離す。そして耳からデコルテから真っ赤になってベッドの端まで移動し、死にたい気分で両手に顔を埋めた。

（私ったら大事な場面でなんてことをッ！）

ひいいいやあああ、と声にならない声で悲鳴を上げて身悶《みもだ》えていると、やがて震えるような溜息《ためいき》が聞こえ、そっと後頭部に温かな手が触れた。更には柔らかく撫でられ、その慰めるような感触にグレイスは恐る恐る顔を上げ、振り返った。

目の前に、困ったように微笑《ほほえ》んで……でも強い決意を瞳に秘めたアンセルがいた。

「すまない」

思わず見惚《みと》れるグレイスの、その額にそっとキスが落ちる。それから目尻に一つ。頬に一つ。

一つキスが落ちる度に、触れていた手が動き、髪をまとめていたピンが一つ、二つと抜かれていく。

夕方に一度ウォルターのせいで乱され、荷車でミリィに直してもらったのだが、それが全て解けてしまった。中央付近のテーブルに置かれた燭台《しょくだい》の、柔らかな黄色い灯《あか》りを受けて、身体を覆うように落ちた彼女の髪がきらきらと光る。その髪を一房持ち上げて唇に押し当て、アンセルはもう一度「すまない」と零した。

「あの……アンセル様？」

一体何に対しての謝罪なのかわからない。彼の急所を思わず掴んでいたのはグレイスの方なので、謝るとしたらグレイスの方だ。首の怪我についてなら、これは完全に彼女のせいで、軽率な行動が生んだ結果でもあるし、彼女が力一杯戦った名誉の証でもある。

だが、彼の謝罪はそのどれでもないらしく、神妙な面持ちで彼女の腰に手を回すと、身を乗り出してグレイスをシーツの海に沈めた。

「わたしはね、グレイス」

言いながら、彼は自分の首元からクラバットを引き抜き、それから上着、ウエストコートと脱いで、ベルトを外す。

「結婚式が済むまで待つつもりだった」

シャツのボタンを外しながら、ぽかんと見上げるグレイスに長いキスを一つ。

「だがもうやめた。君の所在が知れなかったたったの半日で、わたしは心痛で死ぬかと思った」

胸の辺りでぎゅっと握っていた彼女の手を取り、開けているドレスを脱がせていく。白い肌にくっきり残る別の男の手の痕。そこにアンセルは自らの手を重ねた。細い首に触れる力強く熱い掌《てのひら》。ぞくりとグレイスの身体が震えた。だがそれはアノ男の卑劣な犯罪行為を思い出したからではない。

「あんな思いはもう、二度としたくない」

熱い掌に触られて、グレイスは身体が芯から溶けていくような気がした。

「今、この瞬間がどれだけ貴重か思い知った。だからこれから……君の全てをわたしがもらい受ける」

神の前で永遠の愛を誓う、その前に。誰かに奪われてしまう、その前に。

首に軽く両手を当てられているグレイスは、そっと手を伸ばした。はっと身を強張らせるアンセルに構わず、はだけたシャツから覗いた引き締まった腹筋の、その硬くて熱くて、すべらかな肌に柔らかな掌を押し当てた。自分とは全く違う感触と温度に、身体の奥から震えが走る。

何が違うのだろうか。自分の肌はもっと、ふよふよしていて、もちもちしている。だがアンセルのそれは硬くて、ちょっと押しただけでも凹むことがないように見えた。これは何に似ているのだろうか。革製の鞄《かばん》、とか――。

「すまない」

また謝罪？　と思わず笑いそうになったグレイスは、大急ぎでシャツを脱いだ男がコルセットの組みひもをあっさりと解いて引き抜き、現れた薄いシュミーズを引き裂くのに仰天した。

「え？　あ、ちょ――」

役目を完全に放棄した布から、ふんわり膨らんだ胸が現れる。自分の貧相な身体付きは十分理解しているから、ガッカリされる、と思わず顔を背ける。だがふにっと真っ白な双丘を持ち上げられ、更にゆっくりと感触を確かめるように揉《も》まれて身体中が真っ赤になった。

持ち上げた右腕で思わず顔を覆う。すると耳元で微《かす》かに笑われるのがわかり、ぎくん、とグレイスが身を固くした。やっぱり、この身体はアンセル様の好みではないんだ、とじわりと不安になる。だが意に反して、アンセルはどこまでも優しくそっと彼女の耳朶に甘く囁《ささや》いた。

「顔、隠さないで」

身体の芯を蕩かせる囁き。それがどうしても怖くて、グレイスはふるふると首を振る。

「どうして？」

「だ……だって……むね……」

ないから、という台詞は「可愛《かわい》いのに」というアンセルの言葉に飲み込まれた。

「え……」

下から持ち上げ、手を離す。ふるん、と彼女の真白い果実が揺れた。

「んっ」

それを何回か繰り返され、グレイスの思考が徐々にぼうっとしていった。触られる度に、熱を伴った甘い疼《うず》きが、身体の最奥に溜《た》まっていく。それが彼女の羞恥と理性を壊していくのだ。

「ほら、可愛い」

熱を孕《はら》んだ声がそう訴え、グレイスは堪らず嬌声《きょうせい》を上げた。

「た、楽しいですか？」

再びくすくす笑う彼に、思わずそう尋ねていた。柔らかなものに触れるのは悪くない。グレイスだってちっちゃな子の頬っぺたをふにふにするのが密《ひそ》かに好きだったりする。だが、グレイスの胸が子供の頬っぺたほど触って楽しいぷにぷにかと言うと……甚だ疑問だ。

だがアンセルは、丸い彼女の胸を両手で包み込むとゆっくりと長い指を順番に沈めていった。

「んぁ」

再びグレイスの喉から甘い声が漏れる。それに気を良くしたのか、アンセルがゆっくりと回すようにグレイスの胸を弄び始めた。綺麗な肌を指先が撫でたかと思うと、やや乱暴にぎゅっと掴まれる。重さを確かめるように上下に揺さぶられ、次には指の腹をゆっくりと押し込まれる。繰り返される愛《あい》撫《ぶ》に、やがて堪《こら》えるだけだったグレイスの声に甘みと色が混じっていった。

「楽しいかって聞いたね？」

目蓋を落とし、知らない官能に震えていたグレイスは、耳元で囁かれた低音に身体の中心を揺さぶられ、白い喉を反らす。

「あ……や……」

「君が可愛い声で、誘うように喘いでくれるのは凄《すご》く――楽しいし嬉《うれ》しいよ」

胸の先端が色づいて立ち上がり、アンセルの人差し指が引っ掻《か》くようにしてそこに触れた。

「ひゃんっ」

一音、甲高い声が漏れ、グレイスがぱっと目を開ける。

「い、今……」

「これ？」

「ひゃ」

再び同じように優しく撫でられ、今までとは違う鋭い感触に彼女が首を振る。

「それ、だめ」

思わず身体を起こして逃げようとするが、その仕草と涙目、甘い声が劣情となってアンセルの腰から背中にかけて甘く重い衝撃を与えているのだと、グレイスは思ってもみなかった。

「そうなのか？」

問いかけに持つ含みに気付かず、グレイスがこくこくと頷《うなず》く。

「そうなんです！」

それにふむ、と考え込むように天井を見上げたアンセルが「じゃあ」と笑顔を見せた。

「そこを攻めるべきだな」

途端、色づいて立ち上がる先端を口に含まれ、指先とはまた違った感触にグレイスの身体が跳ねた。

「きゃ」

アンセルの舌が絡まり、軽く歯を立てられたりきつく吸われたりと好き勝手に弄《いじ》られる。

「あ……やっ……んんっ」

丹念に胸の先端を愛撫され、舌先でくすぐられる度に熱い疼きがどんどん身体の奥に溜まっていく。

アンセルの身体の下で身を捩《よじ》るも、男はそれに触発されたように片方の乳首から唇を離すともう片方の、立ち上がって震える方に吸い付いた。

「ああっ……んっ……んぅ」

吸い付かれていない方の胸を更に掌で捏《こ》ねられ、尖《とが》りを摘まんで擦られる。同じようにもう片方も舌先で突いたり、歯を軽く当てたりされて、グレイスの腰が自然と持ち上がった。スカート部分が衣擦れの音を立て、ゆっくりと唇を離したアンセルが彼女の顎の下辺りにキスをした。

「どうだろう？　気持ち良くないかな？」

笑みを含んだ声で囁かれ、グレイスは飽くことなく与えられる刺激に抗《あらが》うよう、ぎゅっとシーツを握り締めた。

「わ……わかんない……です」

「それは……困ったな」

ひゃあああんっ。

ぎゅっと乱暴に掴まれて、今度は激しく揉みしだかれる。

「気持ちよくなってもらわないと……わたしとしては困るんだが」

これはどう？

あくまでもお伺いを立てるアンセルに、グレイスは真っ赤になった。

「それは……あ……」

「ん？」

頬にキスが落ちる。

「何？」

吐息が肌を掠める。敏感になりすぎている全身が、識《し》らない熱の侵食に喘《あえ》ぎ、震え始めた。このまま続けてほしいのに、凄くもどかしく脚の付け根が疼くこの状態は——気持ちいいと言えるのだろうか。

「アンセル様ぁ」

普段のグレイスからは考えられないほど、溶けた甘い啼き声は、アンセルの身体の奥に震えを走らせ、背筋をぞくりとさせる。そんな官能的な声色でグレイスは言葉を重ねた。

「気持ち……いいですけど……なんだかもっと……欲しいです」

自分が何を言ってるのかわからないが、身体が求めているものがあるのはわかった。お腹の奥の方が、満たされたいと切なく訴える。それが何で、どうしてそれが欲しいのかはわからない。

ただ彼女は熱っぽく潤んだ眼差しをアンセルに向けた。

「これは気持ち良いになる……んですか？」

腕を伸ばし、きゅうっと抱き付く。

「グレイス」

熱く柔らかく、腕に凭《もた》れかかる彼女の身体を抱き締め返し、アンセルは目を閉じた。彼女の熱と肌の滑らかさを辿るようにゆっくりと掌で背中を撫でると、グレイスの喉から震える吐息が漏れる。

「それを……気持ちよくしてあげる」

ゆっくりと身体を離して、彼女を包み込むドレスを引き抜く。ベッドの下にドレスを落とし、現れた真っ白な肢体に彼は目を細めた。ドロワーズしか身に着けていない彼女は、全身を真っ赤にして視線から逃れるよう、身を捩った。

「あまり……みないで……」

震える声で訴えると、唇にキスが落ちてきた。ほっそりとした脚を指が辿り、太腿の裏側をなぞった後、脚の付け根に掌を押し当てられる。びくり、とグレイスの身体が跳ねた。普段、他の人間が触ることのない場所に、掌を置かれていることを恥ずかしがる気持ちと、もっともっと深い場所に触れてほしい気持ちが混じり合う。

それに勘付いているのか、アンセルは肝心な部分を避けて、太腿の裏側や膝の内側、平らな下腹部などを揶揄《からか》うように撫で続けるから。

「アンセル……様ぁ」

行ったり来たり、グレイスの熱を煽《あお》るだけ煽って通り過ぎようとするアンセルの手を、我慢できずグレイスが掴んだ。

「そこ……じゃなくて……こっち……」

自分が何をしているのかわからないが、熱くてじりじりと痛む場所に触れてほしくて堪らない。グレイスはきゅっと目を閉じると識らない熱の籠《こも》る脚の間に、そっとアンセルの掌を導いた。ここをウォルターに覗かれた時、嫌悪しか感じなかった。だが、ここにアンセルの乾いて温かい手が触れていると感じた途端、痺《しび》れが脳天まで駆け抜けた。

「あぁっ」

震えた、途切れ途切れの吐息が彼女の喉から漏れる。しっとりした彼女の秘所を、ドロワーズ越しに撫でると、指の腹をそっと秘裂に添って這《は》わせて掌で柔らかく揉むようにする。

「ふあ」

びくり、と腰が跳ね、グレイスの身体がしなる。つんと立ち上がって揺れる胸の先端を口に含み、舌先で再び愛撫しながら、アンセルは下着のリボンを解いてゆっくりとドロワーズを下ろした。

「あ」

触ってほしいとは思っていた。けれど、そこをまじまじと見つめられるのは恥ずかしすぎる。生まれたままの姿にされて、隠すものが何もなくなった心許《こころもと》なさから、グレイスはベッド脇に押しやられている毛布を掴もうと手を伸ばした。

「だめだ」

目ざとくそれを見つけたアンセルが、彼女の足首を掴んでひょいっと持ち上げる。

「きゃっ」

そのまま足を折り込むようにして広げられ、あっと思う間もなく、アンセルの舌先に秘裂を嬲られて喉奥から信じられないほど艶やかな嬌声が漏れた。

身体の奥から零れてくる雫《しずく》を舌先で拾い、尖って膨らむ花芽に塗り広げていく。柔らかなひだを丁寧に舌先で舐《な》め、徐々に潤んでくる蜜壺《みつつぼ》の入り口をキスで塞いだ。長い指が花芽を優しく擦り、くちゅくちゅと濡れた音が響いて、グレイスは思わずシーツを握り締めた。

「やっ……音……はずかし……」

反射的に逃げようとする腰を掴まれ、引き寄せられてしつこく舌を絡められる。イヤなのに欲しい。恥ずかしいのに欲しい。二律背反する理性と本能の真ん中で、グレイスは涙の滲《にじ》んだ瞳を開いた。

ちゅうっと尖った花芽を吸い、顔を上げたアンセルが身を持ち上げた。どちらも呼吸が荒く、瞳の奥には同じような熱が籠っている。その絡まる視線を逸《そ》らすことなく、男は十分に濡れてとろとろと蜜を零す秘所に、ゆっくりと人差し指を沈めていった。

「ひゃっ……」

自分ですら触ったことのない場所に指を押し込まれ、グレイスの身体が緊張と微かな痛みに強張った。不安が顔を出す。だがそんな彼女に気付いたのか、アンセルは彼女の身体を根気よくほぐし、良い場所を探るように掌全体で秘裂を撫で続ける。

「あんっ」

不意に異物感とは違う疼きが走り、グレイスの唇から声が漏れる。すると、蕩けるように熱くなる襞《ひだ》の上部をアンセルの指が撫で始めた。

「っ」

もどかしいような熱いような、身体の奥に溜まっていく快感。

「グレイス……」

「あんっ」

低音が身体に響き、アンセルの指を飲み込む蜜壺がきゅっと締まってぬめりを溢れさせた。

「いいね？」

とろとろと蜜を溢れさせる秘所からゆっくりと指を引き抜き、彼はつんと尖った花芽を撫でた。きゅうっと身体の奥が切なく締まるのを感じて、グレイスはどこに何が欲しいのかようやくわかった。そろっと目を開けると、切羽詰まったアンセルの顔が見えた。額に汗が滲み、前髪が濡れている。シーツを握り締めていた手を離し、グレイスはそっと熱く脈打つ首筋に腕を絡め、微かに微笑むとこくり、と頷いてみせた。

そんな熱い彼女をぎゅっと抱き締めると、アンセルは緩めたズボンから溢れる、限界まで張り詰めた楔《くさび》を秘裂に押し当てた。熱く滾《たぎ》るそれにゆっくりと上下に擦られ、ふああ、と鼻にかかったような吐息が漏れた。触れ合った場所から身体の中心に火が点《つ》き、それに追い立てられるように二人の身体の奥がきつくきつく絞られ、ぎりぎりと巻き上げられていく。

「も……ねがい……」

これから何がどうなるのか——伯爵令嬢とはいえ、グレイスは森で育った部分がある。動物たちの生殖行為を見かけることがあった。だから——まあ、どうするのかはわかる。どんな格好をするのかも。

「愛してる」

深いキスをされ、絡む舌に夢中になる。そのうちに熱く、硬く、太い物が身体を押し広げるのがわかって彼女の身体が強張った。

「んっ……まって」

これは違う。こんな格好は間違っている。咄嗟《とっさ》に腕を伸ばし、グレイスはアンセルの身体を引き離そうとした。だが。

「無理だ」

切っ先を入れたままぐいっと脚を持ち上げて広げ、アンセルは自らの楔をたっぷりと蜜を含んだ秘所の奥深くに突き入れた。

「駄目っ……きゃっ」

押さえ込まれて苦しく、更に引き攣《つ》れるような痛みが走り、最奥まで灼熱《しゃくねつ》の楔に侵されたグレイスの背中が反った。悲鳴のような嬌声が漏れる。

「きゃあああああんっ」

その嬌声に押されるように、ゆっくりと根元まで埋め込まれ、グレイスは圧迫感に身体の中の全てがせり上がるような気がした。苦し気な吐息を漏らすグレイスに、アンセルがキスの雨を降らせる。

「すぐに気持ちよくなるから」

その言葉と、きゅうっと抱き締めてくれる感触にグレイスは泣きそうになった。確かに……確かにアンセルの身体の一部を受け入れるのが、この行為の「やり方」だと知っている。知っているが……。

「ア……アンセル……様」

背中に爪を立ててしがみつきながらグレイスは「どうして」と泣きそうな声で訴えた。

「どうして……こんな……体勢……」

「——え？」

ひっく、としゃくり上げながら、グレイスはアンセルの耳元に必死に唇を寄せて告げる。

「これ」

「ん？」

「これ……こう……じゃなくて」

「——こうじゃなくて？」

ゆっくりと熱い身体が離れ、困惑気味なアンセルの表情が視界いっぱいに映る。その彼に、グレイスはぽろっと涙を零しながら訴えた。

「本当は後ろから……ですよね？」

なんで正しくしてくれないの？　はじめてなのにぃ、とふにゃっと泣きだす彼女に、アンセルは言葉を失った。

「——嫌、だった？」

恐る恐るそう尋ねると、ふるっと彼女が首を振る。眉間に皺《しわ》を寄せて考え込むアンセルが、はっと目を見開く。

「まさか誰かにそう言われたのか⁉　後ろを向いて尻を突き上げろとか⁉」

「違いますッ！」

大急ぎで否定し、グレイスは涙に濡れた眼差しでアンセルを見上げた。

「だって……だって……ど……どうぶつたちは……こうじゃないでしょ？」

そっと尋ねるグレイスの言葉に、アンセルは三秒ほど黙り込んだのちグレイスの肩口に倒れ込んで顔を埋め、身体を震わせ始めた。絶対に笑っていることがバレてはいけないと我慢しているようだが、時折漏れる吐息が完全に笑っていて。

「アンセル様ッ」

笑われていることに気付き、グレイスはぽかり、と彼の背中を殴った。自分の知識は確かに偏っているし、何をどうするかなんて具体的な話は井戸端会議では話されない。なんとなく「そうかな？」と思ったことと自分が見たことのある行為を重ねただけだ。それが間違っていたのだろうか。

「すまない……グレイス……」

むうっと膨れていると、アンセルが震える声で話し始めた。

「確かに、後ろからもすることはあるが――それは別の機会にしよう」

「……もしかして人間は違う？」

そっと身体を離すアンセルに尋ねると、彼は思いっきりキスをし、グレイスを力一杯抱き締めた。

「そういうわけじゃないが……その……初めては抱き合ってた方がいい。それに、気持ちよくなければ……それが正しかったとは言えないしね」

身体の奥でアンセルの楔がゆっくりと蠢く。その感触に、彼女の喉が自然と甘い声を上げた。それがもっと蕩けるように甘く、艶やかで色っぽくなるようにアンセルはゆっくりと彼女の中を犯し始めた。硬く熱い楔が、グレイスの身体を奥から熔《と》かしていく。

「んっん……ふあ……あっあっ……ああっ」

自分のものではない、全く感触が違うモノに暴かれ、引き攣れるような痛みがあった。だがそれは徐々に鋭い快感となり、やがて甘い衝撃となって広がっていく。腰の奥からせり上がってくるもどかしさは、アンセルに奥を突かれる度にきゅんと切なく疼く衝撃に変わり、それが何度も何度も積み重なって、やがて大きな熱い渦になっていく。

「あ……あっ……だめ……」

知らない場所から込み上げてくるそれに、グレイスは震えた。

巨大なうねりを伴い、突き上げてくる感触に全身を投げ出したら、取り返しがつかないことになる気がする。だが、本能はそれを受け止めろと囁いてくるのだ。でも、正直に言うと怖い。

「ダメッ……アンセル……さまぁ……それ以上は……」

自分の耳に、信じられないほど甘すぎる声が聞こえた。だがグレイスは夢中で手を伸ばし、自分を囲うアンセルの腕に触れ、縋《すが》るように力を込めた。その仕草に呼応してきゅうっとグレイスの膣内《なか》が締まる。途端、アンセルは我慢が利かなくなったように、腰を打ち付けるようにして動き始めた。濡れた音が周囲に響く。

「あっ……ああぁっ……や……ああん」

首を振って押し寄せてくる未知の渦から逃れようとするが、ずり上がる腰をがっちり掴まれてしまい、なすすべがない。

「いやっ……だめぇっ……ホントにだめなのぉ」

啼《な》き声で訴えるグレイスに、しかしアンセルは容赦なく腰を打ち付ける。

彼女の細い腰を掴む手を移動し、背中に滑らせて抱き締める。結合部分がくちゅりと動き、んんん、とくぐもった声がグレイスから漏れた。しっかり彼女を押さえ込み、上から激しく腰を打ち付けながら、アンセルは何度も何度も彼女の名前を呼ぶ。その切羽詰まった声がどういうわけか嬉しくて、自分がなくなりそうで怖いのに、グレイスは満たされていくような幸せを感じた。

そんな奥へ奥へと誘うように蠢いて締め付け始める膣内《なか》を、アンセルが容赦なく攻め立てる。

「あっ……あぁっ……あ」

切れ切れの嬌声が艶を増し、気持ち良さげに部屋に響く。

より一層強くグレイスを掻き抱《いだ》くアンセルの、その掠れた吐息を聞いてグレイスはもっと感じてほしいと願った。繋がる部分から流れ込んでくる熱さも、それを受け入れようとする温かさも。求めて疼く感触も。グレイスだけがアンセルを昂《たかぶ》らせる存在でありたい。

「んっ……んっ……あっ……ああっ」

甘い声を漏らす唇を塞ぎ、アンセルは彼女の奥で全てを吐き出すよう、がむしゃらに腰を動かしだした。自分を追い詰めていく彼の律動に、グレイスは全部の理性が端から熔けていく気がした。

彼から与えられる熱と衝撃をどうにか吸収しようと躍起になる。揺さぶられる度、身体の奥が熔けていき、その全てを受け入れるように彼女の内壁がきゅううっと蠢いた。

「グレイスッ」

「あ……アンセル……さまっ」

ぎりぎりまで引き絞られた緊張が、強烈な快感となって弾《はじ》けた。身体中を甘い衝撃と解放感が駆け抜ける。悲鳴のような嬌声がグレイスの喉から溢れ、彼女は頭の中が真っ白になる気がした。

初めて体感する嵐に翻弄された後、そっと目を開けると、涙で曇った視界に、きらきらした何かが降ってくるのを見た。それは、アンセルの額から零れた汗の粒だったのか……涙だったのか。

二人を包む、信じられないほどの強烈な熱。その余韻に浸りながら、グレイスはゆっくりと意識を手放した。

10　問題解決が問題です

「何故《なぜ》だ」

　飾り破風の付いたお洒落《しゃれ》な玄関ポーチの短い石段を上り、目の前に現れた白い扉を見上げて、アンセルは本日何度目になるかわからない台詞《せりふ》を吐いた。

「もう突っ込む気もないよ」

　同じ台詞を飽きるほど聞かされたケインはやる気なく答えると、ラングドン家の別邸で、現在の彼の住まいであるタウンハウスの鍵を開けた。

「やっぱりオカシイ！」

　中に入るケインを無視し、アンセルは再び馬車の方に踵《きびす》を返す。その袖を取って返したケインが大急ぎで掴《つか》んだ。

「ちょーっと待ってくれ兄さんッ！　あと一日くらい辛抱できないのかよ⁉」

「できない」

「即答どうもありがとう！　けど、今帰ったら母上と姉さんと、あのくそ生意気な侍女にぎゃーぎゃー言われて速攻追い出されるだけだぞ⁉」

　物凄《ものすご》く現実的なケインの台詞に、「しかしッ」と目を見開いたアンセルが振り返った。

「あそこはわたしの屋敷だ！　そしてグレイスはわたしの妻だッ！　なんでわたしが追い出されなきゃならない！」

「まだ妻じゃなくて婚約者なのに一晩中グレイスを離さなかったからこうなってんだろ!?」

呆《あき》れ返るケインの台詞に、ぐっとアンセルが言葉に詰まる。そう。そうなのだ。ことの発端は、戻ってきたケインとグレイスの侍女と探偵相手に婚約者の『所有権』を主張したことにある。


まだ身体《からだ》中に熱の残っている彼女を、アンセルは両腕の中に閉じ込めていた。くったりと凭《もた》れかかる彼女に足を絡め、さりげなく逃げられないようにしておく。言葉による会話はほとんどなかった。柔らかいキスを時折かわし、揶揄《からか》うように腰の辺りを撫《な》で寄り添っているだけで通じることもあるのだと知った。

「あの……」

「ん?」

もぞ、と腕の下でグレイスが身を捩《よじ》った。彼女が離れていくのだけは絶対に嫌なので、腕の囲いも足の戒めも解かずにいると、丸まっていた身体を大きく伸ばした彼女が、至近距離でアンセルを見上げた。ちょっと体勢がきついので少し離れようとすると、片足が空を切るのがわかった。

宿のベッドの狭さを忘れていた。慌ててグレイスに抱き付くと、彼女がくすくすと小さく笑った。

「女将《おかみ》さんが、二人で寝るには狭すぎると言ってましたけど……本当ですね」

「わたしの方に用意してくれた部屋にすれば良かったかな」

再びぎゅっと抱き締めると、すり、と彼女がアンセルの胸に額をこすりつけた。

「でも、久しぶりに会ったのなら、これくらいがちょうどいいって言ってました」

「久しぶりって……そうだ、君は女将に夫婦だと思われてたがどういうことだ？」

　不満そうに眉間に皺《しわ》を寄せて尋ねるアンセルに、グレイスがそっと囁《ささや》いた。

「御者に成りすましたウォルターに襲われた後、警察署に行ったんです。そこでアンセル様が雇った探偵のミスター・コークスと出会いました」

　はっとアンセルの身体が強張《こわば》る。ミスター・コークスには不甲斐《ふがい》ない警察の代わりに、ウォルターなる人物の調査を依頼していた。そのコークスとグレイスが知り合ったということは、彼がグレイスを助けたのか。いや、違う。彼女はウォルターに『襲われた』と言った。

「そういえば君はどうやってウォルターから逃げ出したんだ⁉」

　身体を離して思わず声を荒らげると、きょとんとしたグレイスが、三秒後にあっさり答えた。

「ナイフで刺しました」

　その返答にぎょっとする。

「刺した⁉　君が⁉」

「背に腹は代えられませんでしたので」

　苦笑して告げるグレイスが無事であったことが、本当に奇跡のようで、アンセルは堪《たま》らず彼女を抱き締めた。

「わたしは君を誇りに思うよ」

　そっと背中を撫《な》でると、グレイスがうっとりと目を閉じ、猫のようにうーんと身体を伸ばす。

「囮として最大限の褒め言葉です」

　くすりと笑って告げられたそれに、アンセルの胸がチクリと痛んだ。

に触れた。

「……本当にすまなかった」

呻《うめ》くように耳元で囁《ささや》き耳朶《じだ》を食《は》む。微かに震えた彼女がゆっくりと手を伸ばしアンセルの胸の辺りに触れた。

「仕方ないので許してあげます」

更にアンセルの胸に頬を押し当て甘えるように擦り寄るグレイスに、アンセルの身体が強張る。

「わたしの理性を試しているのかな？」

低く、楽しそうに呟《つぶや》いて甘く笑い、彼はグレイスの顎の下辺りにキスをし始めた。

「刺したウォルターはその後どうなった？　ミスター・コークスが捕まえたのか？」

じわじわとキスに熱を込めながら尋ねると、アンセルからの愛撫《あいぶ》にうっとりしていたグレイスが、不思議そうに彼を見上げた。

「――……回し蹴りを喰《く》らって納屋にぶち込まれてますね」

「そうか。よかった」

やはりトリスタンがやってくれたかと彼女の発言に心からほっとする。例の男に襲われて逃げ出してきた彼女達と警察署で出会ったトリスタンが、刺されたウォルターを探し出したのだろう。そして、暴れたウォルターをトリスタンが一撃で昏倒《こんとう》し、納屋にぶち込――ん？　納屋？

「牢屋《ろうや》ではなく納屋なのか？」

警察に引き渡したわけではないのか、と強張った声で尋ねると、こてんと首を傾《かし》げたグレイスが考えながら切れ切れに答えた。

「多分……納屋……ですね」

「ふうん……ま、そういうこともあるか」

王都のリバーサイド地区にある警察庁が、この国の司法機関の一つだ。そこに明日にでも奴《やつ》は連行されるはずだ。一体どんな話が出てくるのか。彼は一体何者で、何故非嫡出などという戯言《ざれごと》を言い始めたのか。それらの真相が究明されればいい。

「アンセル様？」

自分の裡《うち》であれこれ考え込むアンセルの、深くなってきた眉間の皺《しわ》にグレイスがそっと手を伸ばし、人差し指を押し当てる。その柔らかく温かな感触に我に返る。

「ウォルターは捕まりました。公爵家に対する嫌がらせの数々もこれで収束です」

見つめる彼女の表情がやや緊張している。つられるようにアンセルの鼓動も不安に高鳴っていく。

「そうだね」

そっと曖昧に呟くと、眉間に触れていた彼女の指が移動し、広げた掌《てのひら》がアンセルの頬に触れた。

「それでもアンセル様は……私と結婚したいのですか？」

そっと尋ねられた台詞にアンセルは驚き、それから片肘をついて半身を起こした。自分の頬に触れる左手をそっと持ち上げ、まだ何もついていない薬指にキスを落とす。

「嫌だと言っても結婚する」

「でも……」

薬指の付け根に吸い付き、時折歯を立ててどうにか痕を残そうとしていたアンセルは、まだ何か言いたげな彼女の、手首の辺りにキスを落とした。

「君だけがわたしの妻だ」

じいっとその瞳を見つめると、冬の空のような灰色の瞳が甘く溶け出し、きらきらと輝き始める。その瞳を覗《のぞ》き込みながら、アンセルはグレイスの官能を再び掻《か》き立てるべく手首の柔らかい所から腕の内側へとキスを進めていった。そんな徐々に甘くなっていく空気を裂くように、不意に激しいノックの音が響いた。

「お嬢様!? お嬢様、いらっしゃいますか!?」

ぎくり、とグレイスの身体が強張る。

「あ、アンセル様ッ！ じ、侍女が戻ってきました！」

「放っておけ」

ダメだと言うグレイスの制止などものともせず、アンセルは彼女の顎の下辺りにキスを続ける。

「お嬢様!?」

再度どんどんどんどん、と激しいノックの音が響く。ドアの向こうでなにやら侍女が喚いている。やっと戻ってきたのに、とかお嬢様と悪漢が中に、とかそういう類の喚き声だ。

「アンセル様……ほ、本当に……」

キスを繰り返すアンセルをどうにか押し退《の》けようと、グレイスが必死に身を捩る。だがアンセルは離す気など毛頭ない。騒いでいる侍女もそのうち諦めるだろうと事態を楽観視していた……のだが。

「お嬢様ああッ！ グレイスお嬢様あああ！」

「どうかしましたか？」

今にも泣きだしそうな声に被《かぶ》って、やや落ち着いた男性の声がドアの向こうから聞こえてきた。援軍が到着したとばかりに、侍女の声が明るくなる。

「ミスター・コークス！　それがお嬢様がいらっしゃるはずなのにお部屋からはなんのご返答もないんですッ」

「マイ・レディ⁉　何がありましたか⁉　レディ・グレイス！」

外の騒ぎがだんだん酷《ひど》くなる。自分の無事を訴えるためにか、グレイスが必死にアンセルの肩を押すが、彼はグレイスの声を飲みこむようなキスを繰り返すだけで一向にやめようとしない。むしろもっと深く……と舌を絡めようとした時、とうとうグレイスから後頭部をぽかりと叩《たた》かれてしまった。

彼は不服そうに溜息《ためいき》を吐《つ》く。それから名残惜しそうに身体を離すと、拘束が緩んだ瞬間グレイスが大急ぎでベッドから飛び降りようとした。その腰をアンセルが掴んで引き戻した。

「アンセル様⁉」

「彼らにはわたしが対応するから、君は寝ていなさい」

主《あるじ》を心配して血相を変える侍女と探偵のその不安を払拭するためにも、自分の主は最愛の夫と一緒にいるから大丈夫だと知らせるのが一番いい。そう、なにせグレイスの「本当の夫」は自分なのだから。その夫と一緒にいて悪いことなど何一つない。だが何を思ったのか、そのアンセルの言葉にさっとグレイスが青ざめた。

「いいえ、アンセル様。アンセル様が出ていったりしたら、それこそ一大事――」

「グレイス。わたしはね」

立ち上がりズボンを穿《は》いて適当にシャツを羽織ると、アンセルは乱れた髪のまま振り返り、シーツに包《くる》まる彼女の唇にちうっとキスを落とした。

「例え偽装でも、君の夫として名乗りを上げた者を容赦したくない」

「それは偏《ひとえ》に私が悪くてミスター・コークスは何一つ悪くないんです！」

そんな彼女の必死の訴えを綺麗《きれい》に無視し、アンセルは鍵穴に差し込んだままだった鍵を回すと、中が覗かれないよう最大の注意を払ってほっそりと扉を開いた。

「彼女は今取り込み中だ」

ドアの隙間からアンセルが姿を現した時の、トリスタンとミリィの反応は同じだった。

ぽかんと呆気《あっけ》にとられ、それから素肌を結構露呈している格好に目が行き、どう考えてもグレイスとつつましやかに読書会をしていました、とは言えない雰囲気に愕然《がくぜん》として――。

「兄さん……」

女将に自分の正体を説明するのに時間がかかった弟が、修羅場一歩手前の会場に到着するなり首を振る。

「今この二人の前で、その格好は――自殺行為だ」

それが合図となって、ミリィとトリスタンの口から一斉に公爵家への不満が爆発したのである。


「お前が誤解を解いたんじゃないのか」

疲れたようにリビングのソファに腰を下ろし、両膝に肘を突いて掌に額を押し当てる。呻くように漏れたその言葉に、ケインは「まあ」とあいまいに答えた。

グレイスを囮にする、というのはグレイス達の勘違いで公爵にはそのような意図はなかったと説明はした。だがそれに関してはお嬢様の意見を聞いてから判断します、自分的にはこんな嘘《うそ》を吐ける、そしてその噂《うわさ》をコントロールできると考える傲慢な家にお嬢様を置いておけません、と頑固な侍女は断言し、それでもグレイスが公爵を選ぶのなら引き下がります、と胸を張って宣言した。

それほど大事なお嬢様と公爵が二人きりで部屋に立てこもり、取次要求を全部突っぱねられたとあっては不満が爆発するに決まっている。猛烈に怒ったミリィは、大急ぎで先代公爵夫人とレディ・メレディス宛《あて》に手紙をしたため、宿屋の下男に破格の報酬で馬を飛ばしてもらい、往復四時間の強行突破を実行してもらった。結果。

「グレイスに会いたい……」

呻くようにに告げるアンセルに、ケインは「はいはい」と投げ遣《や》りすぎる返答をする。

「ていうか、明日には結婚できるんだからいいだろうが」

「だが、今日のグレイスにはもう二度とお目にかかれないんだぞ⁉」

くわっと目を見開いて訴えるアンセルに、ケインは遠い目をした。

「今日のグレイスって……てか、そこまで言うならラングドン邸《ハウス》に行けばいいだろ？　手紙と花とお菓子を持って行けば、母上と姉上がお目付け役についた状態で面会ができるだろ」

「そんな状況は望んでいない！」

「じゃあ無理だな」

だからこそ憤慨しているのだ。ミリィから切々たる訴えを受け取った先代公爵夫人とメレディスは、息子達が企てたことに加担したことを丁寧にお詫《わ》びし、彼らが不誠実ではないところを証明させてほしいと申し出た。それは結婚式までの間、アンセルとケインを屋敷から追い出し、謹慎させるというものだ。——まあ、たったの一日だけなのだが。

そんな先代公爵夫人のサイン入りな上に、オーデル公爵家の印章が押された手紙が翌朝届き、高々とそれを掲げるミリィにグレイスは反論できなかった。嫁ぎ先の女性陣に公然と逆らうような真似《まね》をするほど、グレイスは考えなしではなかったし。

朝食時に階下の食堂に一緒に降りてきて、彼女の傍《そば》に終始付き添い、ずーっと腰を抱いて移動していたアンセルを、手紙を受け取ったグレイスが真正面から見据え、あっさりと告げた。

『明日までお別れしましょう』

トラウマになりそうな台詞を再び思い出し、アンセルがああああ、と声にならない声を上げる。

そのまま弟の家のリビングで身悶《みもだ》える公爵に、ケインはここまで兄がグレイスに惚《ほ》れているとは思っていなかったため多少驚いていた。彼女を妻にしたいと母と姉、自分の前で宣言した時、ここまで熱愛しているとは思わなかったのだ。それとも今回の騒動で何か、箍《たが》が外れてしまっているのか。

「今日は確かにグレイスには会えないが、姉上と母上がきっとグレイスの結婚に対する不安とか、そういうのを全部払拭してくれているんだって考えればいいだろ」

そんな兄のグレイスへの愛情を見抜けず、オカシナ噂を流したことは反省している。だが、ケインだって公爵家を護《まも》るためには何だってやる所存なのだから仕方ない。

「それは母上と姉上ではなくて、わたしでも良いことじゃないのか?」

「俺達が何を言っても、納得しない連中もいるだろうが」

侍女と探偵を仄《ほの》めかされ、やっぱりアンセルは唸《うな》り声を上げた。グレイスは本当に魅力的だから、侍女の一人や二人、三人や四人、五人や六人……いやもう百人単位で味方につけることくらいできるだろう。探偵だってそうだ。良識ある男なら、絶対にグレイスの魅力に気付くはずだ。途端、よく知りもしない男たちがグレイスに群がる様子を想像して悔しくなる。

彼女は自分のものだ。明日には自分の妻になる。グレイス……グレイスは今なにを考えているのだろうか。母上と姉上はちゃんとグレイスをもてなしてくれているのだろうか。二人がグレイスを毛嫌いするような場面はなかったし、むしろ滞在中積極的にきゃっきゃしてたというか、ああでもわたしの方がグレイスといちゃいちゃしていたかったし、それにどうして自分が謹慎などという理不尽な目に……そこまで考えて、思考が意味を成さないループを繰り返していることに気付く。

瞬間、すっくと立ち上がり、すたすたとリビングを横切るアンセルに、ケインが目を見張った。

「兄さん？」

「ここでこうしていても時間を無駄にするだけだ」

もだもだ考えているだけなんて、非効率的すぎる。

「……じゃあどこに行くんだ？」

「トリスタンが戻っていないか、事務所に行ってくる」

てっきりクラブか賭博場か、社交に出かけるのかと思っていたケインがはっと緊張する。

「それなら俺も行く」

帰ってきたばかりだが、二人は探偵に会うべく再び家を出た。


明日の結婚式に向けて、ラングドン邸は上を下への大騒ぎだった。

アンセルから告白された日から、既に式の準備は開始されており、グレイスがこの屋敷での生活を求められた後からは衣装合わせや招待客の選別、料理や飾り付けの手配で大忙しだった。式自体は、貴族達に人気で、国で唯一、七つの鐘が尖塔《せんとう》に並ぶ聖ピアニス教会で午前中に執り行われることになっている。その後、午後からラングドン邸で舞踏会が開かれ、夕方には新婚夫婦は郊外のラングドン館《ホール》へと旅立つ手はずになっていた。

午前中の日の高いうちに、馬車でラングドン邸に「戻ってきた」グレイスは、そのままケインのタウンハウスに向かうというアンセルに大分車内に引き留められた。道中は目を三角にしたミリィが正面に座っていたため（ケインとトリスタンは馬で並走していた）、大人しくしていたアンセルだが、お目付け役が先に降りた瞬間、ばん、とドアを閉めて覆いを下ろし、我慢できないと喰い尽くすようなキスを落としてきたのだ。

それが徐々に熱を帯び、きっちり首元まで留められていたボタンが三つほど外れたところでようやく咎《とが》めるような激しいノックが車内に響き渡った。ミリィの我慢の限界がそこだったのだろう。

『グレイス』

今にもドアをぶち破りそうな侍女を無視し、アンセルは己の腕の中にいる婚約者をぎゅうっと抱き締める。放したくないという強固な意志しか感じられない抱擁に、グレイスはそっと目を閉じた。確かにここは、アンセルと離れるべきだ。事態をややこしくしているのは、今回の結婚話にグレイスを使った計算が働いている――ように見える部分があることだ。それを払拭するには、従来通りの婚約者同士の距離感が必要だ。確かに「今日と同じ明日は来ない」ことは痛いほど学んだ。だが今は離れていても変わらない愛があるのか、試す時だ。

『お嬢様あああああッ』

がんがん、とドアを叩く音がした。それからケインの喚き声と御者の引き攣《つ》った声も。ずっとそうしていたかったが、ミリィの血管が切れそうな気がして、グレイスは「少し待って」とドア越しに彼女に懇願した。途端、ノックも不機嫌そうな抗議もぴたりと止まり、その様子に苦笑するアンセルに、グレイスはそっとキスをした。

ぶつからないよう慎重に。勢いがそがれている分、ぎこちなくなってしまったが、そんなキスでもアンセルを煽《あお》ることに成功したようで、更にキスを求めてきた。それをグレイスはすいっとかわした。

『アンセル様……寂しいですけど、明日……お会いしましょう』

儚《はかな》く笑い、グレイスは一度きゅっと目を閉じると大急ぎで馬車を降り、駆け足で玄関ポーチの階段を上った。その姿を見送った公爵が、馬車の中で苦悶《くもん》の声を上げて倒れ込んだことなぞ知らず、きっと絶対確実に怒られると覚悟して戻ったグレイスは、玄関ホールで直立不動の姿勢を取った。ところが猛スピードで走り出てきたメレディスに抱き付かれて泣かれ、先代公爵夫人から昨日一日なにがあったのですかと問われ、挙句《あげく》散々心配されて泣かれる羽目になった。そんな一連の再会騒動後。

「グレイス・クレオールッ！　何をしているのですか!?」

「公爵夫人！　あの、ドレスの裾につける薔薇《ばら》の花が足りないのでお手伝いを……」

「貴女は明日の主役なのですよ!?　いいから、こっちで心安らかになさっていなさい！　昂《たかぶ》った神経がリラックスするという評判のポプリを調合しましたから、これも持って！」

「いえでも公爵夫人、この薔薇、案外作るのが大変で、あと三十個も残ってて……」

「グレーイスッ！　グレイスはどこ!?　ああ、こんな所にいた！　お風呂を用意させたからそっちでまずはスキンケア……ってこんな針なんか持って！　手に傷が付いたらどうするの！」

「メレディス様！　平気ですよ、元から結構荒れに荒れてますから傷の一つや二つ――」

「明日は貴女の人生に一度しかない最良の日なのですよ!?　ああもう、手荒れには薔薇水か蜂蜜……って、グレイス！　ドレスの装飾は諦めて、こっちでリラックスしてなさい」

「いえでも、私にしてみれば薔薇作りの方が圧倒的リラックス要素で――」

半ば強引に引っ立てられ、グレイスはお針子さんが集結している部屋から連れ出された。自分のドレスのほとんどをリメイクしていた彼女にしてみれば、プロの技を間近で見られる機会に心弾んでいたのだが、メレディスと先代公爵夫人の考えるリラックス方法とはかけ離れていたらしい。

彼女達の言うリラックスとはソファに座ってまったりし、明日に備えて身体を美しく磨くことだ。だがそういったことに興味のなかったグレイスは逆に落ち着かず、そのために雑用を探してウロウロしてしまうので、とうとうアンセルの寝室に設置されている最新式の浴槽に放り込まれ、肩まで浸かり、自分達が良しとするまで出てくるなと言われてしまった。ふわふわと水面に浮いている薔薇の花を掬《すく》い上げ、溜息を吐いた時、もしかして自分はマリッジブルーなのでは、とグレイスは気付いた。

どこかに何か、不安が固まっている気がする。

「……いやいや、不安なんてないない」

自分が気にしているのはそう……肌荒れ、だ。あれだけ言われるということは、自分の手指は悲しいほど荒れているのだろう。

温かなお湯から両手を引き抜き、じいいいっと指先を見つめる。洗い場《スカラリー》メイドとか洗濯場《ランドリー》メイドよりは全然マシな綺麗な指先だと思うが、爪の横が裂けてあかぎれを起こしていた。蜜蝋《みつろう》にシコンとトウキと呼ばれる植物とごま油、更に獣脂を混ぜた東洋の軟膏《なんこう》があり、これが手荒れに良く効いた。だが赤紫色の上に酷い匂いがするそれのせいで、花嫁から異臭がしたらシャレにならないし、色素が結構強いので白いドレスに赤紫の染みとか付いたら悲鳴が上がる気がする。

　メレディスが用意してくれた蜂蜜を手に塗ってみようか。なんか効果ありそうだし……そう真剣にお湯の中で自分の身体をチェックしながら、ふと、胸の辺りに赤い痕があるのに気が付いた。打撲の際に見られるうっ血に近い気がする、それ。

（あ）

　そうだ、私、首絞められたんだった。未《いま》だ鏡で確認をしていないがきっと酷い痕になっているだろう。どんな怪我《けが》なのか確認した公爵家の女性二人が絶句して、明日のドレスでは首回りにスカーフを巻くことに急遽《きゅうきょ》決定した。それくらい酷いのかと思うと怖くてグレイスは見ていない。

（随分暴れたからな……）

　自らの命と貞操が掛かっていたのだ。死ぬ気で抵抗するに決まっている。なので名誉の負傷なのは間違いないが、あまりに酷いのも考えものだとお湯に浸かってほんのりピンク色になった肌をチェックする。と、謎のうっ血は胸の周りだけではないことに気が付いた。胸の辺りにぽつぽつ、お腹《なか》の所にもぽつぽつ。それから脹脛《ふくらはぎ》とか太腿《ふともも》の内側とか。押してみると微かに痛い気がする。かゆくはないので虫刺されではない。何かの病気か？

「んんんん？」

　自分で無意識のうちに引っ掻いただろうか。でもこんなに痕があるとしたら、かゆかったことを覚えているはずだ。ではどこかにぶつけただろうか？　……にしても謎の痕、なんか異様に多くね？

　首を捻《ひね》りながら、これだけ身体に何らかの痕が残っているとは、粗忽《そこつ》者もいいところだと反省する。

加えて手指は荒れてあかぎれを起こしているし、レディとしては失格だ。

(アンセル様の昔の恋人はこんなこと……ないんだろうな)

結局彼が愛していた人がどんな人なのか知らないことを思い出す。個人的なイメージは既に出来上がっている。胸が大きくて腰が細くて脚が綺麗な女性だ。その二人が、こんな風にいい香りがする薔薇のお風呂に浸かっていてそれで――

――アンセル……愛してます。

――わたしも君だけを永遠に愛していくと誓うよ。

だが彼女は唐突に姿を消した。必死に探すアンセル。そして見つけ出した彼女は、あのイカレたウォルターに手籠《てご》めにされた後だった。それを知られ、たまらず謎の宿を飛び出した彼女をアンセルが追いかける。降り注ぐ冷たい雨が二人を包んだ。

――大丈夫だ！　辛《つら》い目に遭った君をわたしは絶対に見捨てない。わたしは君だけを愛し続けると誓う！

――ああ、アンセル……ごめんなさい……でも私はもう……あなたとは……。

――行かないでくれ！　わたしは君以外と将来を誓う気はないんだ！

――ごめんなさい、ごめんなさい、アンセルッ。

ばしゃん、と水面に顔を浸ける。ぶくぶくと顔の周囲を泡立てながらグレイスは溢《あふ》れそうになる涙をお湯に溶かした。

（ダメだ……こんなことがあったと考えると辛すぎる……）

何らかの理由でアンセルが辛い別れを経験しているのかと思うと身が切られるように痛むし、そこまで愛されている彼女が羨ましくもなる。

（きっと凄く素敵でお上品で、笑うとふわっと花が咲くような……物腰も優雅で肌も瞳も一点の曇りもない素晴らしい人だったに違いない……）

欠点だらけの自分が恥ずかしくなってくる。そもそも一目惚れをしたと言われたが、一体グレイスのどこに惚れるような要素があるのか。もんもんと考え込んでいると、不意にノックと同時に「お嬢様？」と心配するような声がかかった。心の友のミリィだ。

「お加減、大丈夫ですか？　具合が悪いとか眩暈《めまい》がするとかありませんか？」

未だ蔑《ないがし》ろにされたことに不満を覚えているミリィは、大事な主が無体を強いられたのではないかと常に心配していた。彼女曰《いわ》く、男は全員ケダモノだ、ということらしい。

「大丈夫よ、今上がるから」

今、彼はグレイスを愛してくれている。それを信じようと決めたはずなのに、思い出して凹むなんて情けない。起きてしまったことをあれこれ思い悩むなんてナンセンスだ。

寝室に隣接する浴室は、白を基調としたタイルが張られ、大きな浴槽がはめ込まれるようにして設置されていた。熱で温めたお湯が管を通って出てくる最新式で、持ち運びをする従来の浴槽とはサイズも違う。大きくゆったりしたそこから上がり、ふわふわしたラグに降り立ったところで痺《しび》れを切らしたミリィがタオルを掲げて入ってきた。

「ありがとう」

柔らかなタオルでふわりと主の身体を包みながら、ミリィがじいっとグレイスの顔色を確認する。

「あまり……お元気そうには見えませんが、何か心配事でもあるのですか？」

赤毛の侍女が、きゅっと唇を引き結んで尋ねる。ふと、グレイスの中にわだかまっている感情が口を衝いて出た。

「ミリィは――アンセル様の恋人について何か知ってる？」

その台詞に、ミリィはぽかんと口を開けた。アンセル様の……恋人？　そんな思考停止から三秒後。

「アンセル様には恋人がいらっしゃるのですか⁉」

悲鳴のような声がミリィから迸《ほとばし》った。真っ赤になって怒るミリィに、グレイスは感動した。この子はいつだってグレイスの味方なのだ。この話を自分の母親にしたところで「公爵様なのだから当然ですわ」と笑顔で言われるに決まっているし、グレイス自身もそう思っている節がある。なので、

「非常識です！　お嬢様とご結婚されようというのにッ」と憤る彼女にじわりと温かい気持ちになった。だが、誤解は解いておかないと。

「違うのよ、ミリィ。昔の恋人の話で――」

「だから、公爵様はこっそり外出したんですね⁉」

初耳だ。

「公爵様は先代公爵夫人からの命令で、ケイン様のお屋敷で謹慎されてるはずなのにどこかにお出かけになりました、と御者のスタインさんが教えてくれました」

彼は昨日酷い目に遭って診療所に運ばれ、今日の午後、戻ってきた。その帰りに、自分の屋敷の馬車が飲み屋や小料理屋が軒を並べる商業地区に入っていくのを見たそうだ。彼は「グレイス、囮とし

て活動する」計画の一端を担ったので、彼女達の事情をよく知っていた。そのため、先代公爵夫人が申し渡した「接近禁止命令」と「謹慎」もグレイスお嬢様が正常な判断をするのに適切だなと勝手に思っていたそうだ。それが。

「スタインさんは不審に思って馬車の後をつけられたのです。そうしたら、公爵様がとある建物に入られて」

周辺には少しお洒落なカフェや飲食店が並んでいた。だが、その建物だけは建物と建物の隙間に、押し込められたような形で建っていて、怪しい雰囲気が漂っていたという。

「スタインさんは公爵家の御者ですから声高に非難したりしませんが、私は言います。きっと何か」

そのミリィの口にグレイスは掌を押し当てた。目を丸くする彼女に向かってゆっくりと首を横に振る。目をぱちくりさせる彼女に、主はそっと口を開いた。

「明日、私とアンセル様は結婚します」

タオルを身体に巻き、グレイスはずきずき痛む胸を隠して小さく笑った。

「でもそれは私の……一種の我儘《わがまま》なんです。だって、アンセル様には結婚を約束した女性《ひと》がいて、でもウォルターのせいでダメになってしまったのですから」

もし自分があのままウォルターに犯されていたら、アンセルからの結婚の申し出を素直に受け入れただろうか。アンセルはどんな過去があっても構わないとそう言ってくれた。実際、そんな過去などないから、グレイスは感動して彼の気持ちを受け入れることに決めた。

だが、深い深い闇を抱えてしまっていたら、本当に受け入れられるものだろうか。身を引く選択肢も当然だと思えるし、その諦めた彼が結婚するという前日に、会いたいと思うかもしれない。

ぎゅっと身体に巻き付けたタオルを握り締め、お腹の奥が小刻みに震えるのを堪《こら》えた。言い知れない不安が身体中を覆っていく。もし……愛し合っているのに別れた二人が再び出会ったら……。

「お嬢様……」

そっと背中に触れるミリィに、彼女は「大丈夫」と元気よく言い切った。それからどうにかして自然に笑ってみせた。

「アンセル様はちゃんと……私のことを愛してると言ってくれたわ。そして明日には結婚するんだから……だから――大丈夫」

大丈夫大丈夫、と繰り返す彼女は、服を着ようとしてタオルから手を離した。白い肌に散っている赤い痕。それにミリィがぎょっとするのに気付かず、グレイスは辛そうに目を伏せた。

(こんな、なんだかわからない、気持ち悪い痕がある肌なんかきっとイヤだろうな)

アンセル様は今日、何を思うのだろうか。その最後に会う人とどんな話をするのだろうか。

寛大な気持ちってどうやって持つものなんだろうかと真剣に悩むグレイスとは対照的に、彼女の身体に刻まれている所有の証《あかし》を見たミリィは奥歯を噛《か》みしめ渋面を作った。

ここまでしておいてお嬢様を裏切ったら、公爵様とはいえただじゃおかないんですから!

11　不安解消シークエンス

「お二人に来ていただいて助かりました」

「いてもたってもいられなかったからな」

アンセルとケインが探偵事務所に辿《たど》り着いた時、丁度トリスタンはリムベリーから戻ってきたところだった。昨夜捕まえたイカレタ男は早朝王都の警察署へと連行された。残ったトリスタンがリムベリーで聞き込みを続け、ある程度正体がわかったので公爵家を訪ねようと思っていたと言う。

レンガ造りの建物と建物の隙間にある、小さな事務所。木製の軋《きし》む階段を上った先に二部屋あって、そのうちの一つが来客用の応接室だった。革張りのソファに腰を下ろす二人に、向いの喫茶店から買ってきたコーヒーをポットから注ぎながら、トリスタンは疲れたように溜息《ためいき》を漏らした。

「公爵様とレディ・グレイスが乱闘騒ぎを起こしてくれたお陰で、奴《やつ》の目撃証言が沢山ありました。なので比較的簡単に出生地や仮住まい、更には彼をよく知る人物にも行き当たりました」

アンセルとケインの正面に腰を下ろし、どうぞ、とマグカップを勧める。身を乗り出すアンセルに、トリスタンは逮捕された男がリムベリーの薬師《くすし》の家に生まれ、母親と祖母が既に亡くなっていたことを話した。

「代々薬師の家系らしく、王都のような医師がいないリムベリーでは比較的名家として名が通っていたようですね」

だがそれも、跡取りの兄と一緒に貴族の屋敷を回っていた妹が、未婚で妊娠したことで大きく変わったという。

「特に彼女の母親は、父親のわからない子供を身ごもり、自分達の社会的地位を穢《けが》したと大激怒。周辺住民に彼女の不貞を大声で吹聴していたそうです」

それでも家族として彼らが機能できていたのは、大事にしていた跡取りの兄の存在があったからだ。だがそのギリギリの均衡も兄が病に倒れ、この世を去ったことで崩壊した。

「娘に対する母親の非難は悪化し、やがて娘も反撃に出るようになったそうです。夜中に数度酷《ひど》い喧《けん》嘩《か》があって、その度にこの話をしてくれた牧師さんが仲裁に出向いたと言ってました」

母親の機嫌が悪く家に入れない時は、教会のベンチに息子と二人、座っていることも多かったそうだ。

「そんな母親もあっけなく病で亡くなり、残された娘は『今に公爵様が迎えにきます』と話していたそうです」

完全に周囲を遮断し、自分の息子だけを大切にして暮らすようになった娘は、息子を誘いに来た他の子供達に「彼は高貴な血を引く跡取りなので触らないで」とヒステリックに叫んでいたという。

「彼女は亡くなるまで、幼い息子に自分を馬鹿にした実母への恨み言や、いつか迎えに来る公爵の話をし続けたようです。それを真に受けた息子が、自分を大切にしてくれた母亡き後、ついぞ迎えに来なかった父親たる公爵を探し出して恨みを晴らそうと決意するのは想像に難くないでしょう」

あくまで俺の推測ですが、とそう言って一息つくトリスタンに、アンセルは眉間に皺《しわ》を刻んだまま尋ねた。

「だが、そんなオカシナ奴とグレイスとどう関係があるのだ？　奴は何故《なぜ》グレイスに目をつけた？」

「……レディ・グレイス……ですか？」

唐突に話が公爵の婚約者に向かい、トリスタンは目を見開いた。

「……それは……恐らく閣下の子供を妊娠していると思ったからでしょうね」

その一言に、アンセルは微《かす》かに呻《うめ》いた。

「そうかもしれないが、それよりも前に彼女とアノ男が知り合う切っ掛けがあったはずなんだ」

その言葉に数度瞬《まばた》きした後、トリスタンは困惑しながら答える。

「……多分、産業博覧会ではないでしょうか……？」

「あの時か！　そうか……そこでグレイスを見かけて一目惚《ひとめぼ》れしたということか……」

考え込むようなアンセルの台詞《せりふ》に、トリスタンは混乱した。

どうして今回の騒動の動機にレディ・グレイスが出てくるのか。どちらかというと、あの男が抱《いだ》いていたのは先代オーデル公爵への復讐《ふくしゅう》と、アンセルに対するやっかみの方が大きいと思うのだが。

「あの……閣下。奴は自分を爪弾《つまはじ》きにしたオーデル公爵への復讐心の方が大きかったと思いますが……」

考え込むアンセルに恐る恐る進言すると、顔を上げたアンセルがむっと表情を歪《ゆが》めた。

「何を言っている。公爵家に不当な恨みを持っているのは、意味のわからない嫌がらせを続けてきたウォルターの方だろう」

「ええ、ですから。まさにその通りかと。言ってみればレディ・グレイスの囮《おとり》作戦が功を奏したということですね」

しみじみと告げるトリスタンに、今度はアンセルが首を傾《かし》げた。

グレイスの囮作戦？　それはウォルターを誘《おび》き出すために取ろうとした、彼女の行動のことだろう。

御者が言っていたやつだ。だがそれはあくまでウォルターを釣り上げるためで、偏執的なストーカーを捕まえることではなかったはずだ。

「違うぞ、トリスタン。彼女はストーカーに襲われたんだぞ？　博覧会で一目惚れし、社交界での噂《うわさ》を耳にしてそれをたてに甘言で彼女を誑《たぶら》かして関係を迫り、挙句《あげく》彼女を襲った奴だ」

「？　それは一体なんの話ですか？」

怪訝《けげん》そうなトリスタンの台詞に「はあ？」とアンセルの眉が吊り上がった。

「だから、昨日捕まえた奴の犯罪行為の数々の話だ」

苛立《いらだ》ちを全面に滲《にじ》ませたアンセルの言葉に「兄さん」と今まで黙って話を聞いていたケインが割って入った。

「なにか勘違いしてるようだけど、兄さんが乱闘騒ぎの末に昏倒《こんとう》させた相手はね」

アンセルとトリスタンの目が兄の隣に座るケインに注がれる。

「我がオーデル公爵家に脅迫文を送りつけ、我こそが正当な跡取りだと語っていたウォルターだよ」

その台詞の数秒後、建物を揺るがすような驚きの声がアンセルから上がった。

「そんな……アレがウォルターだと⁉　馬鹿な……だとしたらもっと殴っておけばよかった！」

身もふたもない発言だが、ウォルターの悪行は知っているので二人とも無言を貫く。そして、どうりで話が噛《か》み合わないはずだとトリスタンはようやく納得して頷《うなず》いた。二人は同じ人物について話していたつもりだが、彼に対する情報がまるっきり違っていたのだ。その人に対する入り口が違うことを確認せず、話を進めることが一体何を産むのか……それを垣間見《かいまみ》た気がして、憶測と妄想だけで、相手を決めつけることの怖さを知る。

「彼こそがナイジェル・ウォルター。公爵家に嫌がらせを繰り返し、最終的に閣下が捕まえた奴です」

「……さっき、ウォルターの母親が、彼は高貴な血を引く存在だと周囲に話していたと言ったな？」

グレイスのことが気がかりでその辺りの話は後回しにしていたアンセルが身を強張《こわば》らせる。まさか、なにか自分の父と関係するものがあるのだろうか。

「彼は自分の出生証明書を死ぬ間際の母親から託されたと牧師に話していたそうです」

「それは今、どこに？」

思わず身を乗り出すアンセルにトリスタンは疲れたように首の後ろをさすった。

「彼が母親が亡くなってから借り始めたアパートが港町にありました。医学書やら薬草、果ては大昔の魔術書なんかが棚に収まっていました。そういう……人体や精神、果ては魂や魔術に興味があったようです。その棚の鍵がかかる引き出しにあったからくり箱に入ってました」

彼が上着のポケットから取り出したのは、一枚の古い羊皮紙だった。

羊皮紙の内容は確かに出生証明書のようで、ナイジェル・ラングドンと記載され、生年月日と医師のサインが入っていた。母親はナタリー・ラングドン。父親はサインが滲んでいて読めない。だが、例えそこに父の名前があったとしても、アンセルはこれがニセモノだとはっきりと言えた。

「……この羊皮紙に押されている刻印は当家の紋章ではない。真っ赤なニセモノだ」

「ですよね」

はーっと溜息を吐《つ》き、トリスタンは天井を仰いだ。

「恐らく、何らかの理由で奴の母親が刻印入りの紙を入手したのでしょう。ラングドン家は名家だ。名前を知る機会はいくらでもあったはずです」

自分を罵倒し続ける母親に一矢報いようと考えたのかもしれない。当事者がもういないので、その辺りは推測するしかないだろう。だが実情を知らないウォルターはそのままその証明書を信じた。

「彼のアパートにはレイドリートクリスタルの標本も置いてありました。あの鉱石のカケラは時に不思議な力を発揮すると言われています。持っていた能力を強化するような、潜在意識に働きかけるような、そんな力です。更に牧師さんによれば、ウォルター家の祖先は魔法大国レザスタインから移住してきたようで、彼自身、自分の身体に魔法の血が流れていると信じていたのかもしれません」

自分が高貴な血を引く人間だと妄信するに足る要素がそこにはあったと、ぱたん、と手にしていた手帳を閉じ、トリスタンは正面に座る依頼主二人を見た。

「後のことは警察が責任を持って解決してくれます」

「――まさかとは思うが、本当に奴がわたしの異母兄弟だという線は」

「あり得ません。周囲の人間の話ではウォルター家が懇意にしていたのは伯爵家だそうですから」

「だがそれでも裏付けが取れるに越したことはない。その点だけ追跡調査してくれ」

「了解です」

にっこり笑うトリスタンを見て、不意にアンセルは心に乗っかっていた重しが全て取り払われていることに気が付いた。これでグレイスとの結婚に関する障害は全て消えたことになる。何もかもだ。

「兄さん」

「なんだ」

「――顔、緩んでる」

その一言に、アンセルはぱしっと口元を掌《てのひら》で覆う。そんなことない、と言おうとして掌に触れる唇が笑みの形になっているのを知る。訂正。自分はトンデモナク顔が緩んでいる。

安心して彼女に嫁いできてもらえる……そう考えると気持ちが明るくなり、期待に胸が膨らんで、まるで誕生日前日の子供のような気分になるのだ。そうあと……あと半日もしたら朝が来て、ステンドグラスから美しい虹色が降り注ぐ中、花嫁衣装に身を包んだ彼女をこの腕に抱くことができるのだ。

そう、半日。たったの半日。半日なんてすぐ——ぎこちないキスと、はにかんだような微笑《ほほえ》み。それが一転し、昨夜の潤んだ眼差《まなざ》しと赤い頬、艶やかに濡《ぬ》れた唇と縋《すが》る細い指先が鮮明に蘇《よみがえ》る。

「あと半日も耐えられないッ」

がん、と事務所のテーブルに突っ伏し、アンセルは本気でグレイスの誘拐計画を立て始めた。その様子に、残された二人はやれやれと肩を竦《すく》めてみせるのだった。


怒涛《どとう》の前日と比べて、今日は随分のんびりしていたはずなのに、あっという間に終わりに近付いていた。少し冷えてきた寝室の暖炉に火を入れてもらい、髪を梳《と》かしていたグレイスは、それを緩く、一つの三つ編みに編んで肩に下ろすと、座っていたソファにぽふんと横になった。

今日の夕方からグレイスの両親や、公爵の結婚を祝う親戚筋の人達がちらほら到着し始めた。本来はアンセルが歓待する予定だったが、彼は謹慎処分中で、レディ・オーデルを中心にグレイスとメレディスが応対に当たった。植物学に傾倒している父と、ふんわりほんわりな母が公爵家の中でどう対応していくのか不安だったが、そこは伊達《だて》に長年社交界を泳いでいない。そつなく会話をこなし、なんなら父は、公爵の祖父の弟という人物と今度の学会に発表される新種の薔薇の話で盛り上がっていた。

つつがなく過ぎていく、結婚前日の夜。母から「お話があります」と言われたのはさっきのことで、グレイスが昨日体験した出来事をかなりぼんやりした話に置き換えて説明された。曰《いわ》く、女性は大人しく我慢していればいいということだ。だがグレイスはそういうことを聞きたいのではなかった。

端的に言えば、「どうすれば胸が大きくなるのか」「官能的になれるのか」「他に愛する人がいる男性を振り向かせるためにはどんな技術が必要なのか」ということを聞きたかったのだが、恥ずかしそうにする母に、それを尋ねることはできなかった。

女性が男性を喜ばせる方法はいくつかある、と井戸端会議で話していたのを思い出す。そういうのを、愛人はよく心得ていて、妻とはできないことをして喜ばれているのだという。

(だとしたら……私は愛人としての立ち居振る舞いを学ぶべき？)

不意にそう考える。世間の愛人さんたちのテクニックを覚えて、アンセル様をめろめろにするのだ。それとも、アンセル様はそういうのは昔の恋人に望んでいるのであって、グレイスにはつつましやかで大人しく、従順な様子を期待しているのだろうか。

考えても考えてもどうやったら彼の恋人に勝てるのかわからず、ごろごろとソファの上で寝返りを打つ。今この瞬間彼は何をしているのだろうかと考えて、昼間のミリィの台詞が脳裏をよぎった。

事実としてあるのは、彼が身分に相応《ふさわ》しくない、愛人と密会するような謎の建物に入っていったということだ。確かにあの辺りは弁護士事務所が点在しているから領地管理の話し合いかもしれない。それか……昔、愛した人との最後の逢瀬《おうせ》か。

ふるっと彼女は首を振った。アンセル様は私を愛していると言ってくれた。だからもし、今日昔の恋人と再会して最後の会話をしたとしても、何かあるようなことはない……多分、きっと。

でも何か、話の内容から絆《ほだ》されてその昔愛した人と……何かあったとしたら？

（いいえ！　そんなわけ……）

ないだろうか、本当に？　愛しているのに別れなくちゃならない女性が、今この瞬間目の前にいたら……どうする？

昨日、アンセルが自分にしてくれたことを他の女性にしているのかと思うと気が変になる。絶対に嫌だとそう思う。けれど、アンセルが本当は自分よりも彼女を愛していたら？　それを咎《とが》めることができるだろうか。いやいやそんなわけない。彼はちゃんと「妻にしたいのはグレイスだ」と言ってくれた。でも待って。妻にしたいのはグレイスだが、愛人にしたいのはその女性かもしれなくないか？

そんなまさか。違う違う。違う……違うって何が？　彼は嘘《うそ》偽りなく、グレイスを愛していると言ってくれた。それを信じたいのにどうしてこんなにも信じられないのか。それはグレイスが未《いま》だ、自分はアンセルに相応しくないと思っているからだ。

そして、ウォルターの言った言葉。愛する人を穢《けが》してやったという、あの一言。そのヒトはグレイスではない。じゃあ誰なのか。

「……知りたい」

アンセルの心の中にその人がいて、その人もアンセルを愛しているのなら……諦めるのも自分の恋だとそう思っていた。所詮、貧乏伯爵令嬢と公爵様では住む世界が違うのだと。一目惚れと言われたのに実は囮だと知った時も、やっぱりなと妙に納得してしまった。それが自分の恋なんだと、そう思ったのだ。なのに今は、どうしても彼を諦めるという選択肢をとれそうにない。

彼は……彼は、ケインの屋敷で何をしているのだろう？

「やっぱり知りたい！」

こんな悶々《もんもん》としたまま神様の前に立ち、永遠の愛を誓うのは絶対に違う。それはわかる。

がばり、とグレイスはソファから身を起こした。ナイトウエア姿ですたすたとクローゼットに歩み寄る。ほとんどの物は持ち出して、馬車横転の際にダメにしてしまった。そのため、急遽《きゅうきょ》買い求めた既製品のドレスが数点と、コートが一着入っているだけだ。これも補充しなきゃ、とメレディスが頬に手を当てて語る姿に、今から馬車横転現場に戻って全部回収して縫い直します、という台詞が喉元まで出かかったのは別の話だ。そしてこっそり回収をお願いしたのもまあ……要らない話だろう。

取《と》り敢《あ》えず、グレイスはナイトドレスの上から、フードが付いた紺色のコートを羽織ってきつくベルトを締めた。それから走りやすいブーツを履いて扉の前に立つ。

彼が何をしているのか確かめよう。そして自分のこの両目で見たもので、判断しよう。自分とアンセルが最終的にどんな決断をするのかはわからない。だが、これから起きること全てを受け入れる覚悟で、彼女は扉を引き開けた。

夜の帳《とばり》が降りて、屋敷は静まり返っている。どこかで父と誰かが酒盛りをしているのかもしれないが、女性陣は眠りについているはずだ。早々に下がらせたミリィにも言わず、グレイスは一階にある庭に面した図書室の窓から密《ひそ》かに表に出た。

広い敷地を小走りに横切り、大きな通りに出る。明日が結婚式の公爵家では、準備のために皆が早々に就寝しているが、基本、社交界は夜に盛り上がる。午後十一時を少し過ぎた辺りではまだ、キングスストリート付近は煌《きら》びやかな馬車が走っているし、人も歩いていた。

フードを被《かぶ》ってなるべく顔を隠し、通りかかった辻《つじ》馬車を拾って彼女はタウンハウスの住所を告げた。無蓋の馬車はスプリングが効いておらず乗り心地は最悪だ。だが、そんなことを気にする余裕などグレイスにはなかった。心臓は破裂しそうなほど高鳴り、気持ちは焦って高揚している。そしてどんなシーンに出くわすのだろうかと胃が痛くなってきた。せり上がってくる不安を飲み込みながら、彼女は夜の街をひたすら睨《にら》み付けた。

やがてがくん、と揺れて馬車が止まった。それほど乗ってこなかった気がするのは、緊張で時間感覚がオカシクなっているからなのか。つきやしたよ、と言われて小銭を渡し、グレイスはいつぞやの夢で見たこぢんまりとしてはいるが住みやすそうな屋敷の前に降り立った。

耳元で鳴り響く心臓が煩《うるさ》い。でももう、後戻りはできない。ここで躊躇《ちゅうちょ》すればきっと、もう二度と前には進めないとそう考えたグレイスは一直線に玄関ポーチ目がけて走り、短い階段も飛ばしがちに上り、ノッカーを掴《つか》むと勢いよく叩《たた》き付けた。

執事に追加でウイスキーを頼もうかと思ったが、半分酩酊《めいてい》した状態で結婚式を迎えるのは得策ではないと判断し、アンセルは紅茶を頼んだ。ブランデーを入れましょうか、と言われたがミルクにしてくれと告げると、驚いた顔をされた。まあ、そうだろう。こんな夜に、ミルクティを飲む大人の男なんて滅多にいないはずだ。

図書室から持ってきた本を手に、ベッドの上に横になる。とうに着替えは済ませ、ゆったりしたシャツと裾口が広いズボンに着替えている。眠気はやってこない。ラングドン邸でグレイスがどうしているのか考えるだけで、落ち着かない気分になった。もちろん、明日の結婚式に備えて、色々やることがあるのだろう。風呂に入ったりとか……風呂に入ったりとか……風呂に入ったりとか。自分の部屋に隣接している浴室の、その広い浴槽に二人で入る姿を想像する。途端、身体の奥がかあっと熱くなりアンセルはうんざりした。これで何回目だ。自分自身がまさかここまで我慢が利かないとは思っていなかった。

グレイスを目の前にして我慢した期間が長すぎたのかもしれない。一度外した欲望の箍《たが》を、もう一度あの頃と同じにするのは相当な労力がいる。きつくなるズボンを意識しながら、アンセルは抜こうかと考えた。結婚式の前日に、花嫁を思って自らを慰める……なんて間抜けすぎではないか。深い溜息を吐いて、こうなったら屋敷の周囲を歩いて収めようと考えたアンセルは、本を横に置いて身を起こした。その時、こんこん、とノックの音がした。

「入れ」

そうだ。頼んでいたミルクティを飲んでからでも遅くない。

脱ぎ捨ててあったガウンを取って袖を通していると、「御前」と躊躇《ため》らいがちな声がした。振り返ると、ケインが雇っている二十代前半くらいの執事が神妙な顔でアンセルを見上げている。手には何も持っていない。

「オーガスタか。どうした」

乱れている前髪に指を通して掻《か》き上げながら、微動だにしない執事に声をかける。すると彼は、

「あのう」と歯切れ悪く切り出した。

「下に――――女性がいらしてるのですが」

「――――ええ?」

ケインが呼んだ恋人か愛人か。こんな日に呑気《のんき》なものだと、そう思いながらアンセルが肩を竦めた。

「ケインはどうした。アイツが呼んだんだろ？」

たいして気にする風でもなくそう告げるとオーガスタはふるふると首を振った。

「マイ・ロードは先ほど出かけられました」

「では、戻ってくるまで待てばいい」

そんなことよりも今は自分のこの「昂《たかぶ》り」をどうにかするべきだ。若すぎる執事の横を通り抜け、とにかく外に散歩に行こうとするアンセルに「それが」とまたしても歯切れの悪い声がかかった。

「なんだ」

「女性は、御前にお話があると申しております」

「わたしに？」

これにには驚いてしまった。

「一体何の用があるというんだ？」

呆《あき》れた顔をするアンセルに、しかしオーガスタは泣きそうだ。関係ないが執事の経験値が浅そうな彼の、この勤務態度を見たらうちの執事が卒倒するなと遠いところで考える。うちで鍛え直すか。

「とにかく御前に会わせろの一点張りでして……立ち居振る舞いからレディだとは思うのですが」

天井を見上げ、アンセルはふうっと溜息を吐いた。今自分が欲しいのはグレイスで、オカシナ女ではない。しかも、どうしてアンセルがここにいることを知っているのか。

グレイスに一目惚れをしてから、女性関係は全部精算した。それほど多くなかったし、一目惚れをしたと話した際に、何故か応援されたほどだ。自分の行動を探り、ここにいると決めてやってくる女性に心当たりが全くない。だがここで考えていても仕方ない。向こうがこちらを指名してきたのなら何か用があるのだろう。そわそわする執事にアンセルは腹を決めた。

「わかった、会おう。ここに連れてきてくれ」

大急ぎで下に降りる執事を見送り、アンセルはマッチをガウンのポケットに入れて部屋の灯《あか》りを全て消した。相手が何者かわからないのだから、用心するに越したことはない。

ドアの横に隠れ、じっと息を殺しているとやがて規則正しい執事の靴音と、女性の軽い足音が近付いてきた。ノックの音がして、執事が丁寧に「レディをお連れいたしました」と小声で伝える。

「どうぞ」

戸口の横で答える。やがて靴音一つ分だけが遠ざかり、女がドアの前で躊躇しているのがわかった。

一体何者だ？　明日にはグレイスと結婚し、幸せな家庭を築くわたしに一体何の用があるのか……。

かちゃん、とドアノブが動く音がして、ゆっくりと扉が開いた。廊下の灯りが真っ暗な室内に細く帯のように差し込み、女が中の様子をうかがっているのがわかる。だが迷っていたのは数秒で、そろりそろりと、女性の影が室内に滑り込んできた。暗がりに潜むアンセルは、廊下の光に浮かび上がる人の姿に目を凝らした。フードを被った女性が中を確認し、慎重に進んでくる。一歩、二歩、三歩――それだけ進んで、足が止まった彼女が男の所在を確かめるように口を開きかけた……まさにその瞬間。

「!?」

ゆっくりと女の後ろに回っていたアンセルの腕が、女の細い腰を捕らえ、強張る身体を引き寄せてホールドする。悲鳴を上げる唇を乾いた掌で押さえ、アンセルは思ったよりもずっと軽い存在を持ち上げて素早く部屋を移動し、ソファに落とした。

「な」

向こうにとっては知らない暗闇だが、彼女を捕まえようと決心していたアンセルにしてみれば、どこに何があるかは事前に把握済みだ。ソファから起き上がろうともがく女の腰を挟んで膝をつき、振り回される腕と足を防御しながら、計画通りソファの横のテーブルに置いてあった燭台に火をつけた。

二人の周りを金色の光が照らし出す。小柄な女は、黒っぽいコートを着て、フードを被っていた。その縁から太い三つ編みに編んだ髪が覗《のぞ》いている。暴れたせいで裾が乱れ、白くて薄いドレスのスカートが見えた。普段の令嬢が着るようなドレスではないとすぐにわかった。どちらかというと夜着の類だろう。この期に及んで色仕掛けか？

冷たい笑みを浮かべながら、アンセルは細い両手首を掴んで座面に押しつけると身を屈めた。

「ようこそ……と言いたいところだが、君は一体何者で、何をしに来た」

酷く冷たい声が部屋に響く。途端、暴れていた脚がぴたりと止まる。フードから覗いている顎が微かに震えていた。細い身体だ。それが大人しく、アンセルの身体に添うようにぴったりと収まっている。それが不思議と身体に馴染み、その感触が彼の何かを妙に刺激するのだ。知っているような、知らないような。それが何か知りたくなるような。

「とにかく顔を見せなさい」

話はそれからだ。

力の抜けた手首からそっと手を離し、アンセルは彼女のフードを後ろにずらした。

12　一目惚れと言われた伯爵令嬢、愛人と対決する

この計画の要は、奇襲することにある。もしもアンセルが胸が大きい、腰と脚が細い恋人と一緒にいた場合、それをグレイスが目撃しなければ意味がないのだ。だが、グレイスが訪ねてきたと知ったら、十中八九彼は最愛の彼女を逃がすだろう。そうはならないよう、身元を隠して公爵様に会いに来たことだけを伝えたら、真っ暗な部屋に通された。そしてあっさり捕まり、金色の灯《あか》りの向こうで恐ろしく冷たい声が降ってきたのだ。

それでも自分を押さえ込む大きな身体が、なるべくグレイスを傷つけないよう気を遣っているところとか、そっとフードを引っ張り下ろす指先が優しいことに、彼女の心が温かくなる。

視界が開ける。彼はガウンにゆったりしたシャツを着ていた。これから寝ようとしていたのだろうか、情事の後のような雰囲気はない。ただ少しくたびれて、でも普段と変わらず素敵な彼がいた。そんなアンセルの表情を視界一杯に映して見上げることができたグレイスは、余すことなく彼の表情を観察した。

冷たく見下ろすだけだったサファイアブルーの眼差《まなざ》しが、ぎょっとしたように凍りつき、それからいきなり雪解けが来たかのように喜びに溢《あふ》れて輝いた。蝋燭《ろうそく》の灯りの中でも、彼の頬が一瞬で高揚し、グレイスを囲う身体《からだ》から熱が溢れるのがわかった。冷たいだけだった空気が一変し、驚きと何か、甘く重いものに切り替わる。そんな、冬から春に変わる瞬間を彼女は一気に体感した。

「――こんばんは、公爵閣下《ユアグレイス》」

言葉を失し、ただ自分を唖然《あぜん》として見つめる彼に、そっと囁《ささや》く。

刹那。

「んぅ」

激しい口付けが落ちてきて、グレイスは目を見張った。だが抗議の声はあっという間に割り込んできた舌に遮られて飲み込まれ、更には上顎を舐《な》められてふるりと身体が震えた。ぞくぞくする熱が身体を覆い、グレイスはそっと伸ばした手でアンセルのガウンを握り締めた。ふわふわした、キルトのような感触に、彼女の意識が多少戻ってくる。

「アン……セル様」

本格的に彼女を抱え込んでキスしようとする彼の肩をぽかりと叩《たた》き、ぎゅっと引っ張るとようやく彼が顔を上げた。金色の灯りに照らされて、乱れた髪と切羽詰まった眼差しの男が浮かび上がる。

きゅうっと心臓が痛くなり、グレイスは顎の辺りにキスをしたくなるのを必死に我慢した。

「君は……公爵家で……母と姉は……」

アンセルの唇から溢れる疑問はまとまりを持たず、単なる単語として零《こぼ》れ落ちる。そんな彼より先に自分自身を取り戻したグレイスは、そっと人差し指を彼の唇に押し当てた。

「アンセル様」

びくりと彼の身体が強張《こわば》った。その彼を見上げたまま、グレイスは今日こそはと口を開いた。

「私とアンセル様は明日、結婚します。でもその前に、どうしても確認したくて来ました」

緊張と不安で胃が痛くなりながらも、グレイスはアンセルの瞳を見つめる。

「アンセル様が心から愛してる方が、今、この場にいるのなら、会わせてください」

震えながら放たれたその一言は、アンセルに衝撃を与えたようだ。

「――わたしが……心から愛している人……？」

しばしの間の後、オウム返しされる。そんなアンセルの様子に、グレイスはきっと秘密の恋人はこの部屋のどこかにいて、彼女との鉢合わせをどうやって回避するべきか悩んでいるのだろうと考えた。

途端、グレイスの気持ちが怖気《おじけ》づき、引きそうになる。だが彼女は腹に力を入れてそれを堪《こら》えた。

まずは彼女と対面し、自分が勝っているところをアピールしよう。負けているところばかりだと思うが、アンセルに対する愛情なら負けていない。

「私はその方がどんな方か知りません。ですが、絶対に負けたくないし諦める気もありません！」

涙目でこちらを睨《にら》み付け、わかってるんです私はと全身で訴えるグレイスの様子にアンセルは困惑した。アンセルが心から愛している人はグレイスで、その彼女の望みを叶《かな》えることがアンセルの望みでもある。そのグレイスが「愛している人に会わせてくれ」と言っている……。

アンセルが心から愛しているのはグレイスなので、グレイスをグレイスに会わせればいいことになるのだが、なんだそれは。新手の哲学か？

理解できず、沈黙してぐるぐる考えていると、痺《しび》れを切らしたグレイスがぐっと胸を張った。

「それでも……アンセル様がその方をどうしようもないほど心から愛していて……その彼女と結婚したいと言うのでしたら……」

その瞬間、アンセルは嫌な予感を覚えた。この二日で学んだことがあるとすれば、グレイスは時折想像もしないような提案をしてくることがあるということだ。なので懸命に制止しようとした。

「ちょっと待て、グレイス。わたしが愛しているのは――」

「私はアンセル様との婚約を破棄して」

「聞きなさい、グレイス！　君は何か酷《ひど》い勘違いを……」

「アンセル様の愛人の座に収まります！」

彼の言葉を遮り、ぎゅっと目を閉じて声高に宣言されたそれ。言い切り、腕の下で震える彼女を呆《あっ》気《け》にとられたアンセルが見下ろした。一体何を言い出すのかと思ったら。

押し黙ったまま考え込み、沈黙がじわりと二人を包み込んでいく。

「君は……わたしに、君以外に心から愛する恋人がいると、そう考えているのか？」

そっと尋ねられ、グレイスは目を閉じたままこくりと頷《うなず》いた。目の奥が痛み、涙が滲《にじ》んでくる。

「……どうしてそう思うのかな？」

触れることなく、声だけがグレイスの上に降ってくる。彼女は押し隠していた不安を唇に乗せた。

「ミスター・コークスが言ってました……アンセル様にウォルターの件を依頼された際、大切な方と結婚するためにウォルターを探すよう頼まれたと」

「──それから？」

「ウ、ウォルターが宿で……アンセル様の大切な人を穢《けが》したと、そう言ってました」

「──ナルホド」

「わ、私は！　ウォルターには穢されてません。だから、該当する方が他にいるのですよね⁉　そしてその方とどうしても結婚したくて、ミスター・コークスに奴《やつ》を探すよう依頼をして、でも彼女さんから結婚を断られて、意気消沈している時に私を見かけてふらふら〜っとしちゃったんですよね⁉」

気の迷いでもない限り、私に一目惚《ひとめぼ》れなんてあり得ませんもの。

しゃくり上げながら語られたその壮大な妄想に、ようやくアンセルはグレイスの勘違いを悟った。一連の事件の間、彼女はずっとそう思っていたのか。だから時折、謎の巨乳女性が話題に上っていたのか。ようやく腑《ふ》に落ちた。だがそれは完全にグレイスの勘違いで、単なる思い込みの心配だ。だがそう告げようにも、彼女はぎゅっと目を閉じ身を固くしアンセルを完全に拒絶しているように見えた。

「……グレイス……」

これまでの人生で彼女はずっと一人で頑張ってきたのだろう。屋敷と領地を切り盛りし、彼女の性格上、おべっかと嘘《うそ》と駆け引きが混在する社交界はきっと生きにくかったはずだ。アンセルが彼女を見つけるまで、グレイスは顎を上げて真《ま》っ直《す》ぐに、自分に向かってくるささやかな悪意と戦い続けてきた。自分は何一つ悪いことも、可笑《おか》しなこともしていない。だから媚《こ》びる必要も嘘を吐《つ》く必要もない。その戦いはいつの間にか、社交界での「彼女の立ち位置」を決定づけてしまった。

社交界で全く見向きもされない、風変わりな東洋かぶれの嫁《い》き遅れ。妙に現実的で、妻にも愛人にも向かない。その「立ち位置」はじわじわとグレイスの自己評価にも影響を及ぼした。綺麗《きれい》でもなければスタイルがいいわけでもない自分が、最有力花婿候補の公爵に見初められるわけがない――そうグレイス自身が信じ込んでしまうくらいには。

そうか。そうだったのか。だから彼女は「囮《おとり》」などという言葉をすんなり信じて、ならば役目を果たそうと無謀な行動に出たのか。いつもと同じように、自らに降りかかるささやかな悪意と戦う感覚のままに……。ようやくアンセルは、彼女が必死に隠して抱え込んでいるものに触れる糸口を見つけることができた。そして、そんなグレイスの「思い込み」を正すための方法がないだろうか。

アンセルは素早く部屋を見渡してあることを思いついた。

「わかった」

囁かれたその言葉に、ぱっと彼女が眼を見開く。弾みでぽろっと涙が零れ落ち、アンセルはその目尻に唇を押し当てるとそっと拭ってあげた。

「それほどまでにわたしが愛してる人に会いたいと言うのなら、会わせてあげよう」

抑揚のない、感情の制御されたその一言に、グレイスの心臓が凍りついた。ひやりと冷たく、鋭い刃が胸を貫き、痛みに怖気づきそうになる。だがなんとかそれを堪えた。

大丈夫。絶対に引かない。自分が彼女さんに勝っている部分がどれだけあるのかわからないが、取《と》り敢《あ》えず森で暮らす知識でなら勝てると思う。あと、ドレスのリメイク方法とか、効率的な床の磨き方とか。閨《ねや》でのことは例の怪しげな薬屋に行って何か買って挽回《ばんかい》しよう。肌についても、ちゃんとお風呂に入ってケアをして……謎の赤い痕はどうしようもなかったが指はあのあと蜂蜜まみれにしておいたから、多少はすべすべになってるといいな。

ぐいっと腰を掴《つか》んで引き上げられ、グレイスはソファから立ち上がろうとした。だがその彼女をアンセルがひょいっと横抱きに抱え上げる。そこまでしなくても逃げない。だが、すらりとした立ち姿を比べられたら勝てない気がしたので、これはこれでいいかもしれない。でもどうしてアンセル様は私を抱えようと思ったのか……。

そんなことをぐるぐる考えながら緊張に顔を強張らせていると、彼は寝室を大股で横切り、室内の燭台《しょくだい》をいくつかつけていく。部屋が明るくなり、グレイスは鼓動が速くなるのを感じた。この部屋のどこかに、アンセルが愛している人がいるのだ。本当の悲劇のヒロインが。

彼女に会ったら何を言おう……いや、何も言えない気がする。抱えてもらっていてよかった。心拍が速すぎて眩暈《めまい》がするし、一生懸命血を送り出してくれているのに身体が芯から冷えていくような気がする。震え始める彼女を、ぎゅっと胸元に抱え込むようにしながら、アンセルは大きな窓の前まで来た。そしてグレイスを降ろすと、ベルベットのカーテンをおもむろに引き開けた。

（この奥のテラスに女性が……!?）

そう思い、反射的に彼女は目を閉じた。

「グレイス」

そっと肩に手が触れ、耳元に押しつけられた唇が名前を呼ぶ。

「紹介しよう。彼女がわたしの愛人で恋人で、心から愛している人だ」

びくり、と彼女の身体が震える。それからゆっくりと目を開けた。

目の前に、天井近くまである窓があった。最新の工法を使っているため枠が少なく、大きなガラスが数枚、綺麗にはめ込まれていた。その向こうに広がるバルコニーに室内の灯りが零れ落ちている。煌々《こうこう》と照らされた、白が基調となったそこにはしかし、望んだ人影はなかった。誰もいない。

目をぱちくりさせるグレイスが、そっとアンセルを見上げると、彼は確かにガラスの向こう、バルコニーを見つめている。

「……あ、あの？」

「綺麗な人だと、そう思わないか？」

「え？」

うっとりしたような口調で言われ、グレイスは眉を寄せる。それから必死に目を凝らして暗闇を見つめた。だがやっぱり誰もいない。

「アンセル……様？」

どこか、更に奥の木陰にでもいるのか。それとも、何か、心が清い人にしか見えない精霊的な存在なのか……は!? だとしたら彼女さんはもう死――。

「彼女は何を着ても綺麗だ。ああでも、何も着ていない姿でも美しい」

青ざめるグレイスを他所《よそ》に、アンセルは淡々と続けた。

「今日の装いは夜着《ナイトウェア》の上からコートを着ているだけだが、普段見られない彼女を表現しているようで凄《すご》く素敵だ」

夜着の上からコート？

三つ編み。

「普段は生活の邪魔になるからと綺麗にまとめ上げている髪も、もう寝るだけだから三つ編みにして肩に流してる姿も可愛《かわい》らしい」

「そして何より、わたしの恋人で愛人で心の底から愛してる彼女は、わたしに秘密の恋人がいると疑って一人ベッドで泣くのではなく、真相を確かめるために屋敷を抜け出して突撃してくる。そんなところが堪《たま》らなく愛《いと》おしいんだよ」

ちゅっとこめかみにキスを落とされたグレイスはもはや、首まで真っ赤だった。唇を震わせてぱくぱくさせながら見上げると、アンセルは我が意を得たりという表情で彼女を見下ろしていた。

「すまない、グレイス。だから君との結婚には秘密の『彼女』がついてくることになるんだが……構わないだろうか」

ふっと優しく微笑《ほほえ》むそのアンセルからぎこちなく視線を引き剥がし、グレイスは改めてバルコニーの向こうを見た。いや、違う。バルコニーは見ずに、そこにあるガラスを見た。

透明なそこに、室内の灯りが反射して、二人の姿がくっきりと映っている。その彼女と、アンセルは視線を合わせた。艶やかな彼女の唇がゆっくりと開く。

「――ナイトウェアだって木綿の可愛くないのだし、コートだってダメにしちゃったから大急ぎで買ったものだし、髪だって麦わら色」

「ミルクティ色だ」

「……そんなに綺麗な色でしょうか……」

「ウイスキーよりミルクティの方が好きになりそうなくらい、綺麗な色だ」

呆《あき》れるグレイスとは対照的に、アンセルは至って真剣だ。じっとガラスの向こうの彼がグレイスを見つめている。彼の腕に抱かれている、恋人で愛人で愛しているその彼女は酷く不安そうで、自信がなさそうに見えた。

「本当に胸の大きな恋人は……」

「しつこいぞ、グレイス。いない」

呆れたように頭頂部に顎を乗せられて呻《うめ》き声が出た。むうっと唇をへの字にしてアンヤルを睨み上げれば、彼は自分は悪くないと両眉を上げてみせた。

ああもう、本当に――好きでどうしようもない。ガラスの向こうの愛人さんに視線をやれば、多少、表情が和らいでいた。考え、グレイスはアンセルの腕の中で半分身を捩《よじ》ってしなだれかかってみる。びくりと彼の腕が強張った。それに気をよくし、彼女は自分が考える愛人らしく、胸元に頬を擦《す》り寄せてちょっと上目遣いに、得意そうに微笑んでみた。

この男性《ひと》は私のモノ。わたしだけのモノ。そんな風に。

「――グレイス」

掠《かす》れた声が耳を打ち、「アンセルさまぁ」と愛人っぽく囁いてみる。井戸端会議で、奥様連中が愛人の真似《まね》をする際に、鼻にかかって媚びたような声を出してみせていた。それを意識して表現し、彼に擦り寄ってみる。ガラスの向こうのグレイスは、普段のしっかり者の彼女と比べて三倍くらいは役立たずに見えた。

ほほう……やるな、愛人。可愛げがないと言われてきたが、こうするとそこそこ可愛く見える。まあ、女性はこういうの、好きじゃないと思うケド。

ごっほん、とわざとらしい咳払《せきばら》いが聞こえ、グレイスが視線を上げた。ガラスの向こうの、愛人を抱くアンセルが熱い眼差しでグレイスを見つめていた。かと思うと、ひょいと彼女を抱き上げゆっくりと部屋を移動していく。途中、せっかくつけたばかりの灯りを消すおまけ付きだ。

「アンセル様……」

マントルピースの上の燭台二つだけ灯りを残し、彼は昨日の倍以上はありそうなベッドにグレイスを降ろした。ふかふかのマットが彼女を優しく包み込む。

「君はいけない女性《ひと》だ」

そっと手を伸ばし、ひんやりしたグレイスの頬に触れた。

「わたしが明日、素敵な女性と結婚すると知っているのかな?」

ゆっくりと頬を辿《たど》る指先に、グレイスは妖しく微笑むと大きな手に自らの手を重ねた。

「その方と幸せになるために、わたくしをお捨てになるおつもりですか?」

上目遣いに見上げて睫毛《まつげ》をぱちぱちさせると、彼の唇が何かを堪えるように歪《ゆが》むのがわかった。笑ってる？　ああだとしたら堪える必要などないと思わせたい。

「こーんなに、貴方をお慕いしているわたくしを捨てて、風変わりな女性と結婚なさるの？」

「風変わりではない。彼女は世界で一番賢い女性だ」

「賢さでこの世界は渡ってはいけませんのよ？　ご存知かしら。彼女は東洋かぶれの嫁き遅れと呼ばれてますことを」

「それを初めに言った人間が誰か、君は知ってるかな？」

「――さあ？」

　そっと身を倒し、アンセルがグレイスの耳元に唇を寄せる。耳朶《じだ》の下辺りについばむようなキスを落としながら、身体の奥が震える声でそうっと囁いた。

「知っていたら教えてくれ。粉々のみじん切りにしてくるから」

　いつぞやの猟奇的発言再びだ。だが、切羽詰まった感じはない。

「同じ女として助言いたしますけど、アンセル様」

　笑みを含んだ声で言いながら、グレイスは彼の顎の下にキスを返した。

「そういう発言は、奥様を怖がらせるだけかと」

　彼の胸に揶揄《からか》うように指を這《は》わせると、その指先を捕らえられて咥《くわ》えられ、ぞくりとした震えが走る。

「わたしのグレイスは、それほど柔じゃない」

「まあ、恐ろしい。わたくしでは考えられませんわ」

　眉間に皺を寄せてみせると、アンセルがぐっと奥歯を噛《か》みしめるのがわかった。もしかしてこれって、笑いそうになるのを堪えてる表情だったの……？

「君はわたしの妻を馬鹿にする気なのかな？」

「噂《うわさ》にたがわない、風変わりな奥様になりそうだなと申し上げただけです」

「なんてことだ。生意気な君にはお仕置きが必要だ」

きゃあ、と軽い声を上げてグレイスがベッドから逃げ出す。だがその腕をアンセルがしっかり掴み、彼女をベッドの中に引き戻した。背後から横向きに身体を抱き締められ、伸びてきた手がコートのベルトを外すのがわかった。

「奥様を愛してらっしゃるのに、わたくしにも手を出すのですか？」

脇腹を通り、コートの合わせからアンセルの手が侵入してくる。腕を掴んで阻止しようとするも、アンセルの手は止まらず、コットンの夜着の裾を掴んでたくし上げにかかった。

「愛人からそんな台詞《せりふ》が出るとはな」

太腿《ふともも》を夜着の裾がじりじりと這い上がってくる。夜道を来たせいでひんやりしている肌を指先で撫《な》でながらアンセルはグレイスの耳と首の付け根にキスを落とした。

「妻を持つ男は大抵、君のような愛人を持っているものだと思うのだが」

長い指がグレイスの腰からお腹《なか》の辺りをゆっくりと撫で、そのくすぐったさに身を捩る。

「酷いお人ですね」

自分を抱え込む逞《たくま》しい腕に、すりっと頬を寄せ、グレイスは身体の芯を刺激する甘い感触に身を震わせた。

「そうかな？」

低い声が耳を犯す。

「それは妻に劣らず、君が魅力的なせいだろう」

熱い舌がぬるりと耳を嬲《なぶ》り、グレイスの背が反った。喉から切れ切れの悲鳴が漏れ、柔らかな彼女の肌を彷徨《さまよ》っていた男の手が、彼女のしなりに添って這い上っていった。丸い乳房の下に指が触れ、アンセルは彼女が夜着の下にコルセットをつけていないことに気が付いた。

「君……コルセットはどうした？」

彼の手の感触に全てを投げ出そうとしていたグレイスは、やや強張った声に目をぱちくりさせた。

「……ええっと……一人で着けるのは大変なので……」

「外したまま来たのか？」

唐突に両腕で抱き締められる。震える吐息を首の辺りに感じながら、グレイスはうっとりと目を閉じた。

「コルセットも着けず、夜着にコートで出歩いたのか⁉」

「何も起きませんでした……」

「軽率な行動が何を産むのか、身をもって知ってるだろう⁉」

昨日のあれこれを言われているのだと知る。だが。

「万事うまく行きましたから」

喉元過ぎれば熱さを忘れる、という諺《ことわざ》がありまして――と先を続けると、アンセルの唸《うな》るような、低音すぎる声が耳を打った。

「君はまるでわかってない」

「え？」

途端、腰を抱えて引き上げられる。あっという間に背後から圧《の》しかかられ、グレイスは枕に顔を埋めることになった。ゆっくりとコートと夜着の裾を腰まで捲《まく》られて、グレイスはどきりとした。ドロワーズの縁に指がかかる。

「あ、アンセル様!?」

羞恥から赤くなり驚いて逃げようとする彼女の、その太腿と腰をアンセルが抱え込んだ。

「――本気でお仕置きが必要だな」

「ええ!?」

冷たいのにどこか燃え滾《たぎ》るような、熱の滲んだ掠れ声で告げられた途端、布の上から花芽を押され、痛みにも似た快感に背中が反った。

「ひあ!?」

びくり、とグレイスの身体が跳ねる。

くにくにと人差し指と中指で擦られ、もどかしい熱が身体の中心に溜《た》まっていく。彼を受け入れようとじわりと濡《ぬ》れるのがわかったところで、一枚布が膝元まで落ちるのに気付いた。

「いいかな、お嬢さん。世の中には危険が山ほどある。君のような世間知らずが、こんなあっさり剥《む》かれるような格好で絶対に外を出歩いてはいけない」

ひんやりとした空気を感じる場所にちゅっと音を立てて吸い付かれて、グレイスは唐突な刺激に喉を反らす。そんな彼女の反応に気をよくしたのか、熱すぎる舌が秘裂をなぞり始めた。更にじわじわと蜜が零れ、ゆっくりと、グレイスの身体が昨日初めて識《し》った快感を求めて蕩《とろ》け始めた。

「――腰が揺れてる」

笑みを含んだ声に指摘され、かあっと頬が真っ赤になった。唇を離し、アンセルは白い太腿の裏、昨日付けた痕の上に再び唇を寄せる。キスマークを再度残しながら、男は指先を蜜壺《みつつぼ》の中に沈めた。

「ここを……こんな風に弄《いじ》られたら……もう抵抗ができないだろう？」

水音を立てて掻《か》き回しながら、甘い声を上げるグレイスに覆いかぶさる。

「あ」

逃げられない重みに緩く押さえ込まれ、グレイスの身体をぞくりとした震えが走った。首の後ろに噛み付かれ、んんん、と呻き声が漏れる。これは動物たちがやってるような格好だ。

「アンセル様……」

濡れた水音が激しくなり、羞恥と快感で真っ赤になりながらグレイスは彼を見ようと首を傾《かし》げた。蕩けた蜜壺から、とろとろと愛液が零れ出し、太腿を伝っていく。もどかしくいたぶる指と手の動きが嫌で、グレイスが手を伸ばし涙目で訴えた。

「も……やだ……」

「嫌か？」

ゆっくりと手を引き抜き、自らの腰を彼女の秘所に押し当てながら、アンセルが耳元で甘く囁く。濡れた手を捲り上げた夜着の裾から忍び込ませ、柔らかな胸の先端へと滑らせる。

「ひゃっ」

再び彼女の腰が跳ねる。後ろから回した手でゆっくりと乳房を捏《こ》ねながら、「でも」とアンセルが切羽詰まった声で続けた。

「君を捕まえた悪漢は、そんな願いを聞きはしない」

執拗《しつよう》に真っ白な果実を指と手で弄び、尖《とが》る先端を摘まれる。ふあ、と鼻の奥から声が漏れ、グレイスは嫌がるように首を振った。

「あっ……いや……ああ」

胸の果実を楽しんでいた手がそろりと下方に伸び、再び蜜壺を長い指が翻弄し始める。それと同時に硬いモノが押しつけられ、突き上げるような動きをされてグレイスの身体から力が抜けた。

「気持ちいい？」

低く甘い声が聞こえる。布越しの昂《たかぶ》りで蕩けていく蜜壺をぐりっと押し上げ、喉から艶めいた声が漏れる。

「欲しいのかな？」

がくがくと首を振り、腰から奥に溜まっていく熱に、グレイスの意識が熔《と》け始めた。昨夜、満たされて初めて、切なく疼《うず》く空洞が身体の奥にあることを識《し》った。そこにまた、骨まで熔かすような熱いものが欲しくて、本能が空白を訴えてくる。宥《なだ》めることもできず、グレイスはそろりと、突き上げるアンセルのそれに合わせるよう、腰を動かした。

「わたしの愛人は大胆で淫らだね」

強請《ねだ》るようなしぐさに、ぎりぎりまで堪えていたアンセルの理性が解けていく。

枕に頰を押し当て、蕩けた眼差しで見上げるグレイスに焼け付くようなキスを落とし、彼は手早く着ていたものを全て脱いだ。昂りが直にグレイスの秘裂に触れ、ふあ、と甘やかな吐息が漏れた。ぎゅっと、彼女の手がシーツを握り締める。

「アンセル様……それ……」

挿入《いれ》ることなく、後ろから濡れた秘裂に硬い楔《くさび》をこすりつけられる。時折先端が花芽を突くのだが、熱く鋭い快感は持続せず、すぐに逃げていってしまう。そんな焦らすような動きを何度も繰り返されて、グレイスの思考が「もっと激しく」と訴え始めた。何度か強請るように腰を揺らしてみるが素知らぬ振りをされ、我慢できず「もっと……」と溢れる感情のままに訴えた。

「もっと何？」

だがアンセルは意地悪く、あくまでゆっくりとした動きと、浅く突くような動きを続けるだけだ。それがグレイスの中にもどかしさだけを降り積もらせていく。

「それ……っあ……ん……それ……が……」

くちゅ、と先端が蜜壺の入り口を突くように掠めるが、期待したように奥まで来てはくれない。いやいやと首を振るグレイスを、じわじわ追い詰めながら、アンセルは細い腰に指先を這わせた。

「それが何？　どうしたいのかな？」

アンセルとしても余裕なぞあるわけもなく、突き入れて思う存分犯したいところだ。だが考えなしな彼女へ、楽しいお仕置きをする方が先だ。

「君は愛人なんだろう？」

目尻に唇が触れ、グレイスは思い出した。そうだ、自分は彼を虜《とりこ》にする決意でここまで来たのだ。

「強請ってはくれないのか？」

楔は動きを止めず、秘所から濡れた音が立つ。彼の指先が腰からお腹、胸を通って顎の下をゆっくりと撫でた。その手首を掴み、グレイスは自らの唇に押し当てた。

「アンセル様……欲しいです……」

恥ずかしさをかなぐり捨てて、小さな声で訴える。

「――何が？」

何がって。ナニが――って言えるかっ！

かああっと真っ赤になりながら、それでもグレイスはぎゅっと目を瞑《つぶ》った。単語は知ってるから言葉にはできる。でも、やっぱりぎりぎりでも口にするのははばかられた。だから。

「これが欲しいんです……」

自ら腰を動かし、濡れに濡れた秘裂を往復するだけだった硬い楔に、自ら押しつけた。

「お願いです……アンセル様ぁ……いれてください……」

熔けた声が訴え、挿入を促すように腰が揺れるから。

「いい子だね」

「んっ……あっ……あああああっ」

重くて硬く、なのに信じられないほど熱いモノが、グレイスの蕩ける蜜口に触れ、ゆっくりと広げて疼く空洞を満たしていく。昨日散々愛撫《あいぶ》し、致したせいで多少の抵抗があり、アンセルがどきりとした。だが引くに引けず、でも奥まで一気に突き入れることはせず、ゆっくりと腰を進めた。それが更にグレイスのもどかしさと、それを上書きしていく快感に拍車をかける。

「あ……あっ……あっ」

深い部分にまでアンセルを受け入れ、グレイスの背中がしなった。ぴったりと収まる感触に、身体の奥が何かを促すように細かく震えた。このまま、身体の奥の奥まで繋《つな》がりたい。でも昨日初めて彼を受け入れてからそれほど時間が経《た》っておらず、微《かす》かな違和感もある。だがそれを補って余りあるほどの渇望が溢れてくるのだ。

「グレイス」

ゆっくりと彼女の衣服を脱がせたアンセルが、その真っ白な肌にキスを落としながらそっと尋ねた。

「辛《つら》くないか？」

違和感と渇望の間で、そこから先どうしていいかわからないグレイスはふるふると首を振った。

「痛くない？」

首筋に頬が触れ、間近で心配そうな声がする。その優しさに、グレイスは心を決めた。

「だい……じょうぶです……だから……」

して、と小さく囁くと、堪え切れずアンセルがゆっくり動き始めた。抜かれる度に切なさが増し、満たすよう戻ってくると甘い歓喜に奥が震える。何度も何度も繰り返され、溜まっていく快感に、グレイスは全身から力が抜けるのがわかった。

「アンセル様……アンセル様ぁ」

それと同時にじわじわと迫りくる衝動が怖くて、思わず泣きそうな声で名前を呼ぶ。すると速度を増してリズミカルに腰を打ちつけ始めていた彼が、グレイスの身体を抱えてくるりと体勢を入れ替えた。

「あっ」

見下ろす男の、汗と情熱に濡れた目がグレイスの心臓を直撃し、きゅうっと奥が甘くうねる。体勢とは裏腹に優しくしようと考えていたアンセルは、我慢が限界に達するのを覚えた。

「ツ……グレイス……それは反則だ」

「あっ!?　やあ……なに!?」

ぐいっと脚を持ち上げられ、深く激しく突き入れられる。ベッドが軋《きし》み、グレイスの喉から悲鳴にも似た嬌声《きょうせい》が上がった。

「だめっ……あっあっあ……ああんっ」

身体の当たる音がし、それでも穿《うが》つ速度は止まらない。苦しそうな息を吐きながら、アンセルが彼女を高みへと追い詰め、何度も何度も、深く深く突き入れる。衝撃に彼女の爪先がぎゅっと丸まった。

「んっ……ふ……あ……や……いっ」

ぎりぎりまで追い詰められて、飛ぶことを余儀なくされグレイスの目の前が真っ白になる。爆発する快感に全ての意識を持っていかれ、喉から声を上げる彼女の奥に、アンセルが熱い吐息を漏らしながら欲望の証を叩きつけるように吐き出した。最後の一滴まで、彼女の中に収めたい。そんな野蛮な欲求を完全に満たしたアンセルが、荒い呼吸と共に温かな腕でグレイスを抱き締めた。

「好きだ……グレイス……」

強烈な快感に震える彼女を、絶対に手放さないと決意しながら腕に力を込める。

「愛してるんだ……本当に」

「アンセル様……」

霞《かす》む意識の中で、信頼して身を寄せる彼女にアンセルはありったけの想《おも》いを込めて呟《つぶや》いた。

「愛人も恋人も妻もいらない。欲しいのは君だけだ。グレイス・クレオールという人間を何一つ欠けることなく、まるごとわたしにくれないか」

その世界一安全で安心できる場所で、グレイスは囁くアンセルの言葉に幸せそうに眼を閉じた。

「趣味が悪いですね、公爵閣下《ユアグレイス》」

「いいや」

キスの雨を降らせて、アンセルも幸せそうに眼を閉じた。

「わたしの人生で一番、褒《ほ》められるべき趣味だよ」

終章　終わらないデイブレイク輪舞曲《ロンド》

公爵家まで彼女を送って、そして明日の朝、教会で彼女を待とう。そうしよう。

そう決めていたはずが、アンセルは盛大に寝坊した。日の出少し前に起き出して、グレイスを伴って屋敷を出るつもりだった。本当にそう思っていたのだ。実際、随分暗いうちに目が覚めたし。

だがその時は、温かく心地よい重さの存在が自分の腕の中にいる事実が堪《たま》らなく嬉《うれ》しくて、思わず眠る彼女に手を出してしまった。ちょっかいというか、いたずらというか、ただつっつくくらいの気分だったのだ。だがそれで終わるわけもなく、気付けばキスを繰り返しながら彼女の身体《からだ》に手を這《は》わせ、いつの間にか腰の辺りが熱く重くなり、目を覚ました彼女と夢中で愛し合って高みにまで登って……結局また二人そろって意識を手放してしまった。

「さあ、アンセル！　今日この良き日にいつまでも惰眠を貪っていては駄目よ！」

そんなアンセルの二度寝をぶち破ったのは、教会の鐘の音も霞《かす》む、朗らかな姉の声だった。はっと目を覚ましたアンセルは、自分が寝坊し、未《いま》だしっかりとグレイスを抱き締めている事実に驚くよりもほっこりした。だがそれも一瞬だ。マズイ。

「さあ、カーテンを開けて……って偉いわね！」

戦場をきびきび歩く指揮官の如く弟の部屋を侵攻しながら、メレディスは開けっぱなしのカーテンに感心したように頷《うなず》いた。

「もう起きてたなんて、よっぽど式が楽しみなのね」

囀《さえず》りまくる小鳥のように喋《しゃべ》り倒す姉を横目に、羽毛布団を引っ張り上げてさりげなくグレイスを隠しながら、アンセルは昨日それを引き開けた瞬間を思い出した。可愛《かわい》いグレイスが驚いて真っ赤になる様子に再び頬が緩みそうになる。だが、現実逃避をしている場合ではない。

「ていうか、せっかく起きたのにまだベッドにいるなんて！　今日は時間がいくらあっても足りないくらいなのよ⁉　さあ、立って着替えて！　晴れ舞台に必要な装いをなさいな！」

自分の腕を枕にしているグレイスが見つからぬよう、アンセルは慎重に身を起こした。姉はと言うと、奥のクローゼットを開け、自ら持ってきた花婿衣装を厳かな手付きで中にかけ始めている。

「感謝しなさいよ？　貴方《あなた》ってばちっとも自分の衣装に関心を示さないから、私とお母様とグレイスでどうにか決めてあげたんだから」

言いながら、濃い紺色のフロックコートと銀色のアスコットタイ、ウエストコートを満足そうに眺めた。

「もちろん、グレイスの衣装は見てないわよね？　結婚式前に花嫁衣装を見るのは良くないって決まってますから」

「あ、姉上……おはようございます」

言いながら、ちらっと視線を落とせば、布団の隙間から見えるグレイスの可愛らしい寝顔が少し曇っている。抑えが利かず、随分長いこと彼女を愛してしまったせいで疲れているのか（当然だ）まだ目を覚ましそうになかった。だがさんさんと差し込む朝日と鐘の音のような姉の声で、きっと絶対もう少しで彼女は目を覚ますだろう。それは間違いない。その前にどうにかして姉を追い出す方法はないだろうか。

「屋敷の様子はどうなのですか？　グレイスは？」

我ながら茶番すぎる質問だ。

「お母様とレディ・ハートウェルできっと綺麗《きれい》に装ってる最中でしょうね」

「姉上はいなくて良かったのですか？」

「ええ。グレイスよりも貴方の方が心配だったから」

振り返り、ふわっと花が咲くような眩《まぶ》しい笑顔を見せられて、アンセルは眩暈《めまい》がした。きっと……間違いなく……あの生意気な侍女を含めて……ラングドン邸は地獄のような騒ぎになっているだろう。急に頭痛がしてきて、アンセルは両手で顔を覆う。全ては自分が悪いのだ。そう……けどまあ、起きてしまったことは仕方ない。

「とにかく、わたしはもう起きましたので着替えます」

「そうね」

両手を前に組んでにこにこ笑って立ち尽くす姉に、アンセルは全く笑っていない笑顔を見せた。

「ええ、ですから着替えます」

「そうね」

「――出ていってもらえます？」

引き攣った声で促すと「ああ」とわざとらしくメレディスが眼を見開いてみせた。

「手伝いは？　従者を呼んできましょうか？」

「わたしが着替えの手伝いを止めさせて、従者と喧嘩《けんか》したのは知ってるでしょう？」

「……花婿衣装は着るのが大変」

「大変なのはグレイスの方です。ほら、出ていってください」

「はあい、わかりました」

どうにか着替えをして、それからグレイスを起こして馬車を呼んで帰さなければいけない。どっちにしろ彼女の衣装はここにはないのだ。あるのは木綿の夜着とコートだけで……。

のろのろと部屋を出ていくメレディスを見送り、アンセルは大急ぎでベッドから飛び出した。取《と》り敢《あ》えずシャツを羽織ってズボンをはき、ベッドの中で丸まっているグレイスの夜着を引っ張り出す。

「グレイス」

半分だけベッドに乗り上げ、掛けてあげた羽布団をそっと捲《めく》り、丸い肩にキスを落とす。

「グレイス？」

今度はミルクティ色の髪にキスをし、三つ編みの解けたそれを持ち上げてさらさらと零《こぼ》してみた。起こすのは可哀想《かわいそう》だと思いながら、それでももう時間がない。丸い頬や目尻、耳朶《じだ》にキスをし、くすぐったりしていると、うっとりとした表情で彼女が目を覚ました。

「アンセル様？」

掠《かす》れた声が堪らなく愛《いと》しくて、アンセルはそうっと腕を伸ばすと彼女を抱き起こした。一糸まとわぬ柔らかな身体がくったりと彼の腕に倒れ込んでくる。その身体をぎゅっと抱き締め、アンセルは耳元に低く囁《ささや》いた。

「さあ、わたしの可愛い愛人さん。そろそろ帰らないと、花嫁の家族が捜索願いを出してしまう」

おどけたようなその台詞《せりふ》に、未だ夢の中を彷徨《さまよ》っていたグレイスがくすりと笑った。

「そうですね……花嫁さんがいないと始まりませんしね」

それでも甘えるように腕を伸ばして抱き付いてくるから。するりと白い肌を掛け布が滑り落ち、細い腰と背中が空気に触れた。グレイスの身体がふるりと、寒さなのか込み上げてくる甘さからなのか震えた。気付いたアンセルが、慌てて彼女の夜着を広げた。

「とにかく今はこの服を着て」

「アンセル様、温かい……」

「こら、グレイス。ちょっと離れて」

「もうちょっと……」

「寝ぼけてるのかな？　ほら、早くしないと式が」

「もうちょっとだけ……」

温かくて柔らかな手が首筋に触れ、アンセルは空気に流されかける。確かにこのままではいけないとそう思うのだが、触発されて彼女に触れる手が指先まで甘くなっていく。

「グレイス」

「アンセル様」

ああもう、こんなに可愛い女性《ひと》を放っておけるほど自分は聖人君子ではない。

とうとう本格的にキスを始めた、まさにその瞬間。

「そうだわ、アンセル！　花婿の胸に付ける白い薔薇が届いてたのをすっかり忘れて――」

「姉上!?」

唐突に扉が開き、姉の声が響き渡る。アンセルは咄嗟《とっさ》にグレイスを抱えて、彼女の視線から隠そうとした。だが、一歩遅かった。アンセルの背中に回された細い腕と、肩口からぽこんと覗《のぞ》いている頭の先。それが何を意味するのか。

弟が、結婚式の前夜に女を連れ込んでいる——その事実に、メレディスの瞳が零れ落ちんばかりに見開かれた。恐ろしい沈黙が数秒続く。焦りまくるアンセルが必死に言葉を紡いだ。

「こ……これはですね、姉上。えー、なんというか……いわゆるマリッジブルーの一種で」

「結婚式前日にッ……女を別邸に連れ込むことのッ……なぁにがマリッジブルーかぁッ！」

物凄《ものすご》い絶叫と共に叱責が降ってきて、「え？　あ？」とアンセルが言葉に詰まった。

そうか。姉上にはグレイスが見えていないのか。それは良かっ——いや良くないな。

「ち、違いますよ、姉上！　わたしがマリッジブルーではなくて」

「ではそこで後生大事に抱えている愛人の方がマリッジブルーだと⁉　明日結婚ならば、せめて最後の一晩お慰めくださいとやってきたというのですか⁉　それを受け入れたのですか貴方はッ！」

眉を吊《つ》り上げ、目を三角にして息巻く姉に、「そうではなくて」とアンセルも必死に言葉を繋《つな》ぐ。

「これには深い訳が」

「謹慎中だというのに、恥を知りなさい！」

「違うんです、彼女は——」

「アンセル様……アンセル様」

不意に腕に抱いている妻兼愛人がぱしぱしとアンセルの背中を叩《たた》く。だが彼は絶対に姉の目に晒《さら》すものかと、ぎゅうっとグレイスを抱き締めるばかりで離そうとしない。それがグレイスには不満だ。

「ここはちゃんとご説明した方が」

「絶対ダメだ。君の正体を明かさず、ちゃんと屋敷に帰すから」

ひそひそ声で打ち合わせを始める二人のその様子に、メレディスが更に苛立《いらだ》った。一歩、前に出る。

「そこの恥知らずな女ギツネ！　姿を現しなさいッ！」

メレディスの声が朗々と響き渡った。身を強張《こわば》らせるグレイスを、宥《なだ》めるように抱き締める男は必死な眼差《まなざ》しで姉を見上げた。

「姉上、ここは見逃してください」

「何を言うのですか、貴方はッ！　あれだけグレイスに迷惑をかけておきながらッ！」

自分の名前が出たことに、再びグレイスが身動《みじろ》ぎを始めた。ぐいぐいシャツを引っ張って「放してくれ」と訴える。だが、今ここで姉と嫁が顔を合わせるのは絶対に良くないと、アンセルは更に更に腕に力を込めた。

「アンセル様」

「しーっ」

彼の頬が額に触れる。そこに擦り寄りながら、彼女はこのままではらちが明かないと判断した。もう、この場を収める方法は一つしかないような気がする。正直に、ここにいるのが誰でどうしてこうなっているのか説明する必要があるだろう。そして、帰って結婚式に備える。

「さあ、アンセル！　その愛人を離しなさい！」

メレディスの高らかな宣告に、とうとうグレイスが声を上げた。

「申し訳ありません、メレディス様」

ぎょっとするアンセルの腕から身を捻《ひね》ってどうにか抜け出し、グレイスはひょいっと彼の肩から顔を出した。

「これには深い訳が――」

さんさんと朝日が降り注ぐ結婚式当日朝。こっそり泊まった彼氏の部屋で、飛び込んできた義姉と目が合う。その瞬間、メレディスが凍りついた。

「〜〜〜アンセル・ラングドン……グレイス・クレオール……」

地を這《は》うような不穏な声が、周囲の空気を凍らせていく。

「あ、姉上……これはですね、その……えーっと……」

焦りまくるアンセルとは対照的に、グレイスが呑気《のんき》にもひらりと手を振ってみせた。

「私がいわゆるアンセル様の愛人の女ギツネなので、特に問題もないですし、今からダッシュで帰りますので、どうかここは……」

「グレイスッ！」

もが、と彼女の口をアンセルが両手で押さえる。だが、状況を把握したメレディスが雷を落とす方が先だった。

「あなた達は結婚式の前になんてことをしてくれたんですかッ！」

「申し訳ありませんッ！」

この瞬間、グレイスは悟った。

式もしていない男女が同衾《どうきん》するなど何事か、公爵としての自覚を持て、グレイスも勝手に抜け出すとは非常識にもほどがあると滔々《とうとう》とお説教をされ、更には時間がないと大急ぎで屋敷へと連行されたこの結婚式の朝は、永遠に公爵家に語り継がれることになるのだろうな、と。

幼馴染みと針葉樹林

MELISSA

「ケイン様ではなくてメレディス様の方が結婚に後ろ向きなんですね……知りませんでした」

ガタゴトと揺れる馬車の中で、グレイスがしみじみと告げる。その言葉に妻ばかり見つめていたアンセルは溜息《ためいき》を漏らした。

「まあね。姉上はどちらかというと自立型で、家庭に入るなんて冗談じゃないっていう考えだからな。それに父上が結構な個人資産をわたし達に残してくれたしね」

わたしの援助がなくても十分暮らしていける、と苦々しく締めくくるアンセルにグレイスは首を傾《かし》げた。

「では、何故《なぜ》お義母様《かあ》はメレディス様の結婚を急がせようとハウスパーティの企画を？」

「それは多分、君のせいだ」

「私の!?」

ぎょっとするグレイスに、アンセルは渋い顔から一転してにこにこしながら話しだした。

「今回、母が公爵領の一つに結婚するに相応《ふさわ》しい紳士と、家柄の良い令嬢を集めてハウスパーティを開こうと考えたのは、姉上を結婚させて、グレイスとはまた違った盛大な結婚準備の采配を取りたい、という願望からだな」

グレイスの結婚は色々な事態がかみ合って、準備が足りない状況での強行突破となった。先代公爵夫人はあと一か月、準備期間をくれとアンセルに頼んでいたが、アンセルが「もう一日も待てない」と断言し、結果準備不足のままの式となったのである。

まあ、それでもグレイスにしてみれば目玉が飛び出そうなほど高価で豪華な式だったのだが。

「姉上には申し訳ないが、今回は母上の計画に賛同だな。君と二人で誰もいないハートウェル伯爵領に避暑に行けるのだから」

　君の厄介な侍女も姉上が連れていったし、と楽しそうに告げるアンセルの表情と、うっとり自分を見つめる眼差しに、グレイスはじわじわ顔が赤くなって胸の辺りが温かくなる気がした。

　本来、公爵領でパーティを開くとなると主催はアンセルとグレイスになる。だが夫人はアンセルがいると他の紳士達がしゃちほこばってフランクな空気を出せないから来るなと厳命した。では我々は？　と問う息子に「ハートウェル伯爵夫妻とご子息を公爵領にご招待するので、二人はハートウェル伯爵領で過ごしなさいな」と笑顔で告げたのだ。

　当然グレイス付きの侍女、ミリィが同行を主張したがそれはアンセルが阻止した。姉上の婚約者を決めるパーティならば侍女が沢山いてもらわなければならないとかなんとか。母と姉はその建前に生温かい笑みを浮かべていたが構うものか。これはアンセルにとって願ってもない申し出なのだ。幼いグレイスを育み、そのグレイスが愛して管理し続けてきた土地を一度は見てみたいと思っていた。

　そこに邪魔者は要らない。何かとグレイスを構いたがる姉も、気さくにグレイスに話しかけてくる弟も、グレイス命の侍女もいない。二人だけだ……二人だけ……二人だけ……。

「あ、見えてきましたよ」

　窓から外を眺めていたグレイスがはしゃいだ声を上げる。と、不意に馬車のスプリングが軋《きし》んで大きな影が自分の隣に滑り込んできた。隣に移動したアンセルが、膝の上に置かれているグレイスの手を取って握り締める。ふわっと爽やかなハーブのような香りがしてグレイスは思わず深呼吸してしまった。のみならず身体が自然とアンセルの方に傾いていく。

「君が管理していた土地がこの目で見られるなんて……嬉しいよ」

「アンセル様はいつもいい香りがしますね」

会話が微妙にかみ合っていないが、特に気にする風でもなく、ジャケットに頬を寄せていくグレイスをアンセルがきゅっと抱き締める。腕にしっくりくる感じが……堪らない。

「幼い頃の君はどういう感じだったのかな……森が多い領地と言うが、ウサギやリスを追って走り回っていたのかな？」

「アンセル様の香りは森の香りに近いですよね……何を使ってるんですか？　秘密？」

「小さな君が走り回っているところを見てみたかった……何故わたしはその頃の君を知らないんだ」

「ちょっとヒノキっぽい香りもしますね……あ、ヒノキはですね、東洋ではポピュラーな木で」

がたん、と馬車が揺れて止まり、ノックが響く。公爵家の御者には暗黙のルールがあった。それは馬車に公爵夫妻を乗せている場合、直《す》ぐにドアを開けると後悔する、というものだ。今回の御者もその辺りはわきまえており、ノックの後しばらく待ってくれた。

やがて内側から扉が開き、妻の手をきゅっと繋いで離さない公爵が馬車を降りる。続いて降りようとする妻をひょいっと抱き上げそのまますたすた歩きだすから、グレイスが「下ろしてください」と悲鳴のような声を出した。だが公爵は妻を下ろすことなく楽し気に屋敷に向かって歩いていく。

二人が向かう屋敷は灰色の石造りで、玄関ポーチには飾り破風が付いている。だが所々欠けているのをグレイスは知っていた。

「あのっ」

短い階段を上り扉の前に立つアンセルに、グレイスは呻《うめ》き声で告げた。

「真夏だからいいですけど、本当にハートウェル屋敷《マナー》は古くて……その……隙間風だらけなんで覚悟してくださいね」

上目遣いに訴えると、視線を落としたアンセルがゆっくりと顔を近付けて、ちゅっと軽いキスを落とした。

「それは……くっついていられる公式な理由ができたというわけだな」

真っ赤になるグレイスを抱えたまま、アンセルは浮かれた足取りで屋敷の中に入った。このままのんびりゆったり、グレイスと一緒に過ごせるのかと思うと心が弾むのがわかる。そんな、これから先のあれやこれやに胸を膨らませるアンセルだったが、彼は重要な点を見落としていた。

それはこのハートウェルの領地を治めていたのは、実質グレイスである、ということを。


屋敷は綺麗に掃除をし窓までピカピカに磨くように、とグレイスは厳命していた。自分の夫である公爵が滞在するのだから一同気合いを見せろというところだ。だが慢性的な人手不足に陥っているハートウェル屋敷ではそう簡単に屋敷をピカピカにすることなどできず、結果。

「申し訳ありません、閣下《ユアグレイス》。奥様は現在カーテンの買い付けに村に出ております」

「……そうか」

申し訳なさそうに告げる屋敷の執事に、アンセルは溜息を呑《の》み込んだ。アンセルと結婚してからグレイスは公爵家の采配を学ぶのに忙しく、自分の生家には手を出していなかった。嫁いだ身だし、この辺りは伯爵がしっかりやるとそう言っていた。実際、グレイスがいなくなった領地をどうにか切り盛りしていたようだし、アンセルが見つけた管理人はしっかりと領地を守っていたようでもある。

だが管理人だけで決定できないこともあり、そういった決済が溜《た》まっていたのも事実だ。必要なものの買い出しや、そのための費用の決定などに追われ、決済が下りたことで進んだ作業の監督にグレイスが出ていかないはずがない。

結果、グレイスは雑用で出掛ける機会が増え、残されたアンセルは、日の当たるリビングで一人もんもんとしながら風に揺れる森の木々を数える羽目に陥っていた。

「……オカシイ。本来ならばグレイスを思う存分甘やかしているはずなのに……」

図書室から持ってきた本は一向にページが進まず、読んだり閉じたり開いたり置いたりを繰り返すことに嫌気がさしたアンセルは、鬱陶しいと思われても構うものかとグレイスを探し出す決意をした。

立ち上がり呼び鈴を鳴らす。大急ぎで現れた執事にグレイスの居場所を尋ねると、初老の彼はこほんと咳払《せきばら》いをした。しゃちほこばって答える。

「奥様がいらしてるのは村の老舗の雑貨屋です」

「それはどこだ？　近いのか？」

「村の入り口のすぐ傍《そば》にあります。屋敷からだと十五分くらいでしょうか」

以前、グレイスは木こりを生業にする人たちが多いため、村が高齢化していると零していた。

「老舗の雑貨屋か……なるほど、跡取りもなく頑張っているということか」

七十代くらいの人の好《よ》さそうな紳士を想像して、椅子の背に掛けていたジャケットを取り上げる。

「いえ、最近王都から孫が戻ってきましたので、一気に平均年齢が若返りましたよ」

その一言に、ぴくりとアンセルの手が反応した。ゆっくりとジャケットを着ながら何気なく尋ねてみる。

「グレイスが出向いている雑貨屋の主《あるじ》が、若返ったと？」

「はい。二十六歳の好青年ですよ。グレイス様と一緒に森の中を駆け回っていた日々が懐かしい」

幼馴染みかッ！

がん、と後頭部を殴られたような衝撃を受ける。完全に油断していた。不意打ちだ。グレイスはただの伯爵令嬢ではないのだ。森を元気に駆け回る彼女の生活に、上流階級だから村の子たちと遊んではいけません、なんて規律があったとも思えない。ということは、社交界に出るまで彼女の周りにはそういった「幼馴染み」がいたはずだ。そう――『森の小屋での一夜』を実践できそうな相手が。

(完全に油断していた！　グレイスが村は高齢化してるというから、お年寄りばかりののほほんとした村だと思っていたがまさかの刺客が！)

自分の愚かさを呪いながら、アンセルは大急ぎでリビングを飛び出した。

グレイスはあんなに可愛くて綺麗で風変わりで魅力的なのだ。最近はアンセルがベッドの中で甘やかすのでちょっと愛され女性の色気のようなものが出てきている。自分の幼馴染みがそんな風に艶っぽくなって帰ってきたら……そりゃ……もう……男なら……。

「いかあああああんっ」

歩いていくなど悠長なことをしてられない。アンセルは厩《うまや》から馬を借りると大急ぎで飛び乗った。一気に襲歩《ギャロップ》まで持っていき、村目指して突進していく。頭の中ではすでに幼馴染みがグレイスに色目を使っている姿まで辿《たど》り着いている。

値段交渉をするグレイスに紅茶を進める。だがその紅茶には身体の自由を奪う薬が――

「ダメだグレイス！　それを飲んではいけないッ！」

慌てふためくアンセルの声が誰もいない村への街道に響き渡り、ツッコミ不在のむなしさだけが残るのであった。

カーテンの発注を無事に済ませたグレイスは、打ち合わせを終えて奥の部屋から店頭へと出た。メイド頭はずっと伯爵夫人に付き従っているので、春のシーズン中ずっと領地屋敷《マナーハウス》は放置され気味で、あれが足りない、これが必要、誰にも頼めないが頻発していた。その訴えを片付けるのに三日も費やしてしまった。だが雑用もこれで終わり。これからはアンセル様としばらく一緒にいちゃいちゃできると考えて、一人グレイスはぽっと頬を染める。

そうだ。せっかくハートウェル領に来たのだから記念に何か買っていこうか。できればアンセル様に贈るような、なにか。

（って、公爵様にプレゼントするようなものがここにあるとは思えないけど……）

でも、きっと彼なら、グレイスからの贈り物を喜んでくれるはずだ。

ふむ、と顎に手を当て、小首を傾げて棚を見つめる。アンセルに相応しいもの……公爵様に相応しいもの……と目を皿のようにして考える。不意に「これがいいかも」というものが目に飛び込んできて、グレイスはぱっと目を輝かせた。爽やかな森のような香りがする、サシェと呼ばれるポプリだ。

と、丁度カーテンの打ち合わせをしていた相手が出てきて、これに香りを足すともっといいですよ、と笑顔でアドバイスをくれた。なんでしたらいい香りの木を御紹介しますよ？　とも言われ、グレイスはにっこりと可愛らしい笑みを返した。

村まで爆速で辿り着いたアンセルは、教えてもらった雑貨店へと足早に向かう。唐突な公爵の訪問に、店番をしていた女性は仰天してしどろもどろだったが、どうにか聞き出した情報をまとめると、グレイスは森に向かったらしいことがわかった。

どこかですれ違ったのかと焦りながらも、アンセルは女性からグレイスが向かった方角を聞き踵《きびす》を返す。その間にも彼の思考は悪い方へ悪い方へと落ちていく。

幼馴染みの男……久々の再会……懐かしい森！

可哀想な馬を再び全速力で駆けさせながら、アンセルの脳内では、結婚前のごたごた時に妄想した「グレイスには実は好きな人がいたバージョン」が再上演された。久々に会った、可愛らしく可憐《かれん》で艶っぽい幼馴染みに、我慢ができなくなった男が近くの狩猟小屋のベッドに彼女を——

「絶対にダメだグレイスッ！　男はオオカミだと何度言ったらわかるんだッ！」

再び絶叫しながら、アンセルは更に馬を加速させる。とにかく早く……早くグレイスを捕まえないと。

そうこうするうちに、とうとうアンセルは森の奥、小道の先に脳内妄想に近い丸太小屋を発見して息を呑んだ。うっそうと茂る木々の重なった枝葉から、ほんの少し木漏れ日が差している。その中で森に溶け込むようにして建つ、壁面に蔦《つた》の這うその小屋の扉がゆっくりと開くのが目に留まった。

「グレイスッ！」

まさか本当にそこにいるとは、と地鳴りをさせながら突進するアンセルが馬上から叫ぶ。扉を閉めようとしていたグレイスは、その声に顔を上げると、必死の形相でこちらに向かってくる夫に目を丸くした。

「ア、アンセル様、一体どうしました⁉」

青ざめるグレイスを見て、アンセルは胃の腑《ふ》が震えた。何故そんなに動揺しているのか……まさか本当に幼馴染みに言い寄られたのだろうか。何かされたのか⁉　わたしのグレイスが⁉

グレイスが幼馴染み相手に身体を許すことなど絶対にない。それはもう決定事項だ。だが向こうが一枚上手でグレイスを無理やりものにしようとしていたら……。

「君こそこんな所で何をしている⁉」

馬を飛び降り、血相を変えて駆け寄るアンセルに、グレイスが目を見張る。それからちらりと丸太小屋に視線をやるのを、アンセルは見逃さなかった。

「そこに何かあるのか？」

一歩前に踏み出そうとするアンセルに、思わずグレイスは両手を伸ばして腕を掴んだ。

「それよりも！　アンセル様こそどうしてここに？　何かあったのですか⁉」

彼女に縋《すが》るように見上げられると弱い。しかも心配そうな顔をされては堪らない。

自然な動作でぎゅっと彼女を抱き締めたアンセルは、自分の腕にしっくり馴染む彼女が、確かにここにいることに安堵《あんど》する。彼女の首筋に顔を埋めて深呼吸をすると、不意にいつもと違う、爽やかな香りを感じ取って大急ぎで彼女を離した。頭の中が真っ白になる。

彼女からはいつも石鹸《せっけん》の匂いがする。それから時折花のような香りも。その中に、嗅ぎ慣れない香りがあるのは一体どういうことだ……。

「……この……香りは……」

掠れた声で尋ねる。驚愕《きょうがく》が全面に押し出されたその声のトーンに、グレイスははっとした。それから少しはにかんだように微笑《ほほえ》む。

「バレちゃいましたか……そうです、これは」

「ここだな」

照れたように目を伏せるグレイスのその様子に、アンセルは続く言葉を聞いていなかった。妻の頬を赤く染めさせて、もじもじさせる相手がこの、目の前の、狩猟小屋にいるんだ間違いないッ！

「え？　あ、はい。そうです、ここが私の秘密」

「ここに奴《やつ》がいるんだな⁉」

アンセルは確信した。例の幼馴染みとやらはまだグレイスに言い寄ってはいないのだろう。声をかけて連れ込んだは良いが、天性の勘でグレイスはその場を脱したのだ。なので奴の企みに気付いてもいないのだろう。だがグレイスは騙《だま》せても自分は騙せない。というか、野放しになどできない。

無言でグレイスを離し、アンセルはつかつかと小屋に近寄る。そのアンセルの決然とした足取りに、グレイスが不安そうに後を追った。

「あ、あの、一体どうしたんですか？　奴って？」

丸太を切り出して作った分厚い扉を開け、アンセルが中に入る。大股で木床を踏みしめて、暖炉とテーブル、丸い煮炊き用のストーブなどが置かれた一間をぐるりと見渡す。そして奥にカーテンが引かれた一角があるのに気が付いた。

「そこか！」

大股で、天井から下がるカーテンで仕切られた一角に近寄るアンセルに、グレイスは目を見張った。

アンセルは今にも怒り出しそうな切迫した表情だし、そこには彼女にとって大切な――。

「ダ、ダメです！　やめてくださいッ」

いけない、と瞬時に悟ったグレイスが大急ぎでアンセルの前に回り込み、両手を広げた。そんな自らの前に立ちふさがる愛妻にアンセルは衝撃を受けた。そんな……グレイスが……そんな！

「駄目ではない、グレイス。そこを退《ど》きなさい」

すっとアンセルから漂う空気が冷たくなり、グレイスが怯《ひる》む。その濃い青の瞳が一層鋭く輝くのを見て彼女はその場を退きそうになった。だが持ち前の負けん気が顔を出し、一歩も引かずにぐいっと顎を上げた。

「退きません」

妻の灰色の瞳が冬空のように透き通る。それを見てアンセルは愕然とした。グレイスに睨《にら》まれるなんてあってはならない事態だ。それほどまでに、このカーテンの奥の人物が大事なのか。

自分よりも。夫である自分よりも――。

「……グレイス……」

ぎゅっと唇をへの字にし、奥歯を噛みしめてこちらを見上げる彼女から、アンセルは一歩後退《あとずさ》った。グレイスは必死に自分の大切なものを護《まも》ろうとする顔をしていた。そこまで大切な「誰か」がそこにいるのだ。それを自分はどうしたらいい？　許す？　何を？　ここにいるであろう、グレイスの大切な幼馴染みを、わたしは友人として受け入れるしかないのか？

他の男と一緒にいるグレイスを想像し、葛藤に震える手を握り締めながらも、アンセルはくぐもった声で訴えた。

「――わかった。君がそこまでしてカーテンの向こうの存在を護りたいのなら、わたしは何も言わない。けどな、グレイス……これだけは言っておく」

髪を掻《か》き毟《むし》りながらアンセルは辛《つら》そうに切り出した。

「わたしは君に寛容でありたいとそう思っている。心の底からだ。だが、どうしても……どうしても狭量になる時もある。だがそれは君を愛していて手放したくないからだと、わかってくれないか」

真っ青に輝くアンセルの瞳。それを見つめるグレイスの心臓が、ぎゅっと痛く締め付けられた。それからくしゃりと泣きだしそうに顔を歪《ゆが》め、がばりと頭を下げた。

「ごめんなさい、アンセル様」

それから顔を上げて飛ぶように駆け寄り、温かくてなんでも許してくれる優しい夫の胸に顔を埋めた。硬い腰に手を回してぎゅっと抱き付く。

「ごめんなさい……私、嫌いなものを好きになれと言ってるんじゃないんです……ただきっとアンセル様は好きなんだと勘違いしてて……」

「何をだ？」

柔らかく温かい彼女を抱き締め、甘い声で囁く。と、グレイスはぎゅううっと更に抱き付いて掠れた声で答えた。

「アンセル様はウッディ系の香りがお好きなんだと思ってたんです。でも確かにどの香りにもそれぞれ違った味わいがありますもの。同じ樹《き》だから好きだなんて勝手に決めつけるのは良くなかったです」

ぱっと顔を上げたグレイスが、困惑した表情のアンセルに目を潤ませる。

「でもこのヒノキは捨てないでください。これを使うのはやめますから」

柔らかく、腕に馴染む重さを抱えたまま、アンセルは数度瞬《まばた》きをした。脳内を今グレイスが告げた単語がぐるぐる回っている。香り？　ヒノキ？　ウッディ系？

「……グレイス」

「はい」

「…………そのカーテンの向こうにあるのはなんだ？」

するっとアンセルの腕から逃れたグレイスが、おもむろにカーテンの端を掴んで引っ張った。布が移動して現れたそこには山と積まれた木材が……。

「これ……は……」

「ヒノキです」

「…………ヒノキ？」

「はい。領民の皆さんが、私が東洋が好きなのを知ってるので、取引先にヒノキの木材が入ると持ってきてくれるんです」

よろよろと木材に近寄り、隙間なくびっちり詰め込まれたそれを上から下から右から左から確認しながら、アンセルは動揺したまま告げる。

「き……君の幼馴染みは!?」

「……幼馴染みって？」

「雑貨屋の！　新しい店主！」

振り返って必死に告げられ、ああ、と彼女がぽんと両手を打ち合わせた。

「彼なら王都に買い付けに行ってて会えませんでしたよ」

「で、では……君が……隠していたのは……」

「今日、アンセル様がお好きそうな香りのサシェを買ったのですが、もっと香りを足せるって言われて、そういえばここにヒノキがあったなと。それで削り出して混ぜたんですが、アンセル様がヒノキはお嫌いなようなので……それでこの木材も香りが嫌だって捨てられるのかと思ったんです。でも考えてみたら、アンセル様がそんな非道なことをするわけないですよね？」

　でもそれが何故幼馴染みに？　ときょとんとするグレイスの目の前で、アンセルは膝から崩れ落ちるという大失態を犯すのであった。


「どうして私が幼馴染みとオカシナ関係になるなんて思ったんですか」

　ぶうっとむくれて振り返り、夫を見上げるグレイスは現在、アンセルの太腿の間に全裸で収まっていた。二人を取り囲んでいるのはいい香りがするお湯だ。例のヒノキのサシェを浮かべている。陶器の浴槽が置かれた浴室は、こぢんまりとして明るく、天窓から明るい日差しが差し込んでいる。明るいウッド調の壁には石鹸や香油が入った飾り棚が付き、天井からは乾燥ハーブが吊り下がっていた。

「それはだな」

　ちゃぽ、と水が軽い音を立てて揺れ、アンセルはグレイスの首筋に顔を埋める。すりっと額をこすり付けると脚の間にある彼女のお尻がもぞっと動いた。心地よい刺激に、腰の辺りに熱が集まるのを感じる。お湯の中でゆっくりと手を動かし、アンセルは後ろから綺麗なグレイスの乳房に掌《てのひら》を当てた。

「んっ」

甘い声がグレイスの濡《ぬ》れた唇から漏れる。その反応が嬉しくて、アンセルは顔を上げると、桜色に染まる耳朶や頬に唇を押し当てながら、揶揄《からか》うように囁く。

「こんな風に頬を染めて、可愛く啼《な》く君を他の男が求めないはずがないからだよ」

「あんっ」

くり、と立ち上がっている乳首を親指で撫《な》でさすり、身体を震わせるグレイスに宥《なだ》めるようにキスの雨を降らせていく。両手で柔らかな果実を弄び、更にはぺたんこなお腹や太腿、そしてその間へと手を滑らせていくと、身を捩《よじ》ったグレイスが「アンセル様」と夫の唇の辺りで囁いた。

「こんな風になるのも、こんなこと許すのもアンセル様だけです」

可愛らしく頬を膨らませ、赤い目元で睨み付けるグレイスに、アンセルが妖しく笑った。

「だが、今日みたいに一人で出かけて、幼馴染みにお茶を勧められて、飲んだら身体の自由を奪われるということもあるだろ」

そうしたら、こんなことを簡単に許してしまう。

背後のアンセルが立ち上がり、グレイスの腰を掴んで持ち上げる。温かくいい香りのお湯がざっと溢《あふ》れ、グレイスの綺麗な曲線を描く背中を伝い落ちていった。

「んんっ」

首筋に噛み付きながら、アンセルが指で彼女の蜜壺《みつつぼ》を掻き回す。求めるように膣内《なか》が動くのを感じ、彼は熱く重く硬くなっている楔《くさび》を秘裂にこすりつけた。アンセルに愛されるのが好きなグレイスが、浴槽の縁を掴んでいた右手を持ち上げて斜めに振り返り、彼の首を引き寄せる。

「こんな風にされたら」

強引に近付けられたアンセルの唇を、彼女が軽く噛む。

「この何倍もの力で噛み千切ります」

熱に浮かされた眼差しに、宿っている強い意志の光。最後の最後まであきらめない、と訴える彼女はきっと、本当に最後まであきらめないのだろう。だが。

グレイスの向きを変え、アンセルは正面から彼女を抱き締める。それからおもむろに抱き上げると浴槽から出て、ふかふかの毛足が長いラグに彼女を横たえた。その上に圧《の》しかかる。

「君なら最後まで抵抗すると確かに信じている。だが、その状況に君を追いやりたくないし、傍《そば》で護りたい」

「……アンセル様……」

「だから、一人で出かけてほしくない。世界には危険が溢れてるから」

「アンセル様」

呆《あき》れたように名前を呼ぶグレイスの、その細い脚を掴んで持ち上げ、彼は一息に自分の楔を打ち込んだ。

「あああっ」

甘やかな声が漏れ、グレイスの身体が甘美な震えに支配された。艶やかな吐息を漏らして、身を捩る。アンセルの動きに合わせて揺れる、彼女の身体の奥を暴きながら、彼は自分の不毛な欲求を、妻が全部受け入れてくれたらと心から願った。それが不可能だと知っていても。

「君は……わたしだけのものだ……わたしだけの……でも叶《かな》わないのも知っている」

唇を合わせ、喰《く》らい付くようにキスをする。

「ならせめて……今だけ……こうしてる間だけ……」

今こうして、繋がっている間だけでも彼女を独占したい。身体全体でグレイスを覆い、深く深く貫いていく。

「あっあっ……やっ……ああっ……アンセル様……アンセル様ぁっ」

甘やかな嬌声にかぶって名前を呼ばれ、アンセルが一際強く深く奥まで穿《うが》つ。繋がっている場所から溢れる熱が身体中を侵食し、グレイスは身体がばらばらになりそうな、慣れない快感の中で必死にアンセルにしがみついた。そのまま目の前で真白な光が爆発する。

短い吐息を漏らしながら、それでもグレイスを離さないアンセルに、彼女は熱くなった夫の背中を指先でそっと撫でた。

「アンセル様」

のろのろと夫が顔を上げる。乱れて落ちかかっている前髪にグレイスは手を伸ばして掻き上げふわりと微笑んだ。

「これでアンセル様が安心するのなら、いくらでもお相手しますから」

くすっと笑って顎の辺りにキスを落とす妻に、アンセルははっとする。それからこの細くて小柄なのにどこまでも芯が強い妻に、またしても堕《お》ちていく気がした。身体を繋げたまま、アンセルは彼女の上からそっと降りる。そして脚で彼女を挟んだままぎゅうっと抱き締めた。

「なら、まだ続けてもいいいかな？」

ふと、身体の奥深くに入り込んでいる、彼の愛しい部分が蠢《うごめ》くのがわかり、グレイスが眼を見開く。

「今？」

そっと尋ねると。

「今」

いつだってグレイスの心も体も熔《と》かす、最高に甘い、いたずらっぽい笑みを見せられてグレイスは眩暈《めまい》がした。この人がどうして自分に固執しているのか全くわからない。でも自分はこんな風に彼に愛されて最高に幸せで、その自分がどうして他の人間に傾くと考えるのか、全く理解できない。

それでも、そうやってわからないところはこれからもずっと、二人で答えを求めて右往左往すればいいのだ。きっと……それが自分達のような気がする。

く、と身体の奥を探るように腰を押しつけられてグレイスは、小さく笑う。

「駄目ですよ、アンセル様」

「何故だ？」

軽いキスを額や頬に落とす夫に、グレイスは目を閉じて囁く。

「このラグ……実は背中が痛いんです」

あっという間に立ち上がった夫から身体中を拭われて、頭からナイトウェアを被《かぶ》せられたグレイスは、大笑いしている間に寝室へと連行され、結局日が暮れるまで心配性の夫から愛され、結果めでたく二人とも同じ針葉樹林の香りになったのである。

文庫版書き下ろし番外編

変わる公爵、回る運命

MELISSA

兄が憂える表情で居間のソファに座り込んでいる。

新婚ほやほやの彼の脳内が、ようやく迎えることができた妻一色に染まっていることは、結婚までの三日間を考慮すれば容易に想像ができた。なので、長い長い溜息《ためいき》を吐いて頭を抱えている兄、アンセルをケインは放置することにした。

「どこに行く！」

触らぬ神になんとやら、とくるりと居間に背を向けた瞬間、兄から声が飛んできて、びくうっとケインは身体《からだ》を強張《こわば》らせた。

「どこにって……そろそろ帰ろうかなって……」

ぎぎぃっと油の切れたゼンマイのようなぎこちない動きで振り返れば、未《いま》だ両手に顔を埋めた兄が「お前の家はここだろう」ときっぱり告げる。

「いやまあ、そうだけどさ。俺《おれ》だって一応良識ある大人の男なわけで、新婚夫婦が住んでる屋敷にずーっと住んでるわけには」

「姉上はずーっと住むつもりだぞ」

「いや姉さんは完全に特殊な感覚の持ち主で」

「わたしは気にしない」

「兄さんが気にしなくても俺が気にするんだけど……」

顔を上げないアンセルの様子に、ケインはがしがしと頭を掻《か》くと「ああもう」と短く呻《うめ》いて兄の元に歩み寄った。

「で？　なんでそんな風に頭を抱えてるんだ？」

どっかりと向かいのソファに腰を下ろせば、顔を上げたアンセルがくわっと目を見開いた。

「グレイスには幼馴染《おさななじ》みがいたらしい」

――――そりゃ、いるかもしれない。

「…………へぇ」

思わず半眼で相槌《あいづち》を打てば「あああああ」とアンセルが頭を抱えたまま天井を仰いだ。

「幼馴染みッ！　グレイスを子供の頃《ころ》から知っている、知り合ってまだ半年も経《た》っていないわたしよりもずっと長い間彼女と年月を共にし、気さくに話し合う相手がいたなんて信じられないッ」

一体どんな奴《やつ》なんだ!?　こないだは会うことができなかったが、もしかしたら未だにグレイスと手紙のやり取りをしているのかもしれない！　どうしよう！　許せない！

見たことも会ったこともない相手に、オカシナ嫉妬《しっと》を炸裂《さくれつ》させる兄を見て、ケインは、もう帰ってもいいかな、と遠い所で思う。だが、腰を上げようとすると、「ケイン！」と兄から叱責《しっせき》（？）が飛んでくるのでそれもままならない。

というか……。

（兄さんってこういうキャラだったっけ……？）

お酒を持ってこさせようと、誰《だれ》か通らないか、廊下に視線を遣《や》りながら（席を立って呼び鈴の紐《ひも》も引けない）ケインは兄はいつから嫉妬深くなったっけ？　とつらつら考え始めた。

そう。兄がおかしくなったのは、確か今年の春の初め頃で――

◆◇◆

「なあ、姉さん。最近兄さんがおかしいんだけど何か知ってるか？」

今日の兄は書斎の机の前で羽ペンを持ったまま、じーっと綺麗《きれい》な文鎮を見つめて固まっていた。しかもケインが用事を済ませ、三十分後にまた書斎の前を通るまでずっとだ。

何でもそつなくこなし、屋敷のことも領地管理も手際よく効率的に行う兄の、この時間を無駄にする所業にケインは驚いたのだ。それと同時にうっすらと恐怖にも似たものを感じて、何か起きているのではないかと、姉、メレディスに聞いてみたのだ。

「いつもの脅迫状の件で何か深刻なトラブルでも起きたのかな」

不安そうな弟二号の様子に、メレディスはふむと、紅茶のカップを持ったまま考える。確かに公爵家にオカシナ脅迫状が届き始めてだいぶ経つ。だがこの件に関して、弟一号は特に問題視していなかった。むしろ煩《わずら》わしそうに捨て置くだけで、取り合う様子もなかったのだ。

その一号が机に座ったままじーっと動かないという。

ユーモアのセンスを持ってはいるが、オーデル公爵位を継いでからは四角四面な考え方しか披露しないようになっていた一号《アンセル》の、不可解な行動。

「脅迫状関連で何かあったのなら、アンセルの性格上、さっさとそれを潰すように動くでしょう。でもそうじゃなくて、じっと座り込んでいるというのは……ちょっと面白いわね」

カップの中の紅茶をくいーっと飲み干し、メレディスはすっくと立ち上がった。

「これは聞いてみなくては」

「え？　直接？」

思わず後退《あとずさ》る弟二号に、メレディスは艶やかな赤い唇を弓型に引き上げた。

「当然」


「な、なんです？　二人そろって」

綺麗に磨かれた真鍮《しんちゅう》の文鎮を未だじーっと見つめていたアンセルは、唐突に現れた姉と弟に目を瞬《しばた》いた。昼間に彼らが連れ立って、自分の所を訪れるなんてめったにない。

「母上に何か起きましたか⁉」

思い当たることと言えばこれしかない。青ざめ、慌てて腰を上げる彼に、メレディスはひらひらと手を振り、「違うわよ。貴方《あなた》のことでちょっと」と短く告げた。

そのまま書斎に据えられているソファに腰を下ろす。

「じゃあ一体なんです？」

怪訝《けげん》そうに尋ねると、同じようにソファに腰を下ろしたケインが半眼で兄を見た。

「それはこっちの台詞《せりふ》だよ。兄さんこそ、どうしたのさ」

「……わたし？」

自分のことを言われるとは思わなかった。交互に姉と弟を見やれば、ケインがずいっと身を乗り出す。

「そうだよ。兄さんらしくもなく、三十分もぼーっと文鎮を見つめてさ。俺がさっきこの前を通った時と全く同じ体勢で今も座ってただろ」

そう言われて初めてアンセルは気が付いた。

そうか。彼女のことを考えてそんなに時間が経っていたのか。

再びアンセルの脳裏に彼女の姿が過《よぎ》り、じわりと胸の奥が熱くなる。はうっとため息を吐く兄の様子に、ケインがあからさまにぎょっとした。それからみるみるうちに青ざめる。

「に……兄さんがそんな顔するなんて……本当に何もないのか？　もしかして領地のどこかで甚大な被害が」

「恋でしょ」

そんなケインの台詞を遮るようにメレディスが声を上げた。確信に満ちたその一言に、ケインが呆《あき》れたように向かいに座る姉を見た。

「ちょっと待ってよ、姉さん。兄さんが恋？　恋をして、こんな風に微動だにしなくなったって言うのかよ？」

「そうよ。当たりでしょう？　アンセル」

にんまり笑って告げられ、アンセルはうぐっと言葉に詰まる。それから赤くなって気まずそうにそっぽを向くから。

「う……嘘《うそ》だろ!?　兄さんが恋！」

「ケインッ」

がーん、というどうにもわかりやすい表情をする弟を一睨《ひとにら》みし、アンセルは情けない顔でメレディスを見た。

「その通りです、姉上。ですが……わたしはその素敵な女性の名前も素性も知らないんです」

ああああ、あの時何故《なぜ》最初に名前を聞かなかったのか……ッ！

大失態だ、と頭を抱えて呻くアンセルに驚いて固まるケイン。その弟二人を交互に見た後、メレディスはふうっとため息を吐いた。

「仕方ありませんわね。公爵令嬢のわたくしが、貴方のお悩み相談に乗ってあげましょう」

わかっているのは、トレヴァー伯爵家の舞踏会で、ケーキを捨てた若い貴族相手に烈火のごとく怒っていたということだけだった。ケーキの原材料と手間を説き、その費用をざっと計算した彼女は、勿体《もったい》ないお化けが出る、と口にしていたという。

「おかげでその令嬢には『東洋かぶれの嫁《い》き遅れ』という不名誉な噂《うわさ》が付きまとうようになったそうよ」

アンセルが恋に堕《お》ちた相手を探すべく、件《くだん》の令嬢について調査をしていたメレディスは、ケインと共に今シーズン最大と前評判が高い、ランスウッド伯爵夫人主催の舞踏会に参加していた。これだけ大きな舞踏会ならどんな家柄でも爵位があれば参加対象になっているだろうと踏んだのだ。

「名前はグレイス・クレオール。ハートウェル伯爵令嬢」

キラキラした光の降り注ぐ舞踏室《ボールルーム》を笑顔で渡り歩きながら、メレディスは対象を探した。その後ろからケインが不満そうな顔でついていく。

「ていうか、そんな不名誉な噂のある変わり者を公爵夫人に選んでいいのかな……」

漏れ出た弟の本音にメレディスはくるっと振り返ると腕を組んで立ち止まった。

「あの、堅物のアンセルがどうしても彼女がいいと言うのよ？　私たちは謹《つつし》んで応援しましょう」

けど、と更に何か言いたそうなケインに再び背を向け、メレディスは視線を壁際に移動させた。

バルコニーへと続く大きな窓の前に、一人の令嬢が佇《たたず》んでいる。綺麗なミルクティ色の髪を三つ編みに編んで後ろに巻いた彼女は、三角形に切り込まれた襟ぐりを飾るように、大きなリボンが付いているドレスを着ていた。

彼女はお腹《なか》の辺りできゅっと手を組んで立ち、踊る人々を眺めている。その様子はどこか退屈そうで、それでいてなんとなく寂しそうに見えた。彼女の前を華やかな装いの紳士淑女が通り過ぎるが、誰一人として彼女に視線を遣らないことにケインは気付いた。恐らく、あの噂が人々を遠ざけているのだろう。

「……あれが?」

立ち止まるメレディスの傍《かたわ》らに並んだケインがそっと声を掛ける。

「ええ、恐らく彼女ね」

「……誰も声を掛けないな」

「アンセルにとってはラッキーだったわね」

現在彼は、議会の仕事で遅れていた。意中の人がこの舞踏会に参加する確率が高いことはアンセルに知らせてあるので、彼は死んでも来るだろう。そんな、期待に胸を膨らませた彼が誰にも声を掛けられることのない、遠巻きにされる彼女を見てどう思うのか……。

「……なんか……やっぱり変わってるな」

ここそこ何かを話している集団が、彼女の三メートル隣にいる。だがレディ・グレイスはその輪に加わることなく、顎《あご》を上げて真っ直《す》ぐに前を見ていた。通りがかる人にはにこにこ笑いかけるも、それは媚《こ》びるような仕草ではない。どうぞ楽しんでらして、というような……私は私で楽しんでます、というような。かと思うと、時折退屈そうに欠伸《あくび》をしたり、ぼうっとシャンデリアを見上げて何かを数えたりしている。

「声を掛けた方がいいのかな……？」

ただ眺めていては兄に相応《ふさわ》しい人物かどうか判定が付かない。そわそわしながら尋ねるケインに、メレディスは思案した。

「アンセルですら、ちゃんと名乗ってないみたいなのに、あなたが先に声を掛けるのはどうかと思うわよ」

「でもなんか……ただ見てるだけっていうのも可哀想《かわいそう》な……」

その時、ざわっと入り口辺りからどよめきが聞こえ、姉弟はそろってそちらに顔を向けた。

挨拶《あいさつ》もそこそこに、アンセルが大股《おおまた》でこちらに向かって歩いてくる。

「姉上、ケイン！」

アンセルになんとかお近づきになりたいと、目をぎらぎらさせて寄ってくる令嬢母娘《おやこ》を綺麗に無視し、身内だけの輪を作り上げると、アンセルは周囲を見渡した。

「それで、わたしが一目惚《ひとめぼ》れしたレディは……」

ぐるっと会場内を見渡したアンセルの視線が、姉が指し示すより先に意中の人をとらえた。

軽食のテーブルで美味《おい》しそうにローストビーフを頬張《ほおば》っていた彼女は、何故かそそくさとバルコニーへと続くガラス戸から外に出ようとしていた。

その瞬間、ケインは見た。兄の顔から公爵としての仮面が剥《は》がれ落ち、心の底から愛《いと》しそうに彼女を見つめているその表情を。

(兄さんでもそんな顔するんだ……)

思わず感心していると、メレディスが彼女に関する情報を口にする。

「彼女の名前はグレイス・クレオール。ハートウェル伯爵令嬢で……」

だが彼女の言葉をアンセルは聞いていなかった。ようやく見つけた一目惚れの相手を捕まえるために、一直線にグレイスの元へと歩き出していたからである。


自分の失態でこれほどまでに人が寄り付かなくなるのか、とグレイスは舞踏室の端に立ってぼんやりと踊る人々を眺めていた。ケーキ遺棄事件を目撃し、若い貴族を怒った事件から、彼女には「東洋かぶれの嫁き遅れ」というあだ名がついてしまった。もともと沢山の人と関わって踊ったり談笑したりすることがあまり得意ではなかった彼女は、そこから更に話しかけてくる人間が減っても特にダメージはなかった。

ただ、自分の結婚は遠のいたな、と思っただけである。

(そもそもハートウェル伯爵家と繋《つな》がりを持ったところで政治的に有利になることも、利益が上がることもないものね……)

グレイスの父であるハートウェル伯爵は、領地管理が得意ではない。そのため、グレイスの家はだいぶ困窮していた。この貧乏暮らしから脱却するには、グレイスが大金持ちの夫をゲットするしかない。その夢も、彼女の「勿体ないお化け」発言で潰《つい》えようとしている。

でも彼女はあまり気にしていなかった。今の生活で十分間に合っているし、社交界から無視されているのに参加する意味もないだろうから、今回を機に彼らと関わるのを止めて、領地運営に力を注げばいいとさえ思ったのだ。

次期伯爵候補として弟がいるし、彼が結婚して子供が生まれれば問題ない。まだ十歳の弟にだいぶ苦労を強《し》いそうだが、それはそれでありだと彼女は考えていた。くるくる踊る人を眺めながら、食べ終えたローストビーフの皿を満足げにテーブルに置く。それと同時に入り口付近が急にざわめき、グレイスの視線もそちらに向いた。

舞踏室入り口にいた執事が「オーデル公爵様」と読み上げるのを聞いて、ああ、と納得する。自分が参戦している結婚市場の中で、最優良花婿候補がオーデル公爵、アンセル・ラングドンだ。その彼の到着に、戦場がにわかに殺気立っている。なにせ、公爵という位にありながら、若くてカッコいいときては……誰もが狙《ねら》う花婿だろう。

目をぎらぎらさせた母娘が足早に彼に近寄っていくのを眺めながら、グレイスはそっと壁際を移動した。何故なら彼らの視界に入りたくないからだ。誰に何を言われても痛くも痒くもないが、やっぱり陰口を聞いていい気分はしない。

自分の娘の株を上げるために、目に入ったグレイスをこき下ろして公爵にアピールする母娘もいるだろうし、と彼女はそっとバルコニーに出た。そのまま庭を通って帰ろうか、と考える。

（でもまだ……テーブルのお料理を全制覇してないしな……）

うう、と名残惜しそうに明るい光が漏れる窓の向こうを振り返り、グレイスはぎょっとした。誰かがガラス戸を押し開けて外に出てくる。

彼女がいるバルコニーは、釣り下がっているランタンがふんわりと明るく周囲を照らし、手摺《てすり》や据えられているベンチには花やリボンで装飾がされていた。恋人たちが親密に語り合うには丁度いい静けさが満ちている。周囲を確認し、グレイスは大急ぎでそこを離れようとした。いま外に出てこようとしている人物も、ここで恋人と甘い語らいがしたいのだろう。それにグレイスは邪魔だ。

(ええっと……別の扉から中に入るか、屋敷をぐるっと回って庭に降りるか……)

あわあわしながら手摺に沿って移動しようとして、「あの！」と後ろから声を掛けられた。

「ああ、す、すいません！　今すぐ移動しますからお気になさらず～」

「い、いいえ！　待ってください！」

一歩踏み出しかけたグレイスは呼び止められてそうっと振り返った。

そしてぎょっと目を見開いた。

(オーデル公爵⁉)

室内からの明かりがさし込むバルコニーにいたのは、酷《ひど》く緊張した面持ちで立つ例の公爵だった。

(な、なんでここに⁉　あ、そか……恋人と語らいに来たのか！)

もしかしたら後ろにいる令嬢のことは忘れてくれとか、そう言われるのかもしれない。そう咄嗟《とっさ》に判断したグレイスは、大急ぎでドレスの裾《すそ》を摘まんで正式なお辞儀をした。

「公爵閣下《ユアグレイス》、わたくしなら大丈夫です。ここでお会いしたことは誰にも言いませんから」

「え？」

「なのでごゆっくり語らってください、失礼します」

一息にそう告げて、足早に彼の脇《わき》を通り過ぎようとする。ふわりと、夏の森のような香りがして、グレイスの心臓がどきんと跳ねた。

(うう……立ち居振る舞いはもちろん、容姿端麗で更にいい匂《にお》いまでするなんて……)

さすがイケメン！　ハイスペック！　私には縁のない世界！

お相手を見てはいけない気がして、顔を伏せたまま室内に戻ろうとしたところ、再び公爵から切羽詰まった声がした。

「待ってください！　わたしは……レディ・グレイスにお話があるんです」

「……ほえ？」

思わず間の抜けた声が出る。

慌てて口を押さえ、グレイスは恐る恐る振り返った。緊張しきった様子でこちらを見つめている公爵の、濃い青の瞳《ひとみ》が射貫くように自分を見ている。それに気づき、思わず後退りそうになった。

「あの……なにかありましたか？　私、もしかしたら公爵様に失礼な真似《まね》を……」

あわあわするグレイスに、公爵は「違うんです」と大急ぎで語を挟んだ。驚く彼女を前に、彼は数度深呼吸をすると、意を決したように一歩前に踏み出した。

「貴女《あなた》を……トレヴァー伯爵主催の舞踏会でお見掛けしました。ケーキを捨てた若い貴族相手に、貴女はとても常識的で、周囲を重んじる見解から注意をなさっていた」

途端、グレイスの顔が真っ赤になった。まさかあの失態を目撃されていたなんて！

「あ、ああ、あれは私の後先考えない性格がもろに出てしまった最悪の事態で、ああいう場面でお金の話をするなんて非常識極まりなくて、すいません、もしかしてご友人でしたか!?」

「違うんです！」

更に一歩前に出て、アンセルがぎゅっと胸の辺りで拳を握り締めた。

それからかしこまったようにゆっくりと礼を取った。

「レディ・グレイス……ご不快にさせたら謝ります。ですが……一目惚れなんです」

顔を上げた公爵がじっと、何かを堪えるような切羽詰まった顔でグレイスを見つめる。

「あの時……わたしの全身が貴女を求めて震えました。わたしには貴女しかいないと、雷に打たれたように感じたのです」

更にもう一歩、公爵はグレイスとの距離を詰め、頭が真っ白になっている彼女の手を取りその手の甲にそっと唇を押し当てた。

「どうか……わたしとお付き合いしていただけませんか？」

その瞬間、グレイスの思考は完全に停止した。衝撃にふらふらと座り込みそうになったところを、慌てた公爵によって支えられ、更には傍《そば》のベンチに腰を下ろしてしばらく彼に寄りかかるという、トンデモナイ事態を引き起こした。だがそのほとんどを彼女は覚えておらず、眠れずに過ごした翌日、実家に届いた大量の花束で夢ではないと知るのであった。

◆◇◆

（そう、姉さんと二人で窓の向こうから仲良く座っている二人を見て……それから兄さんを探す血に飢えた猛獣のような令嬢達に邪魔されないように手をまわして……それから……）

「――というわけでケイン。グレイスを迎えに行ってくる」

「え⁉」

あの日からずっと、兄はグレイスに対して百面相をしているな、と考えていたケインは、すっくと立ち上がる兄に我に返った。

「グレイスは今、姉さんと買い物中だろ？　幼馴染みと会ってる可能性は低いよ？」

「何を言う、ケイン。グレイスが行くところには事件が巻き起こる。その彼女を助け、未然に事故を防ぐのがわたしの役目だ」

堂々と言い切る兄に、ケインは呆れたようにため息を吐いた。

「でもまあ、確かに……否定はできないかな」

「そうと決まれば馬車を用意して……ああそうだ、新しく大きな橋が架かると言っていたからな。その現場を見に行くのもいいかもしれない。それから一緒にカフェに行って……グレイスはイチゴタルトが好きだからそれが美味しい所を探してカフェ巡りを……いや、彼女と一緒にマーケットへイチゴを買いに行くというのも悪くないな。なにせわたしは幼馴染みに勝たないといけないわけだし、そのためには妻を喜ばせる方法を探し出し……」

ぶつぶつ言いながらも楽しそうに居間を出ていく兄の背中を見送り、ケインは天井を見上げた。それからやっと、通りかかったメイドにウイスキーを持ってくるように言づけることができた。

「……ま、兄さんが幸せならいいけどさ」

四角四面だった兄を思い出し、どっちが良かっただろうかとほんの少し考える。

そして、今の兄の方が断然生き生きしてるなと、ケインは楽しそうに微笑《ほほえ》むのだった。

あとがき

このたびは『一目惚れと言われたのに実は囮だと知った伯爵令嬢の三日間』をお手に取っていただき、ありがとうございます！　千石《せんごく》かのんと申します！

この物語は冒頭、ヒロイン・グレイスがタイトル通りの勘違いをして屋敷を飛び出すところから始まります。転んでもただでは起きなかった彼女が、悪漢をなぎ倒し（笑）宿屋の女将を丸め込み（笑）、最終的にはヒーロー・アンセルへの誤解を解いてラブラブハッピーになるお話（笑）となっております。

他の登場人物たちも、それぞれの思い込みから事実を「自分の都合のいいように」解釈して混ぜっ返し、アンセル、グレイスと共に爆走していく話となりました。

かなり改稿を頑張りましたので、連載中から応援してくださいました読者様にも……多分……楽しんでいただけると思います！

書き下ろしもアンセルとグレイス「らしい」お話になりましたので！

自立型ヒロインが好きなので、一人突っ走っていくグレイスは書いていてとても楽しかったです。彼女が次に何をしでかすのか……作者ですら次の一行を書くまで想定してないことが多々あり、いい意味で好きなように動いてくれる規格外の伯爵令嬢様

となりました（笑）
アンセルも最初からグレイス溺愛なのですが、全然絡ませてあげられず（笑）一ページまるっと「グレイス！」しか台詞が無かったりとこちらもいろんな意味で楽しいキャラクターになってくれて本当に良かったです（笑）
唯一のツッコミ役ケインと、お嬢様命のミリィ、彼らに付き合ったばっかりに盛大に巻き込まれたトリスタン。彼らもまたこの世界でこれからも主二人に振り回されるのかなぁ～と勝手に妄想しております。
そんな日常どこにでもある些細なすれ違いと、相手を想うあまり勘違いを続けた二人の、周囲を巻き込んだ三日間。是非是非ラストまでお付き合いくださいませ！
最後に、WEBで連載していたこの作品に声を掛けていただき、怒涛の改稿相談の果てにちゃんと書籍の形態にしてくださいました担当様と編集部の皆様、超美麗で震えるイラストを当作品につけてくださいました八美《はちび》☆《す》先生、本当にありがとうございました！　べっぴんさんのグレイスと、超絶カッコいいのに何故かエロス迸る（笑）アンセルにこんなに素敵だったのか……と目から鱗が（笑）
感謝の言葉ばかりですが、最大はここまで読んでくださった読者様に！
本当にありがとうございました！　またどこかでお会いできれば幸いです！

あとがき 335

一《ひと》目《め》惚《ぼ》れと

実《じつ》は囮《おとり》だと知《し》った伯爵《はくしゃく》

千石

◆2021年6月5日　初版発行
2021年8月2日　第二刷発行

◆著者　千石かのん

◆発行者　野内雅宏

◆発行所　株式会社一迅社
〒160-0022　東京都新宿区新宿3-1-13　京王新宿追分ビル5F
電話　03-5312-7432(編集)
電話　03-5312-6150(販売)
発売元：株式会社講談社(講談社・一迅社)

◆印刷・製本　大日本印刷株式会社

◆DTP　株式会社三協美術

◆装丁　AFTERGLOW

ISBN978-4-7580-9366-8

●本書は「ムーンライトノベルズ」(http://mnlt.syosetu.com/)に
掲載されていたものを改稿の上書籍化したものです。
●この作品はフィクションです。実際の人物・団体・事件などには関係ありません。

MELISSA
メリッサ文庫